感动心灵：最受欢迎的微型小说名

——秦德龙官场小说

秦德龙 著

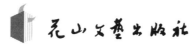

花山文艺出版社

图书在版编目(CIP)数据

领导随意:秦德龙官场小说/秦德龙著.-- 石家庄:花山文艺出版社,2005(2021.8重印)

(感动心灵:最受欢迎的微型小说名家名作)

ISBN 978-7-80673-712-5

Ⅰ.①领… Ⅱ.①秦… Ⅲ.①小小说 – 作品集 – 中国 – 当代 Ⅳ.①I247.8

中国版本图书馆 CIP 数据核字(2005)第 082374 号

丛 书 名:感动心灵:最受欢迎的微型小说名家名作系列

书　　名:**领导随意**
　　　　　——秦德龙官场小说

著　　者:秦德龙

策　　划:张采鑫　滕　刚

责任编辑:于怀新

特约编辑:高长梅

美术编辑:齐　慧

责任校对:童　舟

装帧设计:大象设计工作室

出版发行:花山文艺出版社(邮政编码:050061)
　　　　　(河北省石家庄市友谊北大街 330 号)

销售热线:0311-88643221

传　　真:0311-88643234

印　　刷:永清县晔盛亚胶印有限公司

经　　销:新华书店

开　　本:787×960　1/16

字　　数:250 千字

印　　张:17.5

版　　次:2005 年 9 月第 1 版
　　　　　2021 年 8 月第 2 次印刷

书　　号:ISBN 978-7-80673-712-5

定　　价:39.90 元

目 录 CONTENTS

GUANCHANGXIAOSHUO

秦德龙官场小说

2

GUANCHANGXIAOSHUO

3

目录

第四辑　条件反射

GUANCHANGXIAOSHUO

秦德龙官场小说

4

GUANCHANGXIAOSHUO

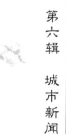

秦德龙官场小说

6

第 一 辑

让 鸟 说 话

对牛的讨论

两个人猫在李四的屋里,讨论了很长时间。中心议题是:局长挂这幅画,到底是啥意思?

秦德龙官场小说

2

局长的办公室,挂了一幅国画。国画是局长的老师送过来的,画面是渔返牧归的景色,一派夕阳红的情调。国画挂到了墙上,满室生辉。同志们都跑过来观赏,局长就一遍一遍述说画面的意境。

副局长张三是个咋咋呼呼的角色。他看了看画说,这是谁画的,有何寓意?局长说是老师画的,大概是祝贺本局长大器晚成吧!局长踌躇满志地说着。你不知道,我的老师,特别关心我的进步。我这个年龄,能上到正局,老师比谁都高兴。

张三咧嘴笑笑,没接局长的话茬儿。张三的目光继续浏览着画面。突然,张三叫道:局长,这幅画有毛病啊。你瞧,拱桥这么高,桥面上有台阶,牛能下来吗? 牛不会下台阶呀!

局长一惊:是吗?牛真的不会下台阶吗?局长扶了扶眼镜,凑到画前。果然,画面上的牧童,正骑在牛背上,吹着笛子下台阶。

张三笑道:是不是? 牛绝对不会下台阶。我敢肯定。

张三挑出了缺点,表现得很亢奋。张三讲述了自己亲身经历的一件事。几年前,他在矿山当副矿长,老农民来要水土流失费。矿上没钱给,老农民就把几条老黄牛牵到了办公楼上,屙了许多牛屎。后来,钱给了老农民,老黄牛却牵不走了。因为,老黄牛不敢下楼梯。最后,还是几个矿工把老黄牛给抬下楼的!

张三嘎嘎地笑着,眉飞色舞。

局长也跟着笑,但脸色却有些挂不住了。局长说:你说的是你们那儿的牛!你们那儿的牛是笨牛吧?局长逼视着张三,张三哑了口。局长见张三不再固执己见,也就缓和了口吻。局长说:我老师的这幅画,在省里展出获过奖,要是有这么明显的缺陷,评委是干啥吃的!

张三讨了没趣,嘿嘿干笑着,不再吭气。这时,另一个副局长李四进来了。李四也听说了,局长屋里挂了一幅画,他也是过来赏画的。

局长看见了李四,当即说道:李四,你说说,牛会不会下台阶?!张三说了,牛不会下台阶!

李四说:这还用问吗?这要看是啥样的牛!李四说着,已经把画上的两只牛验明正身了。李四说:这幅画上的牛,不但会下台阶,还会下水!因为它是水牛!瞧瞧,牛的颜色,分明是水牛嘛!青山拱桥,绿水红叶,渔舟唱晚,牧童操笛,多么美丽的江南风光!

局长哈哈大笑。局长问张三:你听见了吧?我的老师,画的是水牛,而不是黄牛,水牛会下台阶!

局长又说:结论已经有了,张三,你也别难受了,听我讲个笑话吧。说是有个工厂开职代会,工会主席主持会议。厂长念完了工作报告,就该代表们表决了。工会主席对着麦克风说:"不同意厂长工作报告的,请举手!"代表们昏昏欲睡,哗一下,把手都举起来了。话一出口,工会主席就意识到说错了。应该先说"同意的举手",再说"弃权的举手",最后才能说"不同意的举手"。代表们都是来举手的,听见让举手,想也不想,就举手了,可把厂长气坏了。工会主席想挽回面子,心一横,又对着麦克风说:"请代表们注意,不同意的,请举手!"代表们这回都听清楚了,再也不敢盲目举手了。散会后,厂长耿耿于怀地说:"主席啊,你对我有意见?两次啊,两次不同意的举手!"工会主席红着脸狡辩:"我想看看,谁敢不同

领导随意

意!"

　　局长讲到这里,哈哈大笑,笑够了,对两个副局长说:你们说说,这样的工会主席,能留着他吗? 很快就让他到一边凉快去啦!

　　张三笑道:活该,活该! 心眼太憨,发不粗,长不大!

　　李四也笑道:在官场上混,不会说话,那怎么行!

　　局长挥挥手说:今天就到此为止吧,都去忙吧! 至于牛会不会下台阶,这已经是不争的结论了! 当然,统一思想,还是很有必要的!

　　张三跟着李四,走出了局长的办公室。两个人猫在李四的屋里,讨论了很长时间。中心议题是:局长挂这幅画,到底是啥意思?

凤凰矿的笑话

老一又说："难得你一片苦心，想法儿哄领导高兴。也罢，就为了这句笑话，我再上凤凰矿去一趟。"

老一这人爱听笑话。谁有了笑话，都要讲给老一听。有一天，凤凰矿矿长刘胡子，给老一奉献了个新笑话。说是凤凰矿机关，最近流行一句问候语，小娘子们一见面就问："你结婚了没有？"

这句话很简单，却妙趣无穷，妙在小娘子们追求一种未婚境界！老一扬起脸来，咂摸了半天，笑道："好啊，好啊！"老一老早就听说凤凰矿那些小娘子了。那些小娘子，生活得很幸福。每天上班，不是照镜子，就是比美容，一天到晚嘎嘎笑。小娘子们养尊处优惯了，居然开始羡慕单身生活了，真是可爱！想到这里，老一就对刘胡子说："赶明儿，我去调研，看那些小娘子，有没有人问我——结婚了没有？！"

刘胡子当场给老一唱了个肥诺："欢迎，欢迎！我一定让小娘子们列队欢迎！"

刘胡子就等着老一说这句话呢。老一很少来凤凰矿，来也是蜻蜓点水。刘胡子太需要老一过来支持一下了。

老一说来，很快就来了，而且带来了党政工团一大帮，轰轰隆隆得像打狼。更重要的是，财务部主任也跟来了。刘胡子喜出望外,指挥着机关的同志们列队欢迎。

老一高兴地看到,男同志都留着刘胡子那样的小胡子,一看就是刘胡子的队伍。再看那些小娘子,个个打扮得清纯靓丽,不像是已婚的女子,而像是未婚的待嫁闺女。

老一和小胡子们一一握手,然后就全神贯注地打量那些花花绿绿的小娘子。小娘子们全都笑眯眯的,在老一面前做出小幸福状。老一心情爽朗,开口就问一个小娘子:"请问,你结婚了吗?"小娘子们"轰"一声,全都笑弯了腰。老一故作镇静,又问另一个小娘子:"请问,你结婚了吗?"小娘子们笑得更欢了,笑得东倒西歪。

小娘子们乐得发晕,没想到老一会这么"坏"。她们想,老一为什么要这么问呢?他是啥意思呢?

刘胡子也早就变成了笑和尚。

刘胡子将小娘子们引到一间会议室,给她们开了个短会。小娘子们这才明白,原来是刘胡子使的"坏"。是他出了个歪点子,把老一给诳来了。刘胡子对小娘子们说:"不就是为了让老一高兴嘛!老一的工作压力很大,让他开开心,有什么不好!老一开心了,批款子就阔绰了,这还不明白嘛?你们也看见了,他是带着财务部主任来的!"

小娘子们不吭气了,答应服从矿部的大局利益,哄着老一高兴。

老一在凤凰矿住了一个晚上。招待所有个小舞厅,老一和每个小娘子都舞蹈了一回。老一喝了一些酒,跳舞的时候,就有些一步三摇了。但他还是借酒壮胆,喋喋不休地问每个和他跳舞的小娘子:"你结婚了没有?"小娘子们一律回答说:"没有,没有!"

小娘子们回答的时候,个个做出了姑娘般的害羞状,让老一心花怒放。第二天早上,老一让财务部主任办了一笔专款。然后,带着一帮人马,呼啸而去。

过了三个月,刘胡子把款子花完了,又开始打主意,想着让老一再过来一趟,再支持一把。

刘胡子又编了个笑话,跑到了总部,说给老一听。刘胡子说,凤凰矿的小娘子们,现在已经不再问"结婚了没有",而开始问"离婚了没有"……

老一哈哈大笑,指着刘胡子说:"又来诳我?"

老一又说:"难得你一片苦心,想法儿哄领导高兴。也罢,就为了这句笑话,我再上凤凰矿去一趟。这回,我可要动员职工斗争你了……哈哈哈!"

是谁发过来短信息

是谁,已经不重要了。现在,一开会,就有许多人给他发段子解闷。

要开会了,一个又甜又香又宽又长的会议。

老一望着台下那一大片黑压压的脑袋,很严肃地提出了要求:同志们,都把手机关掉,或者调到振动上。如果谁的手机响了,就请他站起来说话!

干部们都很听话,嘀嘀哩哩把手机摆治了一遍。老一也把自己的手机掏了出来,调成了振动状态。

开始传达文件,传达一个文件又一个文件。

开始做报告,做完一个报告又做一个报告。

主席台上的十个领导,人人都有事干。老一给副职们分了工,充分调动了他们的积极性。该露不露,心里难受,总不让副职们露脸,这不好。当然了,老一最后还要唱压轴戏,美不美看结尾嘛。

趁机先打打盹儿吧。老一靠在椅子上,双目微合,感觉脑子里很香。

老一不敢睡熟,他知道台下的眼睛们都盯着他呢。昨晚上的应酬太累了,眼皮总是不由自主地打架。老一告诫自己,蜻蜓点水就可以了,千万不敢睡熟。他知道自己有个特长,一睡熟,就打鼾,呼儿一声不呼儿一声的,极具观赏性。老一早就总结过打盹的最高境界,就在于睡与非睡之间。

恍惚间,老一听见了自己的手机在振动。于是,老一睁开了眼睛,抓起了手机。平常也是如此,开会的时候,他不许别人接打手机,可并不等于不许自己接打手机。他总是这样,正开会时,手机响了,他当即把手机扣到耳朵上说:"我正在做报告!"然后,"啪"一声把手机关掉,以示自己日理万机,没功夫闲扯淡。

现在,手机振动了,老一的精神头本能地上来了。嘿,原来是有人发过来短信息。老一笑了。老一最喜欢看短信息了,短信息尽是些幽默的段子,令人赏心悦目。老一按了确认键后,手机屏幕当即闪出来一段顺口溜:"老一老一别瞌睡,一心一意开好会,开完大会开酒会,开完酒会开舞会!预祝本次大会圆满成功!"

老一哑然失笑。显然,发短信息的人,就在下边坐着,窥视着主席台的一举一动。好啊,我们的基层干部,真关心领导啊!老一感叹着,不由得抬起头来,用目光寻找发短信息的家伙。按说,老一看了对方的手机号码,就该知道是谁了,可老一就是想不起来他是谁。老一从前排扫视到后排,又从后排扫视回来,看谁都像"犯罪嫌疑人"。台下的人,多数都在低头摆弄手机,不用说,都在接发短信息。老一突然想,也许,这个家伙就在前三排,因为前三排能看清主席台。于是,老一的目光锁定了第二排的一张娃娃脸。

锁定这张娃娃脸,是有根据的,因为这张娃娃脸,刚才还在摆弄手机,现在却昂起头来,做出了聚精会神状和深有体会状。老一早就听说过这孩子了,这孩子很会编段子,手机也玩得溜着呢!老一对着娃娃脸笑了,意味深长地笑了。娃娃脸看见了老一的笑容,也甜蜜地笑了起来。四目相视,此时无声胜有声。老一想,这年轻孩子,是棵苗子,放在身边使唤着,还行!

娃娃脸没有辜负老一的笑容,又把头埋了下去,又玩起了手机。不用说,他在往手机里输段子!老一不再瞌睡了,因为他的手机在不断地振动。老一将手机把玩在掌心里,不断地读到新鲜可笑的段子。

又甜又香又宽又长的会议结束了。

老一走下主席台,充满慈祥地拍了拍那孩子的肩膀。那孩子感受到了慈爱,脸蛋和耳朵当即红了起来。

老一调来了那孩子的档案,看了之后,很是喜欢。大学本科毕业,从小在农村放羊,可塑性强,值得培养。

可是,后来在讨论提拔年轻干部的会议上,老一却否定了人事部门的提名,不同意把那孩子放在身边使唤。因为他悄悄查过了手机号码,那天开大会,给他发短信息的,根本就不是那孩子。

是谁,已经不重要了。现在,一开会,就有许多人给他发段子解闷。

红 椅 子

秦德龙官场小说

> 红椅子戳在那儿,虽然不说话,但此时无声胜有声。

老一统治着这个单位,没啥高招,就是开会。除了开会,还是开会。老一爱开会,会议室就搞得很上档次。最近,又对会议室进行了第四次改造,改成了圆桌会议的形式,很有点联合国的意思了。

老一说,这样好,分不清谁是领导,有利于发扬民主,民主也是生产力嘛。

说是这么说,可谁都心里明白。圆桌会议怎么了,圆桌会议也有主次之分。没看见吗,正对着门那把红椅子,就是老一的专座。其他椅子都是棕色的,就中间那把椅子是红色的。这就是区别,有了区别,才有级别。这说明,老一身边有会弄事的人。会弄事的人也不要多,明里暗里有几个,老一想放个屁,根本就不用费劲。

每逢开会的时候,老一总要比别人晚到几分钟,显得很忙的样子。当然,老一到来之前,没人敢用屁股去蹭那把红椅子。大家望着红椅子,总有一种莫名的冲动。冲动来冲动去,就把情绪酝酿得十分饱满了。等老一健步走进会议室的时候,就会迎来一片热辣辣的目光。

老一要的就是这个状态。

其实,老一讲话的时候,也讲不出来什么新鲜玩意。从来都是上下一般粗,上边一二三四五,他也一二三四五。也就是仗着他有"四个伟大",众人怵他。老一的"四个伟大"是:头大、腚大、肚子大、嗓门大,往红椅子上一坐,不是佛也是佛。

是的,老一和许多人一样,喜欢在开会的时候,呼噜呼噜喝茶。茶喝多了,就要到卫生间放水。老一放水的时候,红椅子就闪出来了。很多人就开始望着红椅子发呆,望着望着,灵感就来了,就明白老一回来后,该怎么在他面前说话了。果然,老一一回来,大家就开始热烈讨论,不断有人妙语连珠,惹得老一哈哈大笑。

当然,也有老一缺席的时候。那是老一有更重要的活动,不能亲自到会了。这时候,主持会议的副老二,就显得底气不足,放不开嗓门。副老二总是匆匆忙忙宣布散会,还要不由自主地望一望红椅子。红椅子戳在那儿,虽然不说话,但此时无声胜有声。灯光把红椅子映得很红很红,很滋润眼球。

有红椅子在,就有老一在,就有规矩在。

诚然,会议室也并非总是严肃的场所,也有搞娱乐活动的时候。

中秋节这天,老一要召开老干部座谈会,请老干部来吃月饼,顺便把单位美言美言。老干部能来的都来了,一进来就看见了红椅子。老干部哪个没见过世面? 很自觉地把红椅子闪出来了,等着老一给他们讲话。

老一来到会议室的时候,老干部们全乐了。原来,老一怀里抱着小孙子。老一抱着孙子来开会,显得很有亲和力。老干部们马上就变成了一群"老小孩",接过老一的孙子,搂的搂,抱的抱,还有人亲那团粉嫩的小脸蛋。孙子被"老小孩"们弄得稀里糊涂,"哇"一声哭开了。

老一把孙子抱过来,一屁股坐到了红椅子上。老一红着脸说:"我孙子胆小,我孙子胆小! "

有个老干部嘴快:"那是,你孙子要是有你那么大胆子,那还得了! "

众人一听,"轰"一声笑了。老一的孙子,听见了笑声,不再哭了,抬手给了他爷爷一巴掌。

空 镜 子

戴眼镜照相,镜片容易反光,带个空镜子反不了光,还衬得眼珠又圆又亮。

秦德龙官场小说

12

方轮当上了领导,很受人尊敬。总是有人来请他莅临各种会议,拉着他照合影。照相的时候,把方轮摆在中间,像个佛似的供着。方轮就作谦和状,或慈祥状,很是带样儿。

说句实话,方轮很喜欢被下面的人拉去照相。为了增强效果,方轮特意配了一副方框眼镜,专门用于照相。相片洗出来,形象非常好,方框眼镜让方轮显得特别儒雅。于是,就有人开玩笑说:"老方啊,你真会照相,神态多像中央领导!"

方轮脸一红说:"可不敢胡说!咱这个级别,到北京满地踩!"

喜欢照相,就总有机会照相。红星公司又给方轮送请柬来了,请他到职代会上讲话,顺便和代表合个影。方轮满口答应,梳了梳头发,就往红星公司去了。

一进公司大门,就看见代表们已经在照相机前恭候好了,好几百人顶着寒风,站了好几层,最后一层站到桌子上。方轮走上前来,和前两排的代表们握手、寒

暄。他注意到,代表们冻得瑟瑟发抖,前排的那几个女同志,一个个缩成了瘦肉干。

方轮很受感动,问一个职工代表:"是不是等我很长时间了?"职工代表说:"可不是嘛,站了半个多小时了,冻得直滴答水!"

方轮唏嘘有声,对红星公司的头头说:"我们的职工群众,多么纯朴啊!"方轮说着,已经被人簇拥到前排中间的椅子上了。

摄影师早就准备好了,他要求大家不要乱动,听他数"一二三",然后齐声喊"茄子","茄子"喊好了,相片也就照好了。摄影师刚喊了声"一",方轮却说了声"慢"。他边说边拉皮包,换上了那副方框眼镜。

有个职工代表眼尖,在方轮的身后叫道:"领导,你换这副眼镜,怎么没有镜片?"话音落地,代表们哄堂大笑,笑得东倒西歪。

方轮稳若泰山,摄影师挥了挥手,示意可以照相了。摄影师又重新动员大家喊"茄子"。由于刚才的笑容尚未散去,代表们喊"茄子"的时候,显得特别亢奋。

方轮与职工代表合影的照片,贴到了红星公司门口的宣传栏里。职工们围在照片前面,指着方轮说,真看不出来,眼镜上没有镜片!真是个大领导的样儿!

领
导
随
意

后来,有人悟出来了:戴眼镜照相,镜片容易反光,带个空镜子反不了光,还衬得眼珠又圆又亮。

人们终于明白了,眼镜还真是个好道具。

以后,方轮再到下面照相的时候,很多人都学他的样子,换上一副空镜子,同他一起合影。

0.5 的 概 率

王金锁很崇拜0.5,把它当做吉利数字,刻在心目中。

秦德龙官场小说

14

　　王金锁想找个美女当老婆，想了好多年，也没遂愿。寻找美女的过程很艰难，王金锁花了不少钱，最终的收获还是个大零蛋。想不通啊真是想不通，凭什么那么多男人有美女相伴，而自己捞不上一个？王金锁将自己关在房子里，一根接一根吸烟，在烟火中进行凤凰涅槃。他终于想明白了，自己没有艳福，也不可强求，还是娶个平凡女子，安安生生过日子为好。再说了，什么美女不美女的，拉上灯，还不是一样浪漫？

　　王金锁是偶然看见 0.5 这个数字后，才把自己说服的。那天，他一看见 0.5，灵感就来了，他在纸上书写 0.5、0.5、0.5、0.5、0.5……写了一大堆 0.5，豁然开朗了。王金锁给自己开了个单子：

　　假设女人中可称之为美女的占 50%，

　　假设自己可搭上话的美女占 50%，

　　假设搭话的美女能约会的占 50%，

　　假设约会的美女能结婚的占 50%，

　　那么，自己与美女的结婚概率为：

$0.5 \times 0.5 \times 0.5 \times 0.5 = 0.0625$。

这个发现真是太及时了。想想啊,娶美女的概率只有 0.0625 呀。不说了,什么都不说了,王金锁马上就找了个普通女子结婚了。

结婚果然没错,老婆很温柔,很勤快,手又巧,把王金锁伺候得脑门发亮,水光油滑。王金锁一门心思干工作,表现得十分出色,很快就上了个台阶,拿上一枝笔,专门批条子了。

自然而然的,就有美女在王金锁身边晃来晃去了,给他红袖添香,陪他解闷开心。

王金锁的心情就美丽起来了,每天朝气蓬勃,像只不知疲倦的小蜜蜂,在花丛中尽情曼舞。王金锁浪漫着,王金锁幸福着,丝毫不担心东窗事发。因为他有 0.5 做理论依据。王金锁非常喜欢 0.5,有事没事的时候,都爱在纸上涂写 0.5、0.5、0.5、0.5、0.5……王金锁相信,0.5 就是护身符。他给自己开了个单子:

假设包二奶的有 50% 被发现,

假设被发现的有 50% 被揭发,

假设被揭发的有 50% 被审查,

假设被审查的有 50% 被处理,

那么,最后的被查处概率为:

$0.5 \times 0.5 \times 0.5 \times 0.5 = 0.0625$。

风险率很低,成功率很高。王金锁为自己这个发现而激动。做一个成功的男人,真好啊。

有时候,王金锁也会想起来自己的老婆。他对自己说,幸亏老婆不漂亮。要不然,自己很容易就满足了,哪会有这么深厚的艳福呢。

王金锁很崇拜 0.5,把它当做吉利数字,刻在心目中。有时候,忍不住嘴痒,他也会当众批讲一通。他从 0.5 说开去,直至天文、地理和历史,阐发得妙趣横生,放之四海而皆准。就连老婆也被他感染了,也根据 $0.5 \times 0.5 \times 0.5 \times 0.5 = 0.0625$ 的概率,推测出王金锁是个难得的杰出男人,是个做大事的好材料。

他说他是农民

> 应该说，一个时时刻刻说自己是农民的人，给人的印象就是平易近人。

高尔克思说他是农民，经常说他是农民。他说他是农民的时候，总是做深有体会状，把"农民"二字咬得情深意切。

但是，没有人觉得他像农民。因为他总是穿西装、打领带，走到哪儿，都是古龙香水的味道。还有，他经常穿一双雪白的袜子，让人感到他是个幸福的城市小资。其实，说他是小资，也委屈了他。实际上，他经常在电视里拍巴掌，一只手掌朝上伸着，另一只手掌"啪、啪"地朝下拍着，很有节奏，很有激情。

为了证明自己出生于农村，高尔克思总要在宴会上表演捡饭粒的节目。也就是说，他吃饭经常掉饭粒，他用筷子把饭粒夹起来，放到嘴里吃掉。他边吃饭粒，边说："咱是农民，咱是农民！"他这么一说，陪他吃饭的那些人，就肃然起敬，也把面前的饭粒捡到嘴里吃掉。是的，当他们离席的时候，总要剩下来许多饭菜。这时候，高尔克思就会说："吃不完，真他妈的可惜了。送去喂猪吧，也算是支援农业吧！记住，我们什么时候，都不

要忘了农业、农村、农民！"

听他这么说，就有人捂住牙窃笑，心里骂他真会装农民。

其实，大家都知道，高尔克思还是月子娃的时候，就已经被父母抱着"农转非"了，不过，高尔克思念念不忘自己是农民出身，这也算是难能可贵的了。现在，还有多少人喜欢农民，把农民挂在嘴头子上呢？当然，明白人都知道，高尔克思这是在作秀，作"农民秀"。也都理解他为什么要作秀，他也是人啊，何况，他还是人上人呢。

应该说，一个时时刻刻说自己是农民的人，给人的印象就是平易近人。因而，高尔克思的人缘就很好，许多人就愿意把珍贵的掌声献给他。总是有人充满敬意地说："人家能把自己贬到农民这一级，咱还有啥可说的呢！"

高尔克思就这样赢得了席位，屁股坐得很牢。风云际会，春秋更迭，高尔克思的铁椅子稳若泰山。虽说有人看不上他，但也会在心里说："和一个农民计较什么呢？就算给他个皇帝当，他不还是个农民吗？"

高尔克思就这样得益于"农民"了。因为是"农民"，就显得风调雨顺，就养得肥头大耳。老婆和孩子，也都在高尔克思那顶"农民"帽子下面幸福着，要金有金，要银有银。高尔克思经常这样教导家属："咱不能活得太舒坦了，咱得有农民一穷二白的境界，别人才不会来欺负咱。没听说过让农民下岗吧？再说了，咱是农民，咱怕谁！"

灿烂的挥霍感

小厮们不断地从旧书摊儿上收购回来高尔克思的《碑》。也不敢告诉他,怕他绿着脸休克。

高尔克思很看重挥霍感,他认为男人不能没有挥霍感,男人如果没有挥霍的欲望,那就不会是成功的男人。

现在,高尔克思又有了挥霍一次的理由。这就是他要著书立说了。看着别人哗哗哗出书,他的心早就痒死了。凭什么别人能出书,本先生就不能出?不就是印上三千册,花两万块钱嘛。

几十年来,高尔克思写过不少文章。先是写了一些诗歌、散文,后来,又写了一些通讯和言论,再后来,又写了一些论文和会议材料。高尔克思是个细心的人,前进路上的每一个脚印都精心收藏着。所以,一说要出书,马上就把框架拉出来了。

书名就定作《碑》。早些年,高尔克思点灯熬油,写了半部中篇小说《碑》。后来,工作太忙,《碑》的后半部就没写成,他一直耿耿于怀。现在,高尔克思把残缺不全的《碑》拿出来出版,压在卷首,也算了却了夙愿。中篇之后,紧随一些热热闹闹的诗文小品,也算得上锦上添花了。新闻、言论、论文以及会议材料等,这次就舍弃了吧,将来,再出版一部综合性政论专著,也是相得益

彰呢。

听说高尔克思要出书,身边的小厮们都擦亮了眼睛,跃跃欲试,要为高尔克思同志做点儿什么。小厮们忙活得煞有介事,每天都花去一些办公费。有个小厮还跑到了北京,请名人给题写书名、作序、插图,还用电脑制作了高尔克思与名人的合影。出版社也联系好了,只要两万块钱到账,三个月就把《碑》给做出来。果然,一切都按程序运作得井井有条。样书一出来,高尔克思就满意地笑了。书印得太好了,图文并茂,装帧精美,版权页做得很庄重,明码标价 28 元。

高尔克思沉浸在灿烂的笑容里。每天的第一件事,就是派身边的小厮,去给熟人送书。名单都是头天晚上拟出来的,而且,每一本书上,都恭恭敬敬地写着请某某先生"雅正"、"惠存"的字样,希望把赠阅对象感动。果然,熟人们收到了书,马上就把电话打过来了,向高尔克思同志祝贺,并表示真挚的感谢。接下来。赠阅对象就把祝贺和感谢化作了行动,也派了身边的小厮过来,带着人民币,提走一部分高尔克思的《碑》。很快,《碑》的销售就告罄了。高尔克思咋着牙花子说:"印少了,3000 册,真是印少了!"

出版了《碑》,高尔克思就有了一种名人、明星、名流的感觉了。碰见熟人,他总希望听到对方谈谈他的《碑》。熟人都不是一般的人,能混到和高尔克思说话这个档次的,都是精英。精英们总是说《碑》写得好,好极了,不是一般的好,巴金都写不出来这么好的作品。听到熟人们夸奖,高尔克思就故作矜持地说:"我做的是普及先进文化的工作嘛。我并不以为大家说我怎么了,我就怎么了。对不对?我们还是要有一颗平常心嘛。"

高尔克思这么一说,熟人们就更要向他奉献笑容了。

可是,不久,就有闹心的事情发生了。那天晚上,高尔克思心血来潮,逛夜市去了。就在一处地摊儿上,他看见了自己的《碑》与旧书们并排躺着。他亲耳听见摊儿主吆喝:"贱卖啦啊,一块钱一本啦啊,高尔克思的《碑》啦啊,才到的货啦啊!"

高尔克思的脑袋,"嗡"一声就肿了。

高尔克思的碑?真是好说不好听!

高尔克思心惊肉跳地跑了。

　　小厮们不断地从旧书摊儿上收购回来高尔克思的《碑》。也不敢告诉他,怕他绿着脸休克。高尔克思好像不知道这件事,压根就不问。

　　后来,有人再提起《碑》来,高尔克思总是很潦草地说:"玩玩而已。男人嘛,不就是爱花钱嘛!"

领 导 随 意

这顿酒席吃得十分潦草，王大肚怎么也找不到那份"领导随意"的美妙感了。

王大肚习惯了当领导，习惯了有酒喝。每次，王大肚去吃桌，都有人争着给他敬酒喝。那些敬酒的人，总要谦恭地说："领导随意，领导随意！"

"领导随意"，多么令人惬意的甜言蜜语啊。每逢听到这句话，王大肚都要心花怒放。想想看，过去的皇帝，也不过如此吧！

王大肚找到了皇帝的感觉，就要时不时地耍一耍酒疯，骂骂这个，臭臭那个。比如，那些哈巴狗，虽说很听话，可也让他瞧不起。当哈巴狗给他敬酒时，他就要臭骂两句，让对方学狗叫，学猫叫，否则，他就不表示"领导随意"。又比如，身边那些顺毛驴，虽说都是能干活的好驴，可也常常惹他生气。因为驴子总是要要二百五的，即便嘴上貌似戴个口罩，但丝毫不影响叫唤。驴子一叫唤，王大肚就心烦。因此，当驴了们给他敬酒的时候，他必然要对驴子给以重罚，把驴子们灌蒙。倘若，哪头驴子不按照他的要求喝酒，他就让这头驴子滚到一边"蹲着尿去"，羞辱驴子是个娘们。驴子是不甘心当娘们的，往往要端着酒杯高呼："领导随意，我全干完！"

王大肚对敬酒者心中有数，哪些是哈巴狗，哪些是顺毛驴，哪些是笑面狐，哪些是老鸹嘴，哪些是翘尾猴，他都分了类，定了位。无论哪路货过来敬酒，他都能保持在"领导随意"的高度上，谈笑风生。

那些给王大肚敬酒的人，都是一些有荣誉感的人。须知，一般人是没有机会给王大肚敬酒的。因此，很多人都在想法子接近王大肚。能给王大肚敬酒，让"领导随意"，难道不是自己的福气吗？

是的，王大肚的上面，也有领导，他也经常安排酒席，让上面的"领导随意"。其实，这也是他的本职工作。他从放羊娃成长为一个放屁砸坑的人物，不就是因为他一直都在让"领导随意"吗？没有他让"领导随意"，焉有下属们让他"领导随意"？

这次，王大肚决定让市里的一位领导过来"领导随意"。他特意找来几个退职的老干部作陪。这几个老头子退下去后，没多大油水了，能有一次喝酒的机会，也都高兴得不得了。席间，王大肚端着酒杯，恭恭敬敬地给他们敬酒。"领导随意，我全干完！"王大肚说罢，一扬脖，把一杯酒喝了个底朝天。

没想到，有个老干部不乐意了。只听他话里有话地说："这么好的酒，你让我们随意，你全干完？什么意思嘛！"

市里来的那个领导，当即笑得喷茶。老干部们也都笑得东倒西歪，指着王大肚说：你小子，和老子们争酒喝，有多少好酒不够你喝！

王大肚的脸，当场就绿了。

这顿酒席吃得十分潦草，王大肚怎么也找不到那份"领导随意"的美妙感了。

牙 签 鸟

> 王领导仰在躺椅上，张开大嘴，由着牙签鸟啄去牙齿。

广五从南方回来，给王领导带回来了一只鸟。此鸟非一般的鸟，唤作牙签鸟。广五说，这鸟可以当牙签用，剔牙很舒服。说着，广五就让王领导吃了一块肉。王领导说，肉丝塞住牙了。广五让王领导张开嘴，一招手，牙签鸟就飞了过来。牙签鸟飞到王领导的嘴边，一口一口地叨王领导的牙缝。很快，就把王领导牙缝的肉丝叨干净了。王领导的牙齿变得清清爽爽。

王领导很高兴，问牙签鸟的来历。广五说：牙签鸟生长在南方的原始森林中，是专给老虎剔牙的。老虎吃肉，也塞牙缝。老虎就张开嘴，让牙签鸟吃牙缝里的肉渣。老虎很舒服，牙签鸟也有了肉吃。老虎不吃牙签鸟，它们友好相处，结成了利益共同体。

王领导笑道：是这样啊，真是一只宝鸟！

广五又说：这次您派我到南方开会，我在鸟市上发现了牙签鸟，感觉稀奇，就给您带回来了一只。

王领导说：不错，是个乐子！发票拿过来吧，我给你签字。

广五就把发票掏出来,让王领导签字。王领导签完了字,又说:这样吧,我也没时间养鸟,你就替我养着吧,等有饭局的时候,我叫你,你带上牙签鸟,一块出席宴会!

广五说:随叫随到,随时随地给您剔牙!

广五就带着牙签鸟回家去了,精心饲养着,准备随时出席领导布设的饭局。

果然,王领导心里有了牙签鸟,到哪里吃饭,都要喊上广五,让他带上牙签鸟。由于有了牙签鸟助兴,宴会上总会出现意想不到的热闹。每次,王领导都要表演大碗喝酒,大块吃肉,像是梁山泊的豪杰首领。王领导吃了肉,就要塞牙缝,就要牙签鸟飞过来表演。王领导仰在躺椅上,张开大嘴,由着牙签鸟啄击牙齿。王领导表现得很惬意,眯着眼睛,似睡非睡地进入了仙境。围观的人,屏着呼吸,观赏着牙签鸟的表演。同时,也有几分担心,惟恐牙签鸟叨瞎了领导的眼睛。牙签鸟很利索,很快就把领导的牙齿叨得干干净净。每当这时,人们便由衷地爆发出热烈的掌声。

当然,王领导不但吃肉,也喝酒。喝酒,总有醉酒的时候。王领导喝醉,广五就要受罪。有时,即便王领导没醉,也要装醉。王领导装醉,广五就要加倍受罪。有一次,王领导确实喝醉了,喝汤喝不到嘴里了,嘴角流了很多肉汤。广五连忙给王领导擦嘴。王领导却不叫他用香巾纸擦,非叫他用舌头舔。广五笑笑,就趴在王领导的嘴边,把王领导的嘴角舔得干干净净。更多的时候,王领导要求广五喝他喝剩下的肉汤,而且,还要求广五吧咂出声响效果来。王领导说,每次听见有人吧咂嘴,总能产生丰衣足食的豪迈感。

广五受罪的时候,牙签鸟就站在一边冷眼旁观。

广五总要瞟一眼牙签鸟,表情似笑非笑。

广五不止一次地在心里骂自己。

广五忍耐着,只有忍耐。谁让自己想在领导的身边混了?想拾取领导的牙慧,就得要做一只牙签鸟!

王领导的电话又来了。王领导又通知广五,带上牙签鸟,出席重要宴会。王领导特别交代,有一位大领导将亲自出席宴会,希望牙签鸟有更出色的表演。

一个念头，突然在广五的脑子里闪现出来了。广五将门窗紧闭，对牙签鸟进行了一场强化训练。他相信，通过这个项目的训练，牙签鸟的才艺水平将得到全面提升。

广五提着牙签鸟，准时来到了宴会厅。

果然，有位大领导来了。大领导是王领导的领导，是提拔了王领导的总领导。大领导已经听说了牙签鸟，这次是特地过来考察的。

酒过三巡，菜过八味，王领导示意牙签鸟可以表演了。

大领导刚刚吃过了肉，已经准备好了姿势，仰着头，张开了大嘴，等着牙签鸟剔牙。广五打了个响指，牙签鸟就飞了过来，飞到大领导的脸前，盘旋了几圈，却不给大领导剔牙。只听广五说：牙签鸟要出场费呢！

王领导赶紧摸了摸口袋，摸出一张百元大钞，装进了大领导的衣兜。牙签鸟见状，鸣叫了一声，俯下了尖嘴，叨向了大领导的牙齿。叨完一颗牙齿，又飞了起来，又在空中盘旋。王领导赶紧又摸出一张百元大钞，塞进大领导的衣兜。牙签鸟见状，这才又俯下了身子，埋头剔牙……

牙签鸟给大领导清理了 10 颗牙齿，进账 1000 元。

大领导嘎嘎大笑，欢喜得合不拢嘴。

大领导已经决定，把牙签鸟连同广五，一卦收走！

领
导
随
意

让 鸟 说 话

> 这两只鹦鹉的舌头很溜，说话的效果像电视剧里的官员，字正腔圆，音调沉稳。

秦德龙官场小说

老蒋养了几只鸟，几只会说话的鸟。也就是八哥、鹦鹉、鹩哥之流的。这些鸟真能啊，有的会说方言，有的会说普通话，有的会背唐诗，有的会说歇后语。老蒋经常给鸟们修剪舌头，让它们一展歌喉。老蒋还率领它们参加过鸟语大赛呢，捧回来好几枚奖章。

人怕出名猪怕壮，鸟出了名，也会被人惦记着呢。

胡秘书来找老蒋了，说是借鸟。胡秘书说：一号病了，心烦得要命，能否请宝鸟闪亮登场，陪着一号说说话，给一号开开心？老蒋说：这不是高看咱的鸟嘛？只要一号高兴，你掂哪只鸟都行！

胡秘书就掂跑了两只八哥。之所以首选八哥，是因为八哥会说一号家乡的方言。一号的乡音很重，八哥去说说方言，一定能让一号产生好心情的。果然，当晚，胡秘书就打过来电话说：一号听了八哥说话，高兴得两眼泪汪汪，好像见到了久别的老乡！

过了两天，胡秘书又跑来了，还是借鸟。胡秘书说：一号的身体恢复得很快，得益于宝鸟了。可是，到病房探望的人很多,他们都是来汇报工作的,搞得一号很疲惫。这样下去怎么得了呢。我看,得让宝鸟帮助开展工作了。有没有会替领导说话的宝鸟呢? 有的话,弄两只,为领导排忧解难。

老蒋笑笑,当即挑出两只会说普通话的鹦鹉,让他们跟着胡秘书学说官话。不消一刻钟,两只鸟就学会说"研究研究"、"考虑考虑"了。这两只鹦鹉的舌头很溜,说话的效果像电视剧里的官员,字正腔圆,音调沉稳。胡秘书喜形于色,架着鸟笼,一路飞奔而去。当晚,胡秘书又打来电话说:一号对鹦鹉的表现十分满意,决定把它们留下来当助理了。

几天后,胡秘书又跑来了。胡秘书说:一号住院的日子太单调,需要开展些娱乐活动。比如,唱唱歌、说个笑话什么的。老蒋提出两只鹩哥说:它俩会背唐诗宋词,还会说歇后语,也能唱两句简单的歌曲。

胡秘书欢喜地说:那就是它们俩了,等一号出院的时候,一定过来重谢你老蒋!

胡秘书又把两只鹩哥提跑了。晚上,胡秘书打过来电话说:一号听了鹩哥背诵诗词、说歇后语,高兴得开怀大笑!

老蒋笑笑,问胡秘书:啥时候能把鸟还回来?

秘书说:怎么? 你还想让它们回来? 它们留在一号身边,不是更幸福吗?你有什么可担心的呢?放心,我会代表一号,给你一笔钱,买断这些鸟的生存权!

这话,老蒋不爱听了。老蒋说:胡秘书,你原先说的是借鸟,没说买鸟! 鸟是我养的,就像我的孩子,给多少钱,我都不会卖的!

老蒋这么说话,胡秘书也不爱听了。胡秘书"哼"了一声,把电话挂断了。

几天后,胡秘书把六只鸟都给送过来了。鸟是坐着小轿车回来的。胡秘书笑道:老蒋,一号出院了,鸟还给你,完璧归赵了。为了表示感谢,一号特批了一笔劳务费,日后给鸟改善生活,请你务必收下。胡秘书又说:既然,你不肯卖鸟,就好好养着它们吧,以后,还会用这些鸟,随叫随到吧。胡秘书说完,留下一个厚厚的信封,走人了。

老蒋一一打量这六只回归的鸟,就好像国王接见回国大使。鸟们还认得老蒋,毕竟老蒋是有养育之恩的。有只鸟带头说了句"您好",其它鸟

领导随意

也都跟着说"您好"了，算是给老蒋请安了。

可是，老蒋却发现这些鸟都变了，原先教它们说的那些人话，好像都不会说了。那些鸟围聚在一起，居然说了些"天知地知、你知我知"、"给个面子、下不为例"之类的鬼话；还有只鸟，竟开口讲了个黄段子；它们也不背诵唐诗宋词了，反倒唱什么"宝贝、亲爱的宝贝……"、"我的思念……"

老蒋知道，这些鸟都变坏了，变腐败了。老蒋取出一把剪刀，要给鸟的舌头动手术。只有修剪舌头，它们才能重新成为会说人话的好鸟。就在这时候，电话铃响了，是胡秘书打过来的。胡秘书笑道：怎么样？老蒋，鸟们现在更可爱了吧？老蒋骂道：可爱个屁，都变坏了，变腐败了！胡秘书说：老蒋，你胡说些什么呢，那些鸟，是跟过一号的啊！是领导亲自培养过的啊！有机会，领导还要请它们过来说话呢！胡秘书又说：老蒋，你可不敢做糊涂事啊，你要是打算对鸟们动刀子的话，我可要喊话了——刀下留人！

老蒋一声冷笑，丢掉了电话。

他先烧了锅热汤，然后，将那六只鸟的舌头剪掉了，扔进了热锅里，煮汤喝了。老蒋对自己说，宁愿养一群哑巴。

让领导喜欢

他经常跑到老领导面前,说几句错话,暴露一两个缺点,让老领导继续敲打。老领导就很受感动。

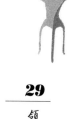

郝学生一直猜不透,领导是不是喜欢老黄牛?郝学生工作十几年了,从小黄牛干到老黄牛,好像从来没被领导喜欢过。而那些尖嘴猴腮的货,鹰鼻鹞眼的货,一个比一个进步快,一个比一个受领导喜欢。郝学生总是想,老黄牛是不是该吃亏?!

有人点拨郝学生:你要想进步,就得犯点错误!

郝学生一脸困惑:为什么要犯错误?

点拨他的人说:你想想,你一点儿错误都不犯,你一贯正确,领导怎么能拿捏得住你?

郝学生脑子开窍了。是啊,要想被领导喜欢,就不能比领导正确。多少犯点儿错误,被领导敲打敲打,不就等于被领导亲自培养过了嘛。想到这里,郝学生就笑了。过去,自己真是太傻了,自以为是老黄牛了,不用扬鞭自奋蹄了,难怪领导不喜欢了。

可是,犯个什么样的错误,才能被领导喜欢呢?总得有个机会呀。当然,还不能硬犯,还要犯得自然而然。这也许是一件很难办的事。

不过，只要想犯错误了，就会在不经意间把错误犯下。有一天，郝学生进领导办公室的时候，没有敲门。结果，就看见了不该看见的一幕。领导的怀里搂个女的，女的正在做啄木鸟状，一口一口地啄着领导的脸皮。领导的脸皮，像是长满了虫子的树皮。

郝学生当下就慌了，就不会说话了。女的看见了郝学生，就从领导的怀里弹了出来。领导抹抹脸皮，说那女的："你这小毛妮子，真不懂事！"郝学生哪顾得多想，拔脚从领导房间里跑了出来。

错误就这么犯下了。可是，犯下这样的错误，郝学生的心里更没谱了。原本，他是想着犯一个工作方面的错误，以便于让领导抓个小辫子。可是没想到，自己的小辫子没送出去，却看见了领导的一个大辫子。

这可怎么办呢？去对领导说："我什么都没看见？"这很不妥。写字怕描，拉屎怕瞧。去说了，就是"此地无银三百两"了！

那就沉默是金吧！

然而，沉默是痛苦的。总不能老躲着领导吧，也不能老憋着不和领导说话吧。那样的话，犯错误还有什么意义？当然，也不能借机去敲诈领导。领导是干什么吃的？领导会吃这一套？！

惟一的办法，是以己之道，治己之身。也就是以毒攻毒，攻自己的毒，让领导高兴。郝学生就去理发店找了个小姐，要小姐隔三差五来单位找他，每次出场费20元。小姐很配合。20元相当于剪十个小平头了。小姐来了几次，就有了效果，同志们都知道了，郝学生泡了个小姐。

当然，领导也知道了。

领导就和郝学生谈话了。领导说：小郝啊，怎么说你呢？家里有老婆嘛，还胡闹什么？！

郝学生做迷途羔羊状：哎，人间自有情难诉啊！

领导的脸色就很严肃了：小郝，你这样下去，是很危险的，是要断送前途的！郝学生做驯服工具状：那，我听领导的，和她一刀两断！

领导笑了，很慈祥地笑了。这就好嘛！咱们都是男人，我是理解你的！那天，你也看见了，一个小毛妮子，居然爬到我的腿上来了！你也听见了，我批评了她！要不是看在她是我小表妹的面上，早就把她踹出去了！

郝学生说：是呀，我看见您批评她了。您是高风亮节的，坐怀不乱的！

领导哈哈大笑起来。领导笑完了，从桌子底下摸出一瓶酒来，又变戏法似的拿出了几样小食品。领导说：小郝，平日，咱们沟通得不够，来，今天喝两杯！

郝学生连忙拿过两只杯子，将酒斟上。

酒香四溢，郝学生还没喝呢，就有些飘飘然了。

郝学生就这么被领导喜欢上了。没多久，领导就给他考虑了个位置，签发了任命他的红头文件。

常有些生坯子，过来找郝学生，请他指教，如何被领导喜欢。郝学生话也不多说，就看人家会不会犯错误。凡是会犯错误的，而且，肯接受他敲打的，他就认为是棵苗子，值得培养。凡是一脸正气的，刀枪不入的，他就懒得理睬，不冷不热地打发走人。

当然，郝学生没忘记培养他、提拔他的那位老领导。他经常跑到老领导面前，说几句错话，暴露一两个缺点，让老领导继续敲打。老领导就很受感动。有一天，老领导把埋藏很深的一句话说了出来：小郝啊，你千万不要以为当领导的就应该思想觉悟高！你要是这样想，那可就大错特错了！

郝学生点点头，深有体会地说：是啊！领导也是人，也有七情六欲嘛！更何况，领导操心多，犯错误的机会可能就多些！

领导笑道：你有这个认识太好了！犯错误不可怕，可怕的是不改正错误！我们都是在曲折中前进的嘛！

郝学生眨着明亮的眼睛说：失败乃成功之母，错误乃正确之父！

领导随意

让领导睁开眼睛

领导要上画册了。可是,里里外外找遍了,找不到一张合适的照片。这些年,领导没少照相,可全都是半闭着左眼,左眼皮耷拉着,是个半瞎。上画册,是件很严肃的事,总不能让领导吊着一只眼吧?

领导的那只半瞎眼,是一次车祸闹的。那年,领导亲自开车,差点吻住前边的车屁股。领导踩了个急刹车,脑袋就从前窗玻璃攮出去了,攮得满脸是血,玻璃碴子刺伤了左眼。从此,领导就开始睁一只眼、闭一只眼了。

现在,领导要上画册了,总得让领导睁开眼睛吧。于是,有人出了个点子,利用电脑,把领导那半只瞎眼撑开。也就是选一张照片,输到电脑里,在电脑屏幕上修改,修改领导的眼睛,让领导的眼睛恢复原状,恢复得又圆又大。电脑果真是个神奇的东西,鼠标那么轻轻地点上几笔,真的就把领导的眼睛睁开了!

照片送给领导审查,领导看看照片,笑了起来:我的眼睛,说睁开就睁开了?电脑可真会作弊!领导又说:睁开是睁开了,可我感觉是在作秀呀!你们说,我有必

要睁开眼睛吗？

显然，领导不想让电脑帮他睁开眼睛。

这可怎么办呢？聪明人总是有的，又有人出了个主意，这就是给领导拍一张侧面像，将领导的那只半瞎眼避开。这个出主意的人说，从侧面拍，能把半瞎眼遮挡一部分，效果一定很好。许多照相馆拍艺术照，就是从侧面拍的，关键是选角度。这个出主意的人，还讲了个故事，举例说明。故事说的是，有个皇帝，是个独眼龙。皇帝找人画像，没人敢画。第一个画家来了，把皇帝画的双目炯炯。皇帝说，你画的不是我，皇帝把画家杀了。第二个画家，接受了教训，把皇帝的一只瞎眼如实画了出来。皇帝说，我真的是这样吗？第二个画家也被杀掉了。第三个画家，就很聪明了。他把皇帝画到了草原上，让皇帝打猎。他让皇帝端着猎枪瞄准，皇帝很自然地闭上了左边那只瞎眼。皇帝看了画像，大喜，封赏。

听了这个故事，大家都说受启发。可是，怎么和领导说呢？能给领导讲皇帝画像的故事吗？不能，绝对不能。讲给领导听了，就等于骂领导了，骂领导一只眼瞎了。领导多精啊，领导在这个问题上，是不会把自己比作皇帝的。那就只有蒙领导了，蒙他说，给他照艺术相。有时候，找领导办事，是不能直来直去的，是需要兜圈子的。其实，领导也很好蒙，只要哄他高兴就行。河南人不是有句名言吗——"吃撺（蒙）不吃敬！"

领
导
随
意

果然，领导听说要拍艺术照，就表现出了很开心、很配合的样子，由着摄影师摆弄了好一阵子。

侧身的艺术照很快就洗印好了，送给领导看。可领导的脸色又冷了，不说好，也不说不好。领导只是说了个原则性意见：上画册，还是应该上标准照嘛！

领导的意思很明白了。给他用电脑做的标准照，他不满意，给他拍了侧身艺术照，他还是不满意！这可真让人发愁了。

办法总是有的，只要肯动脑子，总是能够让领导满意的。

几天后，两张用电脑合成的新照片送到了领导的面前。一张是领导和省里领导的合影。两个人都侧着身子，很亲密地握着手。由于是侧着身子，一点儿都看不出来领导有半只瞎眼。另一张是领导的个人标准像。领导戴着一副茶色眼镜，镜片后面那半只瞎眼，似明似暗地睁着。

　　领导大喜。领导喜滋滋地说：真有你们的！这两张照片都能用！电脑真是个好东西，让我和省里领导握上了手！

　　领导又指着那张标准像，笑道：这样也好，艺术的境界在于似与非似之间！谁敢说我睁开了眼睛，谁又敢说我没睁开眼睛？

让领导记住名字

领导的感官受到了刺激，领导突然想起来络腮胡子的名字了。

领导总是记不住下面人的名字。领导走在大街上，总是有群众和他打招呼。领导也不知道打招呼的人是谁，只是笼统地"啊啊啊"地回应着，脸上挂着普遍性的微笑，如同电台播发的通稿。

记不住下面人的名字，能怪领导吗？是你和领导打招呼的，领导又没让你打招呼！再说了，领导即使记住下面人的名字，又有什么用处呢？

打过招呼的，领导也不会在意他，一般情况下，随时就给省略掉了。比如，有个很面熟的人，是个络腮胡子，虽然他经常和领导打招呼，领导就是记不住他的名字。有一次，领导下去检查工作，和络腮胡子握了握手，也问了他叫什么名字。可过了几天，走在大街上，领导再看见络腮胡子，就是想不起来他叫什么名字了。络腮胡子只好又一次向领导汇报了自己的名字。然而，几天后，领导又遇见了络腮胡子，又想不起来他的名字。领导只好把大脸扭到一边去，装作不认识络腮胡子。络腮胡子本来已经准备好了笑容，想和领导打招呼，可热脸碰上个冷屁股,只好窝着火,闪到一边去。

说实话,领导已经到了爱忘事的年纪,能否记住下面人的名字,已经是无所谓的了。谁让下面的人那么多呢?都是蝼蚁之人,领导能记得过来吗? 倘若把每个人的名字,都吃到肚子里,那还不把领导累死了?

当然了,能不能记住下面人的名字,那还要看领导是否受到了美好的刺激。主要是感官刺激。视觉系统受到刺激后,反馈给大脑,大脑再通知心脏,发生一连串的心理整合作用,领导就能记住一个人的名字了。说白了,就是对一个人有美好的印象时,很容易就把这个人的名字记住了。比如,领导新近发现了一个女同志,只听人家说了一遍她的名字,领导就把她的名字默诵出来了。记得清清爽爽的,好比种子生根、发芽、开花、结果。

这个新发现的女同志,名字叫王静。

王静真是好啊,好得不得了。娉娉婷婷的身材,白白净净的皮肤,围一条鲜红的纱巾,骑着电动车,一手提着裙角,裙角扎在车把上,那叫一个"飘"!

这样的女同志,让领导心雨飘摇,让领导获得好心情,领导不记下她的名字,是没有道理的。

可是,突然有一天,领导很吃惊地把王静和络腮胡子联系到了一起。因为,领导看见了他和她并肩走路,说说笑笑,亲密无间。他们俩的身边,还跟着一个欢蹦乱跳的小孩子。领导看见这一幕,眼珠子都要射出来了。

人家是两口子!

当领导得出这个结论时,不禁仰天长叹。可惜了,真是可惜了,这么好看的美女,怎么会嫁给工人?

这也是没办法的事! 好在领导是个明白人,没有望着人家的影子再纠缠下去。领导是个拿得起、放得下的人物,很快就豁然开朗了。领导的感官受到了刺激,领导突然想起来络腮胡子的名字了。

"刘百顺!"领导在心里念叨着,只念叨了一遍,就把那名字记到心坎里了。

以后,在大街上,再见到络腮胡子的时候,领导总会热情地和刘百顺说话,而且是先打招呼。见到王静呢,也是先说话,没有一点儿领导的架

子。他和人家两口子说这说那，说刘百顺同志如何如何好，如何如何贡献大，既是老黄牛，又是千里马。他这么说的时候，王静的脸上布满了红霞，刘百顺的脸上也布满了红霞。

领导真的记住了刘百顺的名字。有时，领导也会在不同的场合，提到刘百顺同志。每次提到刘百顺，领导都要补充一句："啊，就是王静的那一口子！"说的次数多了，上上下下的人，都随着叫"王静那一口子"了。时间一长，就没有人叫刘百顺的名字了。

刘百顺好像也没表示什么意见，一天到晚，笑呵呵的，脸蛋子刮得干干净净，像个青皮土豆子。刘百顺已经不当工人了，每天上班都穿着白领子衬衣。

有一天，领导又见到了刘百顺。两个人说了半天话，领导却怎么也想不起来他的名字了。领导实在忍不住了，就问："喂，你是谁来着？"

刘百顺笑道："我是王静那一口子！"

喝酒也是生产力

酒量大的人，适合于生产力的发展要求，他们是社会的精英人物，他们以特殊方式推动着历史车轮前进。

秦德龙官场小说

老胡经常这么说：喝酒也是生产力，而且，是很重要的生产力！

老胡这么说，是因为有人对他喝酒有看法。当然，主要是群众有看法。干部们一般是不会有看法的。哪个干部胆敢有看法，老胡就会修理死他。群众有看法就不一样了，总不能把某个群众开除出群众队伍吧。因此，老胡经常在群众大会上为自己正名，说自己是代表单位喝酒的，也就是代表群众喝酒的。喝酒能为群众带来经济利益，不也是先进生产力的代表吗？上升到生产力的高度上，老胡就找到了理论依据，自己爱喝酒，也就是人民公仆的形象了。

的确，老胡喝酒喝出来了经济效益。有一次，为了向上面要钱，老胡拼命喝酒，多喝一杯，多给一万，老胡就多喝了20杯，就多争了20万。还有一次，和人家谈项目，也是多喝一杯，人家多让一万。结果，老胡又多喝了20杯，又给单位争来了20万。让大家说说看，喝酒是不是生产力？！喝酒出不出经济效益？！

还有,喝酒也能提升执政的执行力。老胡是个高管,下面有一些中管,中管下面还有一些基管。怎样做到政令畅通？老胡提出了响亮的口号:"喝酒看工作,酒量用干部。"能喝一斤喝八两的,能喝白酒喝啤酒的,能喝啤酒喝饮料的,坚决拿下。不拘一格地选用那些"酒精考验"的人才,依靠他们,打开死水一潭的局面。果然,经过这样一番整治,老胡的执政效果显著提高,每次开管理者大会,都是一呼百应,群情激昂。

有了自己的身先士卒,有了各级管理者的前呼后应,到了酒场上,什么样的酒鬼对付不了呢?

煮酒论英雄,老胡仿佛又回到了曹操时代。

把自己比作曹操,就是不要脸了。曹操就是个不要脸的人物,否则,不能笑傲江湖。老胡呢,向曹操学习,且有发扬光大,言称三不喝:"没有领导在场,不喝! 没有大款在场,不喝! 没有美女在场,不喝! "一般情况下,这三个要件都是具备的,老胡就总是开怀畅饮了。

当然,老胡也知道,喝酒伤胃,伤老婆的感情。老胡曾经动情地说:我把胃都贡献出来了,把夫妻感情都束之高阁了,这是一种怎样的境界呢?说实话,公家应给我买双份保险,一份保胃,一份保感情。我的胃,成天泡在酒精里,那是什么滋味?哪一天,我的胃切除了,得给我报工伤!我要是因为喝酒牺牲了,得给我评烈士,评不上烈士,也得比照烈士处理!

老胡的这些豪言壮语,很让同志们感动。老胡喝酒为了谁?还不是为了本单位?他是因公喝酒啊,他真要是有个三长两短的,每个同志都该去参加他的追悼会!

话说到这个份儿上,人们很容易就想到了英勇就义。因此,有人就建议说,老胡为公家喝酒,存在着极大的风险性,除了给他买保险外,还应该给他评"五一"劳动奖章。不能等他死后,再追认什么荣誉称号。人都死了,要那些虚的东西有什么用?还是活着的时候,让他本人充分体验到社会的尊重,群众学起来也有个活的榜样!

这个建议,很快就通过不同的渠道反映上去了。可上面根本就不予理睬。道理很简单:煤球不是白的!

没人理睬怎么办?那就让媒体给做主! 有家媒体对"喝酒也是生产力"这个话题很感兴趣,认为这体现了一种崭新的思想理念。于是,在媒体的策划下，"新生产力观研讨会"如期召开了。许多企业的老总都在百忙之中参加了会议。虽然，会议的味道有点怪，可老总们却喜欢这种怪怪的味道。他们说，味道越是怪，越是对脾气！

会后，媒体发表了专题报道。核心观点是：酒文化与生产力关系密切，体现了新型的生产力与生产关系的关系。从这个意义上说，酒量大的人，适合于生产力的发展要求，他们应该受到社会的尊重。他们是社会的精英人物，他们以特殊方式推动着历史车轮前进。

研讨会还热热闹闹地搞了个颁奖活动，授予老胡等十个酒中豪杰为十大精英人物。老胡十分亢奋，当晚与其他精英人物推杯换盏，彻夜狂欢。有人建议，按酒量排定座次，谁的酒量大，谁就是第一生产力。结果，老胡喝得烂醉如泥，当上了第一生产力。

荣膺了第一生产力的称号，老胡的精气神再也下不来了，每次喝酒，都要争当第一。有时候，明明喝醉了，也是倒驴不倒架。他也知道，有人明里暗里和他斗酒，是为了杀他的霸气。能保持第一，是很不容易的。拿老胡的话说：高处不胜寒哪！

第 二 辑

桃色新闻

丑　石

新县长心里已经有谱了。他知道，总有一天，郭市长要来考察森林公园的，他那块丑石头，就是个资源。

郭县长弄回来一堆石头，让每个领导人各自挑一块，分别刻上名字，送到森林公园里去。郭县长说，森林公园落成了，总得搞个仪式吧，咱就搞植树造林，每人栽一棵树，每棵树下摆一块石头，石头上都有名字。这样，小树苗就有人认养了。背后的意思呢，我就不说了，都明白吗？

明白，明白，太明白了！县里五大班子成员都表示赞成。十年树木，百年树人，郭县长是要给俺留名呢！

说干就干，领导们很快就挑选好了石头。老书记也没说什么。郭县长私下里已经和他咬过耳朵了，特地给他留了块好石头。他也看过那块石头了，表面上很光滑，像个佛头，还不算太丑。别人的石头呢，就不好看了，一块比一块丑。县长能把书记抬到这一步，书记还有啥好说的呢？

植树这天，五大班子成员都到齐了。树坑早有人给挖好了，石头也摆上了。领导们戴着白手套，扶着树苗，培着土，浇着水，表现了一会儿，让记者录了像。当天晚上,全县人民都通过电视知道了,知道森林公园剪彩了,知道领导人植树了。更重要的是,知道领导人认养小树苗了,知道领导人都有自己的石头了。

森林公园很快就热闹起来了,人们纷纷跑了过来,参观领导人栽下的树苗,参观领导人的石头。也不知是谁,当场就捂住牙笑开了:石头这么丑,丑得像条狗!怎么不选用上好的大理石呢?!

马上就有人批评他了。你这个人,怎么这么不严肃呢?石头丑,那是质朴的本色!之所以选用石头,这叫做就地取材,艰苦奋斗!

经过这么一思辨,许多人都端正态度了,而且,飞快地行动起来了。他们到处找石头,专门找丑石头,找到了,就送到森林公园里去。他们也学着县领导的样子,各自认养了一棵小树,在树根摆上了丑石。当然,他们的石头,可以比领导人的丑,但不可以比领导人的大。为了尽快见到效果,他们来不及刻字了,只好用油漆把名字写到石头上。行动慢半拍的人,已经找不到石头了,只好找来砖头瓦片,用纸条写个名字贴上,先占住一棵树再说。这也是没办法的办法,都恐怕自己晚了,占不住位置了。想想看,如果在领导人的周围占不住个位置,以后可怎么混呢?

就这样,森林公园里的每一棵小树苗,都有人认养了。或者说,每棵小树苗的根前,都有丑石、丑砖、丑瓦了。媒体的鼻子很灵,马上闻风而动,制作好了专题新闻,送到省新闻中心去了。

郭县长就成了新闻人物。

成了新闻人物,就预示着要成为大人物。

不久,郭县长就去市里挑大梁了,当副市长了。

临行的那天,喝过送行酒,郭市长提出去森林公园看看。他说,他要以县长的名义,再给小树苗浇浇水。众人就拥着他,去了森林公园。其实,大家都明白,郭市长是要看看自己那块石头。给小树苗浇过水后,郭市长登上了自己那块石头。郭市长站在石头上,动情地说:今天,我和大家咬个牙印,我是要常回来看看的!我这块石头很丑,就当是一条狗吧,让它永远留在这!

有人呵呵地笑了起来。老书记也笑了,边笑边说:老弟,知道你和咱县的感情深!人走了,树常在,石头常在!你的名字,刻在全县人民的

心里!

郭市长就这样走了。以后,郭市长也回来过几次,听听汇报,做做指示,可就是没往森林公园去。也没有人提醒他。所有的人,都笑佛似的围着他,说这说那,就是不说森林公园,不说那些树,不说那些石头。

其实,他一走,森林公园就荒了,树苗被牲口啃死了,只剩下来一堆丑石头和烂砖瓦。那些丑石头,被阳光曝晒着,被风雨侵蚀着,显得愈加丑陋。偶尔有人转到这里,用皮鞋踩踩石头,刮刮鞋底子上的烂泥。

有人把这事说给了新来的县长,说森林公园一直亏损着,卖不出一张门票,占了那么多耕地,要不要拆掉? 新县长问老书记怎么办? 老书记说:能怎么办? 五大班子成员都在里面呢!

来说事的人,是个人精,马上改嘴说:是啊,也许,郭市长留给咱的是摇钱树呢!

新县长说:这样吧,找人编一编,给丑石编个美丽的传说,就说它们是红楼梦里的石头,经过上百年辗转,流失到我们这里来了!

新县长心里已经有谱了。他知道,总有一天,郭市长要来考察森林公园的,他那块丑石头,就是个资源。

炸　弹　号

张司瑞的心，亢奋起来了，是那种重获新生般的亢奋。张司瑞感到了天空格外蓝，道路格外宽。

领
导
随
意

张司瑞的手机是个炸弹号：13*****1111。炸弹号的后四位数相同，摆在一排就是个炸弹。好比打扑克牌，甩出四个同花，就能把对手炸得目瞪口呆。

手机是个炸弹号，人物也就是个炸弹人物了。

张司瑞给领导掌握着方向盘，拿领导的话说，"掌握领导的前进路线"。张司瑞驾驶着一号车，人们就不喊他张三了，全都亲切地喊他张司瑞，很有几分洋派的张three。

里里外外的人，都对张司瑞扬着笑脸。尤其是下面的人，都恭敬着张司瑞，希望他能成人之美。有时候，他们有急事，一时又找不到领导，那就找张司瑞，拨打他的炸弹号。也许，领导就在车上坐着。也许，领导就在宾馆里躺着。张司瑞听见炸弹号响了，有权利判断是否让领导接听电话。张司瑞高兴了，就能让你马上和领导说上话。不高兴了，就让你吃个哑炮。

一个拥有炸弹号的人，是个很吃香的人。人们说起张司瑞的炸弹号，总是把尾号1111念作叨叨叨叨。不念衣衣衣衣,也不念妖妖妖妖。谁要是不念叨,谁就是傻帽儿。叨什么叨?叨菜的叨。筷子叨菜,鹰嘴叨肉,拨打张司瑞的炸弹号,就得让张司瑞叨菜。想吃龙虾吃龙虾,想吃老鳖吃老鳖,由着他快乐。

当然了,张司瑞明白,那些来说甜言蜜语的人,是打探人事信息的,是打通物流财路的。张司瑞这盏灯,也不是随随便便就给什么人照亮的,也不是任何人都可以过来扯关系的。张司瑞就把自己拔得很高,就把炸弹号拔得很高。

但是,再高,也高不过领导。张司瑞已经有感觉了,领导对他和从前不一样了。领导总是不吭气就把车开跑了,领导也有一把车钥匙,领导出去不再叫他了。张司瑞不知道领导把车开到哪里去了。张司瑞被领导忽悠得摸不住大小头了,很是苦恼。

张司瑞知道自己犯下错误了,可又不知错在哪里。好在张司瑞有个比较好的认错态度。态度决定一切。每次,领导把车开回来,张司瑞就赶紧跑上前去,擦车、打蜡、喷香水,做出痛改前非的样子。可是,领导仍然冷着脸,既不下雨,也不打雷。

张司瑞的炸弹号就这么被挂起来了。

这可真的让张司瑞受不了。张司瑞的嘴里就憋出了血泡。张司瑞的老婆也看出来了,看出他的失落感了。老婆就充满爱怜地说了些宽解人心的话。张司瑞和老婆谈心,倾诉了一腔苦恼。张司瑞痛苦地说:"妈的,我的热脸贴上去了,碰上个冷屁股!"

老婆笑道:"你就不会用热屁股去蹭他那张冷脸?!"

老婆可真幽默,说话居然很哲学。张司瑞的火气消了一半,就请老婆点拨他迷惘的心灵。

老婆说:"你错就错在炸弹号!有人把你害了,既利用了你的炸弹号,又到处卖你的赖!"

张司瑞打了个冷战:"那我该怎么办呢?"

老婆说:"你把炸弹号交给领导!凭什么你是炸弹号,领导不是炸弹号?你手里握个炸弹号,迟早要自我爆炸的!"

张司瑞承认,老婆说得有道理。不是一般的有道理,而是大大的有道理。张司瑞谢过老婆,冲出门去了。

张司瑞把手机里的号码卡抠了出来,放到了领导的面前。

领导佛似的笑了。领导笑眯眯地说:"你这是什么意思?你的就是你的,你的不是我的! 我知道你的态度了,快收起来吧。"

张司瑞诚惶诚恐地说:"我知道我错了,我改!"

领导说:"可别这么说,这么说不好! 难道你错了,就说明我对了? 不能这么论证吧!"领导看看张司瑞的红脸,又说,"这样吧,你到车管所跑一趟,把咱的车牌改个号,选个吉利的炸弹号!"

张司瑞的心,亢奋起来了,是那种重获新生般的亢奋。张司瑞感到了天空格外蓝,道路格外宽。被解放的感觉真好哇!

新车牌的尾号是9999,是个顶级的炸弹号。领导十分满意地说:"这是一辆炸弹车。"

每天,张司瑞驾驶着炸弹车,载着领导,四处活动。

张司瑞再也不让人喊他张司瑞了,要喊就喊他"张三"。炸弹号也不对外使用了,只接听领导的电话。

领
导
随
意

事故也是双刃剑

成功与失败,正确与错误,都是我们的宝贵财富! 事故也是双刃剑嘛!

报警器响了。就在庆典大会进行到高潮的时候,宾馆会议大厅里的报警器"哇呜哇呜"地响了起来。报警器的声音,是那样的刺耳,那样的闹心。人们愣住了,一时不知道该怎么好了,只能由着报警器没完没了地叫唤。

会议大厅里弥漫着烟雾。显然,因为燃放烟花,惊动了报警器。可是,这么隆重的庆典大会,怎么会出现如此严重的失误呢?

直到烟雾散尽,报警器才意犹未尽地停止了鸣叫。

工作人员心头的阴影,挥之不去。谁都知道,领导是不会放过这件事的,是会追查责任的。为了筹备庆典大会,方方面面都动起来了,很多细节都考虑到了,应该说是天衣无缝了,可偏偏疏忽了报警器这个环节!

该死的报警器!

是的,出了这样的事故,谁都跑不了,大家都是一根绳上的蚂蚱。最难受的是会务处、保卫处和宾馆的三个头头。他们已经在心里扑腾好多回了,准备随时接受指挥长的责问,必要时,引咎辞职。

指挥长终于通知有关人员开会了。

看得出来，指挥长的脸色很不好。这些天来，为了庆典，指挥长耗费了多少心血！一次次跑北京，跑省城，跑外省，邀请本系统的领导、地方官员和兄弟单位的嘉宾。指挥长多次主持召开协调会，千叮咛，万嘱咐，要求做到万无一失。可是，庆典却出现了这么大的漏洞。指挥长真的是恨铁不成钢啊！

指挥长阴冷着脸，声调十分严厉："这次出了这么大的事故，你们三个都有功劳！今天，就请你们三个过来，照照镜子，洗洗脸！看看谁是黑脸？谁是白脸？谁是花脸？！"

会务处处长老吴，先说话了。他知道，先说话，可以争取主动。老吴望着指挥长，痛心疾首地说："指挥长，事故原因正在调查中！"老吴刚说了个头，竟呜呜地哭了。

指挥长冷冷地说："还用得着调查吗？"

老吴泣不成声，也不回话，仍埋头痛哭。

"也罢，你就以泪洗面吧！"指挥长一看见老吴哭，心里就烦透了。

宾馆经理小赵睨了睨老吴，很不以为然。这个时候，莫斯科不相信眼泪！小赵立起身子，虔诚地说道："指挥长，责任主要在我！宾馆没有和会务处进行严密的工作对接。我忘记告诉老吴了，会议大厅安装了报警器。因此，我请求领导给我处分！作为会议的承办方，本宾馆愿意赔偿由此引起的一切损失！"

指挥长脸上的阴影悄然而退。"赵大经理，我可以很负责地告诉你，这次没有什么物质损失，只有精神损失！精神损失，你赔得起吗？那么多领导，北京的、省市的、兄弟单位的，都受到了报警器的噪音伤害！你说，你怎么赔偿？！"

小赵的脸，很绿很绿。

"当然了，态度决定一切！你能主动承担责任，这个态度很好！以后，我们的大型会议，还是要让自己的宾馆来承办的！"

"那是！那是！"宾馆经理转惊为喜了。

"你呢？保卫处处长？怎么，死猪不怕开水烫吗？该你洗脸了！"

保卫处处长大廖听见了指挥长在说他。大廖站直了身子，"啪"地打

领
导
随
意

了个敬礼。大廖是行伍出身,转业多年,还保持着给首长敬礼的传统。大廖一字一板地说:"报告指挥长,此次庆典大会,保卫工作十分出色!由于会场燃放烟花,报警器准确无误地报警,说明消防工作硬件过硬!预警系统反应灵敏!经得起考验!因此,我请求指挥长给予保卫处荣记二等功一次!"

大廖说完,脸不变色心不慌地望着指挥长。

指挥长逼视着大廖,片刻,仰面大笑。

指挥长从老板椅上站了起来,语气慈祥地说:"是啊,大廖说的也没错!报警器响了,说明我们的消防工作很到位!预警系统发挥了作用!我同意这样的观点,即便是事故,也要从正面看。从正面看,就可以发现它的积极意义!成功与失败,正确与错误,都是我们的宝贵财富!事故也是双刃剑嘛!"

老吴、小赵全都睁大了惊奇的眼睛。

只有大廖在心里偷着乐。

过后,大廖请指挥长喝酒。指挥长刮着大廖的鼻子说:"你小子,啥时候,修炼成精了?!"

大廖说:"报告指挥长,感谢您的培养!"

锅阳人的愿望

然而,锅阳人并没有高兴起来,因为,他们还没有小康起来。

领导随意

锅阳人的愿望是什么?郭县长问。当然是奔小康!郭县长在空中劈了个手势。草原上不能没有骏马,宴会上不能没有烈酒,锅阳人不能没有梦想!郭县长说完,领着一干人等出了县城。他亲自开车走在前面,车队在田野里卷起了滚滚黄尘。

出县城不远,是老坟岗。郭县长把车停了下来。郭县长说:现场办公会继续举行,大家先撒个尿,方便方便。众人哈哈笑着,掏出家伙,列队行事。郭县长拉好裤门说:现在,你们先看我飚车。郭县长说完,钻进小车,"日"一声,把车射出去了。众人的目光,紧紧地追随着飘舞的车屁股。只见郭县长驾车兜了个圈,兜出好大一个圆。

兜了一大圈儿,郭县长"日"一声,回来了。

郭县长走下车来,满面红光地说:都看见了吧,我刚才在锅阳的大地上划了一个圈儿。就在这,建个锅阳世纪园!

众人一时愣了,大眼瞪着小眼。郭县长不是开玩笑吧,咱是个农业县,建什么世纪园?!

郭县长拍拍手说:心眼都叫糨子糊住了?咱锅阳不是要奔小康嘛,小康的一个重要标志,就是撤县建市,让一部分人先变成市民。变成市民,就得改善人居环境。从今往后,老坟岗就从地图上消失了,代之而起的是咱世纪园!同志们,锅阳的发展,需要和上海对标,需要和联合国对标。我们没有英镑、没有美元、没有马克、没有欧元。但我们有了世纪园,就可以吸引国际友人的眼球,让他们过来投钱!

当然,不同意的同志,可以举手。郭县长站在老坟岗的高坡上,扫视着众人。好的,一致通过。不换思路就换人,这就是硬道理!锅阳什么都不过剩,过剩的是两条腿的干部!郭县长话锋一转:同志们,大舞台给你们了,就看你们展翅高飞了!

锅阳世纪园工程,吹响了奋进的号角。

省里的专家来了,提出了可以看得见的设计理念,这就是"决不落后于北京中华世纪坛"。施工队伍也从四乡里调集上来了,他们喊出了振奋人心的口号:"让世界了解锅阳,让锅阳走向世界!"

各条战线都受到了鼓舞,纷纷向县长请缨,打造本行业的亮点工程。有人建议,组建黑白集团,将锅阳的煤炭和棉花推向全国。也有人建议,走文化兴盛之路,开发梆子戏,修缮老城墙。还有人建议,县城的街道、市场应重新命名,可取名纽约大道、多伦多大街、加拿大超市、北极光购物城……而更多的人,则提出要坚持三手抓:一抓传统食品糊辣汤、二抓白酒锅阳醇、三抓馆所群英堂。他们的理由似乎更充分,从古到今,都是"民以食为天",所以,应该让糊辣汤和锅阳醇走进锅阳县府招待所——群英堂!

这些建议都是宝贵的,是锅阳人民集体智慧的结晶。郭县长听了之后,一往情深地说:没有小河的潺潺流水,哪有大河的波涛奔涌?! 为此,郭县长主持召开了"锅阳发展战略研讨会",进一步梳理锅阳的发展思路。经过三天研讨,郭县长整合出了"一二五四"工作方针,要求全县人民贯彻落实。一是一个龙头,二是两个基础,五是五大亮点,四是四大平台。所谓龙头,指的就是锅阳世纪园。消息传到老坟岗工地,施工队伍沸腾了,马上打出了大红标语:"牵引龙头,振兴锅阳,奔向小康,与上海接

壤！"

……

锅阳世纪园如期剪彩了。锅阳的一批亮点工程，相继竣工了。锅阳在锣鼓喧天中，撤县建市了。

然而，锅阳人并没有高兴起来，因为，他们还没有小康起来。拿专家的话说，GDP上不去。但锅阳人是幽默的，他们编了些小段子，在民间口耳相传。

版本之一："锅阳人的愿望——国都迁锅阳，国旗棉花状；国府群英堂，国城锅阳墙；国语锅阳腔，国粹锅阳梆；国酒锅阳醇，国宴糊辣汤；上海是锅阳的一个乡！"

版本之二："锅阳人的愿望——撤县建市奔小康，跑马圈地没商量，打造一个世纪园，八宝山迁到老坟岗！"

版本之三："喝了锅阳醇，连夜往家奔，奔到家门口，敲门不用手！"

……

有人把这些段子打到了手机上，四处转发。郭市长的手机，也接到了这样的短信息。郭市长看过后，笑道：一叶知秋，锅阳人民的精神面貌发生了可喜的变化！我看，将来，锅阳的有功之臣，都可以把骨灰葬到世纪园！这也算是我报答父老乡亲了！

郭市长的话，传到了乡下，老百姓都哂笑：他还真的以为造了个八宝山呢，本来就是老坟岗嘛！往上查八辈，不都是老坟岗的鬼？！

老崔的脑袋

老卞不咸不淡地说,隔着枪毙有漏网的,说的就是你;挨着枪毙有冤枉的,说的肯定不是你!

秦德龙官场小说

　　老卞在街上看见了老崔,要不是看见老崔由老婆陪着,他差点儿以为碰见鬼了。老崔的脑袋肿了,头大如斗,像百货楼里卖的地球仪。老崔这个样子,把老卞吓了一跳。老卞吃惊地说:老崔,你这是怎么了?喝酒喝的?脑袋灌得这么大!

　　老崔笑笑,眯缝着眼睛说:打激素打的。

　　老卞很是困惑:打什么激素?为什么要打激素?

　　老崔的老婆插嘴说:有病了呗,谁没事爱打激素?!

　　老卞明白了,老崔的地球出了故障,需要修理了。老卞关心地说:是脑袋里鼓包了吗?良性的还是恶性的?

　　老崔摇摇头说:不好说,说不好,不说好!

　　老卞还想多问两句,老崔的老婆已经把老崔拉走了。老崔走路的样子,显出了几分挣扎,几分病态,让老卞生发出一阵感叹。过去,老崔在职的时候,走到哪儿,都是雄赳赳地挺着啤酒肚,身后跟着一溜舔屁虫。现在呢,退下来了,毛病也出来了,也只好让老婆粉墨登场了。

　　老卞想,老崔的脑袋是怎么肿起来的呢?是不是因为郭抓子呢？早就听说，郭抓子被反贪局请走了，进到里面胡乱咬人。郭抓子是老崔培育的宠物，会不会也把老崔给咬了？老卞正在想着，迎面碰上了个熟人。老卞就问熟人，知不知道老崔的脑袋变大了，大得像个地球？熟人说，当然知道了，太知道了，郭抓子一撅进去，老崔的脑袋就吹泡似的鼓起来了。熟人压低嗓门说，老崔一查出来肿瘤，就去了广州，想找个专家摘瘤子。可广州的"非典"闹起来了，专家们都忙着抗击"非典"，哪有功夫关心老崔的瘤子呢？结果，老崔就给憋到广州了，回又回不来，憋了一个多月。好不容易从广州出来了，街道上又严查"三外"人员，不许老崔出门，天天上门给他量体温，又给隔离了半个月！

老卞明白了，老崔的脑袋为什么肿得像个烂地球。郭抓子这么一闹，"非典"这么一闹，老崔的脑袋注定要面目全非了，注定要与众不同了。说到郭抓子，老卞过去不是没提醒过老崔，告诫他不该重用这个坏孩子。可老崔不听，反而说老卞观念陈旧，缺乏时代精神。这回好了，郭抓子一抓进去，老崔的脑袋就跟着横向发展了。

老卞记得，有一天下午，老崔突然摸到了老卞的办公室，磨磨叽叽地问老卞，群众对我的印象究竟如何？老卞不咸不淡地说，隔着枪毙有漏网的，说的就是你；挨着枪毙有冤枉的，说的肯定不是你！老崔魂不守舍地说，是吗？我真的有那么坏吗？老卞说，当然了，不管你有多坏，你真要是栽进去了，我会出于人道主义，去看看你！

这些话说过之后，老卞就再也没见到老崔。也没想到老崔的脑袋肿了，还跑到广州去了，还赶上"非典"了。

老卞想，估计很快就要给老崔开追悼会了。老崔的追悼会，还是要参加的，毕竟当年和他在一个单身楼里煮过红薯粥啊。老崔的脑袋上长瘤子，可不是好玩的，说上奈何桥就上奈何桥了。即便老崔敢于走上手术台，敢于胜利，却未必能善于胜利。

可是，三个月过去了，仍未听说老崔逝世的消息，倒是听说郭抓子死了，一头攮到了墙上，攮得头破血流。

让老卞想不到的是，会在街上碰见老崔。更让他想不到的是，老崔的脑袋消肿了，恢复原状了。不但如此，老崔的脖子上，还神气活现地坐着小孙子呢！

老卞忍不住打趣:老崔,怎么你被发落到孙子的屁股底下了?

老崔讪讪地说:人生需要低姿态嘛。

老卞笑道:郭抓子一死,你老崔可以光屁股睡大觉了。

老崔的脸色很难看,想说什么,还没说出来,却急急忙忙放下了小孙子。原来,孙子尿了一泡,尿了老崔一脸黄汤。

老卞一看,哈哈大笑:老崔,你孙子又给你打激素了,浇灌地球了!

口才康复班侧记

"让口吃变为口才，让口才成为人才"，口才康复班的广告，让老胡看到了新的希望。

口才康复班招生了。心动不如行动，老胡看了广告，当下就报了名。老胡报名的时候，留了个心眼，没报自己的真名，他把姓氏拆开来，报了个"古月"，看上去像个满腹经纶的学者。

老胡从小就口吃，去过几家大医院，也没治好这个毛病。这个毛病，对老胡来说，影响太大了。多年前，领导就看着他老实，一心想培养他，给他各种锻炼的机会，可他口才上不去，至今也没提起来。

"让口吃变为口才，让口才成为人才"，口才康复班的广告，让老胡看到了新的希望。

开班第一天，是个戴口罩的老师给大家上课。老师的嘴，被口罩包着，很像个大菜包子。大菜包子说："先生们，女士们，我相信，经过一个月的速成教育，大家一定会以崭新的口才展示给社会，让社会各界刮目相看。"大菜包子说话的时候，没有摘口罩，让人越发觉得怪道。

大菜包子微微向前躬了躬身子："我戴个口罩是不是很怪呀？在我没露出庐山真面目以前，我要告诉大家，从前我也是个口吃患者。严重的自卑感，使我不敢

57

领
导
随
意

面对社会。当然，现在，站在你们面前的，已不是从前的口吃患者了。难道大家没感觉到——我是一位领导干部吗？"

大菜包子说到这里，摘下了脸上的口罩。学员们看见了他那神采奕奕的笑容，立即报以热烈的掌声。老胡也跟着大家鼓掌，起劲地鼓掌。

老胡已经认出来大菜包子是谁了。大菜包子是本单位的领导。老胡怎么也想不到，领导的第二职业是开办口才康复班。领导平时话不多，因为有些口吃，可做起报告来却滔滔不绝。

领导也认出来了老胡。当然，领导不会当众说他认识老胡，因为领导现在是大菜包子。大菜包子开始点名了，点到老胡的时候，意味深长地喊了一声"古月"，反倒把老胡弄了个大红脸。点完名，就开始发书，有《交际学》、《辩论术》、《演说艺术》，还有《厚黑学》和《演讲与口才》杂志。大菜包子让大家回去好好读书，第一课就热热闹闹地上完了。

秦德龙官场小说

58

老胡哪有心思看书呢？越发觉得这事怪诞。第二天，一上班，老胡就溜进了领导的办公室。领导看见老胡来了，满面笑容地说："老、老、老——胡，有、有、有啥——事？"

老胡一下子愣了。领导这是怎么了？昨晚还口若悬河呢，怎么今天就舌头不当家了？老胡猜不透，心里就有些紧张："没、没——事，没事！"连忙退出了领导的办公室。

晚上，老胡又去上课。

还是大菜包子主讲。大菜包子还是昨晚那副神态："口吃，俗称结巴，多是后天因素养成，非药物和手术所能治愈，病因是幼年好奇、模仿他人所致。表现在说话上，大都是惧怕。患者有很强的自我意识，越注意越口吃，越着急越口吃，越口吃越苦恼，越苦恼越紧张，造成呼吸急促、语言混乱。说到底，是爱面子思想作怪。现在明白了吧，为什么给大家发了一本《厚黑学》？记住，把自己的脸皮变厚了，变成长城拐弯那么厚了，你就会谈吐自如、妙语连珠了。"

接下来，大菜包子教给学员们一个诀窍，关键是调整心态，把自己调整到给群众做报告的高度上，一定会有板有眼，滔滔不绝。大菜包子又发给每人一份领导讲话稿，让大家跟着他念。

老胡照着领导的样子，摇头晃脑，急了起来。果然，言词十分流畅。

不到十天，老胡就从口才康复班毕业了。

桃 色 新 闻

有人写了他的匿名信,老许在人们心目中,不再是任劳任怨的老黄牛了,而是一匹浪漫驰骋的千里马了。

老许有桃色新闻了。就在公司酝酿产生副经理人选的关键时候,有人投了一封匿名信,说老许在洗头城泡了个小妮儿。

很快,老许的桃色新闻成了炒卖的热点,大家立即对老许刮目相看了。

老许真是可惜了,老黄牛一辈子了,怎么不珍惜晚节呢?老许这次很有可能当上副经理的,怎么关键时刻犯作风错误呢?有人不由得为老许惋惜了。

和老许好的人,都不相信老许会有风流韵事,就满怀好心地给老许通风报信,恐怕他闷在葫芦里吃了瞎眼药。

老许微妙地笑笑,什么都没说。

老许不说什么,不解释什么,就引起了好心人的怀疑,好心人一怀疑,就把老许的态度给反馈出去了。大家就开始咀嚼老许这个人,越嚼牙越琢磨出来味道了。

有人回忆说,有一次老许跟着总经理去甘肃出差,当着许多人的面,说过一个黄段子,老许说什么"男人

59

领
导
随
意

不坏,女人不爱,男人越坏,女人越爱!"当场把总经理笑翻了。

马上就有人补充说,老许这人就是爱说黄话,不久前,他还给总经理说过一段牵手歌呢:"握着情人的手,酸甜苦辣啥都有;握着小姐的手,仿佛回到十八九;握着老婆的手,好像左手摸右手,一点感觉都没有!"

大家越说越多,从老许的桃色新闻引发去,谈到社会上的许多怪事,竟把总经理也牵扯进去了,捕风捉影地说了总经理不少坏话。末了,有人叹道:"连老许都学坏了,真是一大怪,五十来岁才学坏啊!"

自由讨论在一片哄笑中结束了。

其实,老许的耳朵一点儿也没闲着,思维的马达一刻也没停止过转动。有人写了他的匿名信,老许在人们心目中,不再是任劳任怨的老黄牛了,而是一匹浪漫驰骋的千里马了。

老许整天把自己关在房子里,闭门不出。

他知道人们关注的话题就要转移到干部考察上来了。

果然,很快就开始考察干部了。

总经理提名的副经理人选,居然是老许。

很多人不理解,就直接问考察组:为什么不查他的作风问题,还要提拔他?

考察组的人说:一封匿名信,怎么查? 查什么?

老许就当上了副经理。

老许却高兴不起来。只有他自己知道,那封匿名信是他自己炮制的。

一个出国的人

晚上,住到宾馆,老赵洗过澡,先躺下了。老朱嘴里叽咕着说,罗马的宾馆,怎么不配小牙膏呢?

这个人是老朱。头大脖子粗,挺着个八戒肚儿。那天,考察团去古罗马教堂参观,正赶上下雨。别人都买把伞打上了,就老朱不买。老朱钻进了老赵的伞里,一只膀子很夸张地搭在老赵的肩上。老赵凝着眉头,感到了沉重的压迫。雨丝斜斜地打了过来,很快就把老朱的半边身子打湿了。两个卖伞的意大利人,撵在老朱的屁股后面,吆喝着卖伞,从五欧元降到两欧元,老朱都坚持着不买,坚决不买。他不买,意大利人就冲他吹口哨,当他的跟屁虫。

老赵忍不住说:就两欧元,你都不舍得?

老朱说:反正衣服湿了,我当意大利"诗(湿)"人好了!

老朱还好意思开玩笑。老赵有些烦他,耸了耸肩膀,那意思是要驱逐他。老朱直了直身子,拍着老赵的肩头说:我给你讲个笑话。我出国的时候,本来是想带把伞的,可老婆不叫带。老婆说,两个人以上出门,肯定有人带伞了,你就不必带伞了!老朱讲完,呵呵地笑了起来。

老赵没笑，他笑不起来，老朱这个笑话真拙劣！

老赵真不想搭理老朱了。

晚上，住到宾馆，老赵洗过澡，先躺下了。老朱嘴里叽咕着说，罗马的宾馆，怎么不配小牙膏呢？又说，澡我就不洗了，昨天在芬兰洗过了。可牙还是要刷的。老赵听见了，也不接他的话茬儿，任其自言自语。老朱又说，妈的，我老婆，我说带一支牙膏吧，她不让带，说外国啥都有！真的有吗？罗马的宾馆就没有！这可怎么办，我总不能不刷牙吧？

老赵也不理他，知道他的意思是想借牙膏。

说实话，老赵有些瞧不上老朱，这人太财迷了。出国这几天，凡是遇到免费的东西，他全拿；凡是花钱的东西，他一概不沾。他拿宾馆的洗发膏、沐浴液、小肥皂、小梳子，还说不拿白不拿！老赵问他是不是想拿了带回国？他居然说，带回去送人，不也是个纪念品嘛！你说，他丢人不丢人？！

面对这样一个财迷货，一个不可帮教的人，说他什么好呢！那就不说了，由着他走羊肠小道吧！

第二天早上，老朱又将卫生间里用剩下的小物件塞进了包里。一边塞，一边说给老赵听：意大利的宾馆不配置小牙膏，谁知道，下一个国家，有没有小肥皂、小梳子、小洗头膏呢？

老赵懒得理他，看他一眼，都觉得浪费表情。

走了一个国家，又一个国家，没见过老朱这么丢人的了。有一次上厕所，他竟然管人家要发票。他要发票干什么？难道要拿回去报销吗？人家公厕管理员听得懂汉语，把卫生纸塞到老朱手里：这就是发票！

老朱丝毫都不脸红，反倒争辩说：我花钱消费，我就是纳税人！

老赵在一旁讥讽他说：是啊，你不是一般纳税人，你是国际纳税人！

考察团里有这么个人，也就多了几分笑料。有人就和老朱开玩笑，当他面讲各种吝啬鬼的故事。老朱一点儿都不生气，完全是一副没心没肺的样子，完全是一副厚脸厚皮的样子。有人就在背地里说，他这号货，是咋混到场面上的？是咋混出国门的？也敢让他坐飞机？也敢让他考察欧洲共同体？也有人说，人家老朱，不亲自花钱，就这一条，就是个大神仙！这才叫大智若愚呢！

老朱是不是神仙？坐在回国的航班上，老赵又有了新的发现。飞机上发了两顿快餐,老朱都没吃,随手把盒饭装到旅行包里了。他不是不饿,也不是不馋,他的嘴一直没闲着。他不停地喝饮料、喝果汁、喝咖啡、喝可乐、喝牛奶……有啥喝啥,想咋喝就咋喝,想喝多少就喝多少。饮料可以充饥,喝了饮料,就省下来盒饭。老赵看见了,就在一旁暗笑。他知道老朱想回家讨好老婆。喏,俺给你买的太空产品,等于你也坐飞机了!

老朱毫不在意有人在看他的笑话。当然了,饮料喝多了,就少不了上厕所。老朱每次上厕所回来,都要在老赵面前甩甩湿漉漉的手。那意思是说:哈,我在天上撒尿了,飞机上的资源,我充分享用了!

老赵闭目养神,其他同志也都闭目养神,全当没看见、没听见。马上就要到家了,一下飞机,全都作鸟散了,谁在乎谁呀!

是的,飞机降落后,各人取了各自的行李,就去搭乘开往市区的豪华大巴了。老赵下意识地睰了睰老朱,发现他拖着行李,招了辆的士。这可让老赵奇怪了,老朱这号货,居然舍得打出租车!

老赵就把自己的发现,对众人说了。

车厢里沉默了片刻。有人说话了:这有什么好奇怪的,人家是什么人物? 人家在国内打出租车,是可以报销的!

是啊! 老赵不说了,什么都不说了!

表　白

一般群众很难想到，老朱这样一个养尊处优的人，会到基层去蹲点，更何况是在这个时候。

　　八科来点名了。进去了一个，又进去了一个。公安局的八科，太厉害了，进过八科的人都说，"进了八科，越说越多！"

　　都谣传老朱也进去了，不过很快就放出来了。关心反腐倡廉的人，都互相问这件事，希望得到印证。按照大家的想法，老朱这样的人，早就该进去了。

　　老朱是厂长的哥们。厂长是蒜头中间那根硬棒，厂长的哥们，就是围着硬棒的蒜瓣了。蒜瓣已经进去好几个了，老朱也该进去说说了。

　　但老朱确实没进去，至少现在，还没进去。

　　那为什么这几天见不到老朱了，他去哪里了？

　　老朱到下面劳动去了。机关转变了工作作风，组织了服务队，老朱就把名报上了。一般群众很难想到，老朱这样一个养尊处优的人，会到基层去蹲点，更何况是在这个时候。

　　老朱的一些朋友，很担心老朱出事，可又不好跑来问他，就互相打听，可又没什么结果。都是听说老朱进

去了,但谁也不知真假。给老朱打电话吧,他又不在办公室,打他的手机吧,又不开机。有人就把电话打给老朱的老婆,拐弯抹角,打探虚实,验证老朱是不是进了八科?当然,老朱的老婆,绝不会主动声明,老朱没进去。那不成了此地无银三百两了吗!

关于老朱进了八科或进过八科的传说,很多很多。有一天,老婆实在忍不住了,就当面问老朱:外面都说你进过八科了,你说你到底进没进去?

老朱一本正经地说,我进没进去,你还不知道吗?老朱一根接一根地吸烟,把自己笼罩在浓浓的烟幕中。

说实在的,老朱也不知道八科的小灶上,下没下自己的米。不过,老朱很清醒地认识到,眼下,当务之急,是在适当的场合,表明一下,自己仍在工作!

老朱经过深思熟虑,就和机关党委说了,从服务队撤回来。撤回来的当天,老朱就把办公室的门敞开了。老朱正襟危坐,接电话,阅文件,一副勤奋工作的样子。

果然,大家很快就知道了,老朱正在办公室办公。有好事者,专门从老朱的门口过来过去,寻找眼见为实的感觉。

领
导
随
意

老朱开门办公,很让人觉得稀罕。过去,他的门从来就没敞开过,门上的玻璃还贴着牛皮纸呢,神神秘秘的,谁知道是在里面数钱呢,还是在里面鼓捣"小蜜"呢?

现在,老朱把门打开了,大家都知道了,老朱此时就在班上,不在八科。有人就说,别看老朱和厂长走得近,人家常在河边走,就是不湿鞋!

这些话,也传到了老朱的耳朵里,可他却笑不起来。这些天,他总是睡不好觉,满脑子都是"八科、八科、八科……"

请 他 吃 饭

那人说：怎么和你说呢，我就是想听他说说里面的情况，咋整进去的……咋整出来的……

白石头出来了，从反贪局出来了。谁都没想到，他能出来。原来，都传说，至少要判他20年。可他在里面呆了几个月，到底被他老婆鼓捣出来了。不但出来了，而且，还官复原职了。

他一出来，就有人请他吃饭，为他压惊。也为了感谢他，感谢他在里面没有乱揭发。请他吃饭的人很多，据说，都排到一个月以后了。

大勺接到了猫头的通知，也要请白石头撮一顿。不为别的，从前他们在一块当知青的时候，在一口大锅里煮勺子。大勺记得，每次轮到白石头做饭，他总要偷着煮鸡蛋吃，还偷喝香油。白石头这样的人精，混得就是比别人光鉴，一块招工进厂，只有他爬到了处长的台阶上。白石头当上了处长，没忘记大家，常常请客吃饭，大勺、猫头等人，没少沾他的光。

说实话，白石头被反贪局请走后，大勺和猫头都为他担忧。凭直觉，这些年，他没少往自己兜里装钱。不说别的，凭什么，他家的孩子能上法国读书？不就是有一大笔灰色收入嘛。

现在,白石头出来了,也好。不管怎么说,毕竟从前喝过他的酒。

按照猫头的约定,大勺准时赶到了绅雅大酒店。一进大厅,大勺就塞给猫头100块钱。这是他们说好了的,大家兑钱,喝酒才踏实。来的都是当年的知青同学,有人握着白石头的手,唏嘘不已。

白石头西装革履,油头粉面,看不出来被关押了几个月。众人纷纷给他敬酒,一杯接一杯,都是大满杯。席间,没有一个人问他如何被审查,谁都不提那一壶。很快,两瓶酒下去了,大勺有些嘴痒了,忍不住说:石头,唱个歌吧!白石头应声答应,抓过包厢里的麦克风,扯着嗓子,吼了起来:

没有阳光,没有自由,

只有铁窗,只有寒秋。

锁不住悲伤,锁不住忧愁,

我的热泪流啊流,

流无尽头……

众人一听,全都愣住了。原来,白石头唱的是《铁窗泪》,唱得声情并茂,如泣如诉。一首歌唱完,他已是泪水满面。

酒,没法再喝了,喝不下去了。大家都埋怨大勺,说他不该让白石头唱歌。白石头说:都别埋怨,我就是想唱歌。在里面憋了几个月,快憋疯了。我今天就是想唱歌,唱个痛快!

白石头说着说着,号啕大哭。

白石头哭够了,又抓住麦克风,唱了起来,一首接一首,唱得天昏地暗。

大勺悄悄对猫头说:你看他那样,在里面没少受罪。猫头说:你以为是进去享福哇?告诉你,从里面出来的,没一个不折寿的!

猫头说完,去吧台结账了。大勺望着意犹未尽的白石头,心里说不出什么滋味。

第二天,大勺正忙着工作,有个熟人来找他。这个人想请白石头吃饭,让大勺去和白石头说说,无论如何,给个面子。

大勺说:你又不认识他,业务上又没啥来往,路归路,桥归桥,请他吃什么饭!

那人说:怎么和你说呢,我就是想听他说说里面的情况,咋整进去的……咋整出来的……

67

领导随意

第 三 辑

别 开 玩 笑

选 坏 蛋

谁知，一唱票，白虎主任就气炸了。原来，村民们写的选票，全都是白虎的名字！

秦德龙官场小说

要公选坏蛋了。

爪哇村要公选坏蛋了。根据乡里的布置，在爪哇村进行公选坏蛋的试点。晚上，村委会主任白虎将村民们集中到了村小学大院。

白虎主任打着酒嗝，走到了台前。他知道，公选坏蛋，是一件很严肃的事情，可也不宜把会场的气氛弄僵了。白虎主任学着城里干部们讲普通话的口吻说："女士们、先生们！晚上好！"果然，有人笑了起来，还有人吹响了口哨。

白虎主任想把开场白搞得再幽默一些，于是，继续耍着贫嘴："男的们、女的们、老娘们们、老爷们们！大家好！"村民们不知道白虎主任今天怎么了，一边哄笑，一边纳闷。"父老乡亲们，村民同志们：今天，会议的主题是公选坏蛋！请大家不要惊慌！你不是坏蛋，你惊慌什么呢？你是坏蛋，你惊慌了也没用！坏蛋选出来后，要送到乡里，集中参加坏蛋学习班！大家擦亮眼睛看看，咱村谁是坏蛋？根据乡里下达的指标，咱村要选出一名坏蛋。当然,选坏蛋是无记名投票,按得票多少,确定当选人名单!"

白虎主任讲完话,就开始发纸条。村民们你看看我,我看看你,明白了这不是开玩笑。既然不是开玩笑,那可不能乱投票。村民们心里敲着小鼓,脸皮绷得发紧。要不是有夜色遮掩着,彼此都能看见旁人成了绿脸蛤蟆。

会场的气氛凝固了,划一根火柴,空气就要爆炸!

白虎主任望望众人,又讲了两个笑话,试图缓和气氛。可是,谁有心思笑呢,都怕自己当选坏蛋!当然了,也不想选别人当坏蛋!白虎主任有些急了,当即宣布:"今天不选出来坏蛋,谁都别想回家!啥时候选出来坏蛋,啥时候散会!"

村民们一听,炸了营,呼呼啦啦全站起来了,想冲出学校大门。可大门已经被铁将军锁牢了。白虎的小舅子拿着根警棍,谁靠前,他就电击谁。有两个以身试"法"的,被警棍电击得哇哇叫。

村民们嗷嗷喊叫着,与白虎主任僵持着,就是不写选票。

到了凌晨两点,终于有人妥协了,答应写选票。这个人是李二营,是个游手好闲分子,平日偷鸡摸狗,干了许多坏事。说实话,村民们心里很想选他当坏蛋,可谁又敢选他呢!

李二营很快就写好了选票。他写选票的时候,身边围了好几个人。他写完了选票,那几个围观的人,也把选票写好了。别的人又围住了这几个人,然后,也开始写选票了。很明显,他们抄写了李二营的选票!李二营敢选谁,他们就敢选谁!白虎主任睁一只眼,闭一只眼,默认了这种做法。其实,他早就困了,想早点回家睡觉呢。

有 个人带头了,村民们都写好了选票。村民们排着队,把选票投进了票箱。白虎主任马上组织人唱票。谁知,一唱票,白虎主任就气炸了。原来,村民们写的选票,全都是白虎的名字!也就是说,村民们一致选举白虎当爪哇村的坏蛋!

白虎主任恼羞成怒,命小舅子把李二营捆了,送到乡里去。

天刚亮,李二营就被押到了乡政府大院。乡长和派出所所长早就得了消息,正等着李二营这个破坏选举的坏蛋呢。

李二营被捆绑着,却一点儿都不害怕,见了乡长和派出所所长,开口

领
导
随
意

就笑了："好啊！我可找到组织了！"乡长和派出所所长一愣，不明白他说的是啥意思。李二营又说："进了坏蛋学习班，我成了组织中的一员，我更不用怕谁了！信不？我要是整个生意，保准发大财，信不？"

乡长哈哈大笑，亲手给李二营解了绳子。

心　结

咱自己国家的监狱,我为什么就不能来坐坐? 没坐过监狱的人,人生就不完美啊,这好像是马克思说的吧?

　　李大嘴有个心愿,很想去监狱看一看。要说,这也不是啥大不了的事情,可他就是没有机会实现。村民们没有一个犯罪的,李大嘴没有任何理由去探监。

　　谁都说不清,李大嘴为啥想去监狱看看。有摩托骑着,有小楼住着,有手机打着,每天快活得不得了,他想去监狱里浪摆个啥呢?

　　大家都说李大嘴这人怪。不是怪物,他也当不了干部。比如说吧,李大嘴有个怪癖,他就爱收集罚款单,工商的、税务的、计生的、城建的……五花八门,应有尽有。为收集这些罚款单,李大嘴下了很多功夫。有一天,他在村里展示了这些罚款单。有个眼尖的人说,你这还不算大全,怎么没有交通部门的罚款单呢? 李大嘴当场就踹响了摩托,"日"一声就进城去了。很快,"日"一声就回来了,手里举着一张闯红灯的罚单。

　　眼下,当务之急,是李大嘴想去监狱看看。如果,监狱卖门票就好了,李大嘴买张票,"日"一声就进去了。可事情没有这么简单,哪家监狱都不卖门票。想去监狱参观，是一件很复杂的事情，不是谁想进去就能进去的，除非你是什么国际组织的观察员。

中午，李大嘴做了个梦。醒来之后，他就骑上摩托，"日"一声，往城郊的监狱去了。

当然，李大嘴是化了装的，他把自己化装成一个普通老百姓的样子，一点儿也不像个领导了。他做憨态状，又做惶恐状，一步步接近了大门口。就在他要迈腿往里进的时候，火眼金睛的门岗，看穿了他是个混子，一声吆喝就把他驱赶到百米之外了。

李大嘴像一只拔了毛的秃鸡，很窘很窘地蹲到一边去了。

过了很久很久，李大嘴看见一个囚犯推着小车出来了。李大嘴心里一动，就凑上前去了。也不知他是怎么和囚犯嘀咕的，囚犯就把囚衣脱下来了，囚衣就跑到李大嘴的身上了。李大嘴就俨然成为囚犯了。李大嘴激动地握了握囚犯的手，然后，一闪身，溜进了监狱的后门。

就这样，李大嘴如愿以偿了，他的两只脚丫子，一笔一画地写下了"到此一游"的脚印。

李大嘴在监狱里尽情地观光，还忍不住哼上了家乡小戏，把地上的蚂蚁惊得四处逃窜。李大嘴得意忘形，就露出马脚来了，很快就被请到15号房间里做客了。

村民们听说李大嘴住进来了，就纷纷过来探视了，问寒问暖，问长问短，着实把李大嘴感动了。李大嘴动情地说：乡亲们哪乡亲们，咱自己国家的监狱，我为什么就不能来坐坐？没坐过监狱的人，人生就不完美啊，这好像是马克思说的吧？

李大嘴边说，边审视他的村民。凡是来探过监的，他都从心里把他们抹掉了，肚里剩下的，就是那几个没露头的家伙了。

真是给脸不要！李大嘴恨不得把那几个家伙掐死，把眼珠抠下来，搞盘菜，拿来下酒。

潜 规 则

我不是清官，我也不是贪官。官场的真实规则是，清官、贪官都要被淘汰。要想不被淘汰，遵循潜规则。

要过年了，主任又开始收钱了。每逢过年，都是这样，一拨一拨人过来送钱。主任笑逐颜开，收了钱，却不给开发票，只给打张白条。送钱的人，拿着白条，咧嘴笑笑，提着腿走人。

主任并不独吞。主任叫过来资料员小赵，让小赵把钱存上。然后，主任就开始和大家吹牛，说过年给每人发个猪屁股。想到那又大又白的猪屁股，众人都快乐得发晕。有个小金库，真他妈的好。大家都这么想。

打"小九九"的人总是有的。有一天，副主任拿出一张600块钱的饭票，让主任给报销，说是请了几个同学吃饭。主任接过饭票，笑了笑，三把两把，就给撕了，撕得粉碎。主任说副主任："啥破事儿呀，还想报销？想都别想！"副主任红着脸，走也不是，不走也不是。主任喊过来小赵，叫小赵给副主任拿1000块钱花。

副主任拿着1000块钱走了。主任又叫小赵给每个人都发1000块钱。大家喜滋滋地数着钱，再也没人打小金库的主意了。

单位不大，人不多，有这么一条潜规则滋润着，也很平静。

是的，过年的时候，不光有人来送钱，也有人来要钱。要钱的人，都拿着白条。条子都是主任给人家打的，因为啥事啥事，欠人家多少多少钱。主任当初说没有钱，就给人家打了白条。人家过年来要钱，主任还是说没有钱。说急眼了，说伤感了，主任就说，要命有一条，要血有一盆，要肉有一堆，要骨头有 206 根，就是没钱。要钱的人，就急得想哭。主任就做慈悲状说："要不，把电脑搬走吧，旧是旧了点，可咋着还不卖 5000 块钱?!"要钱的人，没法子，只好搬电脑了。一台旧电脑，抵账抵了 5000 块钱。

主任是个抵账高手，啥旧东西都能抵出去。经他手，先后抵出去两台破汽车，六部旧手机，一辆烂摩托，还有电脑、电视机、电冰箱、洗衣机、消毒柜、饮水机等各一台。抵了账，就撕白条，一边撕，一边笑："一定要把屁股擦干净！"

不用说，主任能搂钱，大家都喜欢。最重要的是，主任不往自己兜里装，总是在适当的时候，立个名目，给大家发钱，发福利。没人怀疑主任会贪污，也没人在背后瞎叽咕。都认为主任有工作能力，正常途径办不成的事，他都能用潜规则给抹平。

这样的主任，真是个神仙。有人就来取经，请他给喂两招。主任说："没什么诀窍，我不是清官，我也不是贪官。官场的真实规则是，清官、贪官都要被淘汰。要想不被淘汰，遵循潜规则。"

过年后，单位裁员，按年龄"一刀切"，内部退养。据说，切到主任的时候，有人喊了声"刀下留人！"果然，主任就留下来了。内退后返聘，主任仍坐那把椅子，仍是写条子、撕条子。

副处级

副处级是个坎,晋到这个坎上,啥好事都跟着来了。单位规定,副处级可以配备手机。老孟上任的第一天,就去买了个"摩托罗拉"。

不一样啊,就是不一样,好心情顿时油然而生了。老孟摘下腰里的 BP 机,将手机别了上去。手机天线头朝外,看上去很像一把袖珍冲锋枪呢。你说老孟牛气不牛气?

说实话,老孟过去对 BP 机和手机都有看法,认为腰里挂这两件玩意,是冒傻气,是假装牛逼。后来,连小屁孩儿们都挂着 BP 机满街跑了,老孟才意识到自己落后一大截了。老孟找到领导问:"我该不该有 BP 机?"领导说:"该呀,该呀。""那我怎么没有呢?""那现在就叫你有嘛!"领导大笔一挥,当场给老孟批了个 BP 机。可是,老孟有了 BP 机,却没人呼他。终于有一天,BP 机响了。打开一看,原来是传呼台提示:该交费了。

那时候,老孟总是不断地对熟人说:我有 BP 机了,有事呼我!

熟人们总是不冷不热地笑道:你还不直接配个手机?买个手机,才多少钱?

老孟不买,有个BP机用着,打电话也很方便嘛。老孟相信,自己绝对能混上副处级的,到时候,公家就给配手机了。就好比家里缺什么东西,不用着急去买,一概等着单位发。单位发这发那,总有一天会发手机的。

这一天,终于来了。副处级干部老孟,走马上任第一天,就花公家的钱,买了个手机。

拿着手机,心情好爽啊。老孟站在大街上,给几个熟人发了信息,告诉他们:"我有手机了。"熟人们都祝贺老孟,祝贺他爬上了副处级。

有了手机,在单位里就有了地位。因为手机是权力的象征。在办公室里,每当老孟需要外联,就拨打手机,故意不使用桌上的电话。就是要带个样来,给大家看看。开会的时候,老孟的手机也不关。有手机的人,刚开始都这样,越是开会,越开手机。会议一开起来,"叽叽叽"乱响,此起彼伏,闹得会场像养鸡场。

当然了,老孟要看看手机上显示的号码,再决定该不该应答。不值得应答的,"啪"一声就关机了,给对方玩个深沉。值得应答的,立即应答,但要故意压低声音,装得像小偷一样。这套把戏,玩手机的人,都会玩,好像不玩这套把戏,就不是干大事的人物。

其实,老孟最希望老胡、老周、老曹、老黄等几个老伙计打他的手机,他绝不会和他们玩深沉。但这几个人,从没打过老孟的手机。他们东一个下岗,西一个分流,左一个退休,右一个退养,一年难见上几面。老孟很想他们,总想和他们在一块"喷喷闲嗑"。但他太忙,总也没有时间。

这天,也真是巧了,老孟在街上碰见了几个老伙计。老伙计们很热情,一个拉他的左手,一个拉他的右手,一个拍他的屁股,一个摸他的脑袋,喜欢得不得了。老胡爱开玩笑,捏着老孟的手机,灵感就来了,就当场讲了个笑话:说是有个副处级干部去洗头城买春,交了五千块钱"开处费"。结果发现鸡子不是处女,就火了,就大声责问:"你到底是什么?"鸡子爽快地说:"相当于副处呀。"故事讲完了,几个老伙计全笑成了红虾米。

老孟的脸上就发烧了,一直烧到屁股眼,烧到脚后跟。

雅腐败

与"雅腐败"齐名的,还有"负增长"、"亚健康"、"零距离"等光怪陆离的词汇。

老沙喜欢唱歌,经常去歌厅寻找浪漫的感觉。老沙的破锣嗓子,杀伤力极强,往往能杀倒一大片小姐。小姐们看见老沙来了,纷纷做飞蛾状,争着扑向老沙这团火。老沙和小姐们对歌,对《糊涂的爱》、对《明明白白我的心》、对《绿岛小夜曲》……小姐们都愿意和老沙对歌,兑走他口袋里那些人民的币。

当然,老沙找小姐唱歌,还是讲究档次的。他找小姐,要找有"文化"的小姐,没"文化"的小姐,睬都不睬。有一回,老沙去"红豆恋歌房"唱歌,看见送饮料的小姐很靓,很像大学生。老沙脱口而出:"红豆生南国,春来发几枝。"那小姐嫣然一笑,随口吟道:"愿君多采撷,此物最相思。"老沙激动万分,探过身去,紧紧握住小姐的手说:"同志,我可找到你啦!"老沙的这个夸张表现,赢得满堂喝彩。老沙当即与"同志"载歌载舞,不亦乐乎。老沙了解到,这位"同志"真的是个大学生,心中就更加欢喜。以后,老沙每次来唱歌,都要点这位"同志"的名。

后来,女大学生很神秘地蒸发了。老沙伤感得不得了。老沙就搂着麦克风，独唱《很受伤》，寄托自己的情思。老沙的歌声，感动得小姐们唏嘘有声，都说老沙有人情味，是个优秀的老排骨。

老沙迷恋于歌厅，群众就很有看法。年底，考核的时候，意见就反映出来了。老沙铁青着脸，说唱歌不属于腐败。考核组组长老朱很严肃地说："生产一线的工人，知道你和小姐们唱歌，会怎么想？"

老沙狡辩道："唱歌也算腐败？唱歌是高雅的事嘛！如果说唱歌也是腐败，这就是雅腐败！"老沙的话，把考核组的人逗得大笑，说他真会发明新概念。考核组一笑，气氛就宽松多了。老朱语重心长地说："老沙啊，雅腐败是个中性词组吧？可你也要注意影响嘛！"老沙说："搞点雅腐败，也是工作需要，也是不得已而为之！"老沙这么说着，已经叫人把饭局安排好了。考核组的人，本来就和老沙是熟坏子，随着老沙就去了大酒店。

喝过酒后，老沙领着考核组的人去了歌厅。有人脚步有些迟疑，不知该不该去。老沙说："怎么？不想考察考察雅腐败？"有人就说："不就是唱歌嘛？我看没啥！"马上有人附和着说："是呀，唱唱歌，放松放松，我看挺好！"组长老朱脸色通红，看看老沙，没吭气。

考核组回去以后，写了个考察报告，提出了新的观点，要求用新思维分析普遍存在的"雅腐败"现象。后来，有人把"雅腐败"说给了一位新闻记者。于是，媒体中就出现"雅腐败"这个术语了。与"雅腐败"齐名的，还有"负增长"、"亚健康"、"零距离"等光怪陆离的词汇。

老沙还是经常去歌厅，去搞雅腐败，一直把自己搞进了反贪局。老沙被判了10年，就积极争取减刑。减刑的条件是表现好加分。老沙就发挥自己的优势，在监狱里埋头著书，出版了一本《雅腐败释疑》。此书十分畅销，考核组组长老朱，也去买了一本。

爬 梯 子

　　路只有一条,那就是往上爬。他也知道,往上爬,飘忽不定,是要冒风险的。

　　他又梦见自己爬梯子了。

　　梯子吊在半空中,上边是天,下边是地,左边是云,右边是风。他在梯子上爬着,艰难地爬着,一不小心,就可能会掉下去。掉下去,肯定是粉身碎骨。这样的梦境,总是让他心惊肉跳,胸口里如揣了一只疯狗。

　　他经常梦见自己爬梯子,每次从梦中醒来,都是大汗淋漓。

　　在官场上混,谁不想爬到金字塔上去?有梯子要上,没有梯子,创造梯子也要上。他知道,往梯子上挤的人很多,只有把别人挤下去,才有可能让自己爬上去。因此,他左端一脚,右踩一腿,干掉了一个又一个逞脸的家伙。但他心里总是不净,总是梦见自己爬梯子。这让他非常痛苦,他就在心里琢磨:又该修理谁了?

　　说实话,他没少修理人。那种铜头钢脸铁脖子的货,一看就是杠子头,对这号货,有一个灭一个。而另一种闷不叽的蔫货,真恨不得揭开脑瓜盖,咕咚咕咚喝了他!最倒胃口的,是那种半男半女的阴阳货,只要掐一把，除了冒酸水还是冒酸水。在他看来，隔三差五，就要把这些货捞出来，修理一顿，不然的话，他们就可能在暗地里锯他的梯子，哪怕是拉个小口子，也会让他一落千丈。

有时，他也在想，算了吧，自己能耐再大，也未必能干到联合国。后来又一想，这个思想要不得，真是要不得。你不去联合国，有人去联合国。去联合国的梯子很高很长，你不爬，有人爬，等别人一步一个台阶爬上去了，你不就成了跟屁虫了吗？

一想到跟屁虫，他的脸色就绿了。他不想拾别人的屁吃，只想让别人拾他的屁吃。路只有一条，那就是往上爬。他也知道，往上爬，飘忽不定，是要冒风险的。因此，他每次看见消防战士爬云梯，看见民工爬高楼刷墙面，他都要头晕，都要惊出一身冷汗。

是的，每次梦见爬梯子，就说明又有坎坷了。可是，他又希望梦里有梯子。只要梦里有梯子，就表明自己仍然有高升的可能。坎坷算什么？只要有梯子可爬，吃些苦头也是在所难免的嘛。

记得有一次，他在梦里爬梯子，爬来爬去，爬到了一条江边。他也不明白，明明是向上爬的，怎么会爬到了江边？真是荒诞！荒诞的还在后面。江边有人在做"升棺"表演，也就是把棺木从船上吊到空中，而后，再拉入峭壁上的洞穴里。这也叫"悬棺"表演，是千古奇绝。就在他爬着梯子，兴致勃勃地观赏"升棺"表演时，意想不到的事情发生了。棺木在上升的过程中，突然断了绳索！棺木从半空中掉了下来，砸到了水里。一具死尸从棺木里飞了出来，落到了水里，被鱼儿分食。他爬过去去看那死尸，死尸的脸，居然是他的脸！他当时就吓醒了。不错，前些年，去南方旅游，的确是看过"升棺"表演的，可当时棺木并没有从空中掉下来呀！梦见棺木掉下来了，而且，死尸是他的脸，可把他吓得不轻。他从床上爬起来，提上裤子，就去银行提款了。该烧香的烧香，该拜佛的拜佛，见庙就磕头，心里才渐渐平静下来了。

他就是这样落下来毛病的。他常常对着冷月叹息：当官真危险啊！当官，是最有风险的职业！当然，这样的感叹，也只是说给自己听的，是不能对外人说的，说了人家也不信，人家反而会骂他作秀，骂他腐败！

让他想不到的是，他正在梯子上爬着，日复一日地爬着，饶有兴趣地

爬着,却忽然间"软着陆"了。上边下来了"一刀切"的政策,他这个年龄线的人,像割韭菜一样,全被割下来了。天下没有不散的宴席,谁不想多坐一小会儿呢！他心里真不平衡啊,可又有什么法子呢?!

从梯子上下来后,虽然意犹未尽,他还是把自己混同于普通老百姓了。其实,他和普通老百姓是不一样的,他还吃着一份俸禄呢,衣食无忧。他每天上街闲转,看见一片树叶落了,也会发出一声冷笑。这天,转来转去,他转到了一家装饰公司的门前。有几个工人正在忙着。让他眼前一亮的是,他看见了一架梯子！

他简直高兴死了,弯下身去,爬开了梯子。

几个工人都笑他:"这个人,神经了,梯子在地上躺着呢,爬什么爬?"

他听见了工人们的讥笑。于是,直起了身子,愣愣地看着躺在地上的梯子。

他在心里恨恨地骂着:"妈的,梯子本来就是在地上躺着的,我却爬了几十年！这几十年,我一直在地上爬着！"

领
导
随
意

半杯水

> 老时总是不断地喝水，服务员不断地往他的杯子里续水。大家都明白，老时的杯子里，永远只有半杯水。

老时这人真怪，从来不给自己的杯子倒满水。新来的大学生小方，不知道老时的规矩，有一次给他倒满了水，老时端起来杯子，泼掉了一半。

老时说，酒要倒满，茶要倒浅，这么简单的道理都不懂？就把小方说得一阵脸红，一阵脸白。

老时又说，人是不能骄傲的，首先我自己不能"自满"，你们也不能帮助我"自满"。老时说的"自满"，显然是指倒水这件事。没人接老时的话，免得遭遇尴尬。其实，大家也都体谅老时，毕竟是单位的元老了，一直没能提拔上去，说话有点阴阳，也是可以理解的。

大学生小方却不这么看，他说老时的"半杯水"里有深度，一般人猜不透。

小方就开始观察老时，捕捉"半杯水"的细节。单位组织旅游，好多人都没自己带水，因为都听说车上备了矿泉水。只有老时，自己带了半瓶子水。到了景区，每个人捡了一瓶子矿泉水。老时也捡了一瓶，却往自带的杯子倒了一半。小方注意到了这个细节，心想，老时这家伙真精，一来就减负！他决定效仿老时，要把矿泉水倒

掉一半。可又觉得可惜，于是，一扬脖，喝掉了半瓶子水。喝了半瓶子水，好像也没啥，干脆，他又把剩下的半瓶水全灌进了肚子里。

喝了一瓶子水，没走几步，小方就觉得内急。于是，四处找厕所。在厕所里，碰见了好几个人，同样都是刚刚喝了一瓶子水的人。大家相互笑笑，心照不宣，出了门，每个人又自己买了一瓶子矿泉水。再看老时，还是那半瓶子水。老时一直没喝，直到后来走出景区，小方发现他还是那半瓶子水。

小方在心里嘀咕，老时这人，真是个半仙，拎着半瓶子水不喝，达到了多么高的境界！

回到车上，每人又揣了一瓶矿泉水。老时也揣了一瓶，可他不喝，悄悄地把瓶子藏起来了。这个细节被小方看到了，不过，他嘴上把住了门，没说。啥事就怕有人盯着，小方在心里冷笑了一声。然而，老时却把早先没喝的那半瓶子水给喝了。喝完，空瓶子没扔，又把自己带来的那个瓶子里的水，往空瓶子里倒了一半。小方不明白老时这么鼓捣是啥意思，但他看得很清楚，老时手里有三个水瓶子，其中一个是没开封的满瓶子矿泉水，另两个都是半瓶子水。老时坐在车上，温文尔雅地喝着水，喝了半瓶子水，又喝了半瓶子水。然后，他把那个没开封的矿泉水打开了盖，往一个空瓶子里倒了一半。这样，老时又有了两个半瓶子水。

85

领导随意

谁都没想到，车子会坏到路上，司机急得满头大汗。车子一时修不好，人们都渴得嗓子冒烟，很快就把手里的水喝光了。车上还有半箱矿泉水，按人头数了数，却不够一人一瓶。有人建议，向老时学习，每人喝半瓶水。这样，一瓶矿泉水就分成了两半，倒进了每人手中的空瓶子里。轮到老时的时候，他又获得了半瓶子水。小方看得眼球发直，他真佩服老时啊，都什么时候了，老时还掌握着三个水瓶子，每个瓶子都是半瓶子水！

当然，老时没有独吞这三份半瓶子水，他把其中一个半瓶子水给了司机，另一个半瓶子水给了导游。这就让小方更敬佩老时了，觉得老时真是达到了一般人达不到的境界。要不是坐在车上，小方一定会当场拜师的。

旅游回来，小方到处称颂老时，说他是个大师级的人物。小方说，老时的"半杯水主义"，内涵特别高深，人生啊，是不需要装满一瓶子水的！小方还说，老时这样的高人，迟早要坐到主席台上的！

还真让小方说着了，老时果真当上了领导，坐到了主席台上喝水。开会的时候，人们看到，老时总是不断地喝水，服务员不断地往他的杯子里续水。大家都明白，老时的杯子里，永远只有半杯水。

山上有个水鬼

老黄总笑道："哪里有什么水鬼！那是你心里有鬼！"

"每当你想笑的时候,你就想想,山上有个水鬼！你就再也不想笑了！"和蔼可亲的黄总,曾经这样教导过小师。

那时候,小师还是个青春的傻子,常常喜欢一个人偷笑。走在路上,想起来什么事都觉得好笑,于是,脸上就总是挂着陶醉的笑容。黄总看小师这孩子单纯可爱,就把他弄到身边来当"小书童"了。

也就是当秘书,跟着领导跑跑腿儿,开会时做做记录。有一次开会,是念报纸,无记录可做。本来,念报纸是秘书的事,可这一次,黄总忽然来了兴致,非要自己亲自念上一段。黄总念完了,又让其他领导人念。看着领导人念报纸,煞有介事的样子,一本正经的样子,小师就很想笑。小师就憋不住笑了起来。当然,小师是偷偷掩着嘴笑的。小师知道自己不该笑,就使劲掐自己的大腿,可还是止不住笑。他的笑,也不是什么嘲笑,他只是觉得好玩。领导人抑扬顿挫念报纸的样子,真是太好玩了。

领导随意

黄总没有批评小师。一个年轻孩子,想笑就笑吧。其他领导人也没有批评小师。小师是黄总弄过来的孩子,想笑就让他笑吧。

下会以后,黄总问小师:"你笑什么哪?"不等小师回答,黄总又说,"每当你想笑的时候,你就想想,山上有个水鬼,你就再也不想笑了!"

小师的脸一红,记住了黄总的话。黄总真好,从来不训斥谁,春雨润物细无声。再开会的时候,再看见领导人念报纸的时候,小师就再也笑不出声了。

不是他不想笑,而是他不能笑。小师绷着嘴唇,不让自己有笑的表情。他耳朵里回响着领导人念报纸的声音,眼睛里看见领导人摇头晃脑的神情,脑子里却跳跃着一只水鬼,很狰狞的水鬼。

山上怎么有水鬼呢?他在想这个问题。每当他想笑的时候,水鬼就会蹦到他的身上,闹他的心。小师想,也许,在洪荒时代,山地就是海底,住着成群的水鬼。后来,海水消失了,留下来山地。水鬼来不及逃走,也就留在山地了。于是,今天,山上就有水鬼了。水鬼是什么样的嘴脸呢?水鬼共有几只呢?小师沿着这个思路想下去,脸上的表情就很僵硬了。

每次,小师想笑,而又不能笑的时候,水鬼都会跑出来,撵跑他肚子里的笑鬼。

小师就变成了一个不爱笑的人。

人们就夸奖小师进步了,变成熟了。在领导身边混,经过领导亲自培养,就是成熟得快。夸奖他的人说,小师这孩子,过去,总是流露着婴儿般的笑容,婴儿般的状态。现在,也会做沉思状了,也知道不该笑的时候,就是不能笑了! 真有悟性啊!

黄总也更加赏识小师。黄总赏识谁,就会找谁聊天,聊很轻松的话题。黄总聊天的时候,面带微笑,显得和蔼可亲,显得平易近人。而陪聊者呢,不断地点头,做深有体会状。当然,在这种情况下,陪聊者小师总是扬着娃娃般的笑脸,任由阳光普照,任由雨露滋润。这时候,陪聊者小师是不需要想到什么水鬼的。

有一次聊天,黄总很开放,居然和小师谈到了自己看过的一部三级片,讲到了"性爱也是艺术"的话题。小师的脸皮很发烧,可是黄总并不发烧。黄总兴致勃勃,放声大笑。小师严肃着脸,不知道该笑还是不该笑。山

上的那只水鬼，又跳到他的脑子里来了。

"年轻人，不该这么严肃嘛！"黄总说他。

"黄总，我想起来了您说的水鬼。山上真的有水鬼吗？"

"哈哈，有的，有的！"黄总说着，脸色也变得严肃起来了。

就这样，"山上的水鬼"，深深地长在小师的神经里了。

许多年后，小师变成了大师，他也常常把"山上的水鬼"说给身边的年轻孩子听。这些年轻孩子都很精，都做出来深受教育的样子，感谢他的栽培。

有时候，大师会在街上看见老黄总。老黄总牵条狗，架个鸟笼，享受着惬意的退休生活。每次，老黄总看见从前的小师，就要欢笑一番。

有一天，大师把自己调整到了小师的心态上，很恭敬地问老黄总："黄老，您说，水鬼怎么能生活在山上呢？水鬼应该生活在水里呀！"

老黄总笑道："哪里有什么水鬼！那是你心里有鬼！"

领
导
随
意

李处长上坟

> 李处长喊过来老婆，要她拿验钞机来验钞。果然，最不愿意看到的事情发生了：10万中有8万是假钞！

　　李处长要去上坟，给郭局长上坟。郭局长是前年夏天作古的，李处长为此哭痛了心。郭局长对李处长有知遇之恩，要不是郭局长提拔，他现在还是个小瘪轱子呢。从某种意义上说，李处长对郭局长，比对亲爹老子都要亲。

　　是的，李处长给郭局长上坟烧纸，是想听听郭局长的声音。郭局长的声音，是指示，是教诲，总能在关键的时候，给李处长指点迷津。

　　昨天，有个包工头给李处长送了10万块钱。说实话，这笔钱，李处长很想"闷得蜜"，可又怕马失前蹄。惶惑中，他想起来了郭局长。他希望郭局长能在冥冥中指引他，路该怎么走，桥该怎么过。

　　这样，李处长就给郭局长上坟来了。当然了，上坟是要烧冥币的。按郭局长的级别，少说得烧10万块吧。李处长就花了10元钱，在地摊儿上买了一提兜冥币。他还特意在书摊儿上转了转，买了两张女明星的招贴画。他要给郭局长烧纸的同时，烧上两个小姐。他知道，郭局长爱江山更爱美人。烧小姐这个创意，家里人一般是做不到的，只有李处长能够做到。当然，买冥币和小姐，李处长没要发票。他要通过"自费"来体现自己对郭局长的赤诚。否则，郭局长不开口怎么办？总之，是要用真心打动郭局长，请他睁开慧眼，道出金口玉言。

来到了郭局长的墓前，李处长先把两个小姐给烧了。他要让郭局长先高兴高兴，这也叫做请小姐开门吧。烧小姐的时候，李处长坏坏地笑了两声。他想像着，郭局长见到他送来的小姐，会表现出怎样的生猛。因为，只有他知道，此时的郭局长，比以往任何时候，都更需要小姐。当然了，要小姐，是要花钱的。于是，李处长就开始给郭局长烧冥币。他一边烧，一边念念有词："郭局长啊，您的心情，现在好吗？您的脸上，还有微笑吗？我给您送钱来啦，你敞开花吧！"

李处长一张一张烧冥币，刚烧了十几张，脸色突然变得苍白了。不是因为他过于悲伤，也不是因为郭局长阴魂再现。而是他发现，手里的冥币怎么变成了"假钞"！也就是说，许多张冥币是些花花绿绿的纸片，根本就没有标注面值！

他妈的！李处长骂了起来，骂那个黑心贩卖"假钞"的人。连冥币都出现了"假钞"，不能不让人气愤！李处长那一份前来朝拜的好心情，完全给"假钞"破坏掉了。

郭局长的墓碑，冷冰冰的，没有表情。不用说，郭局长收到了"假钞"，一定是生气了。李处长"咣咣咣"给郭局长叩了三个响头，请郭局长原谅。他知道，此时的郭局长，正被小姐们缠着要钱呢，哪有功夫从坟墓里爬出来给他做指示？李处长潦草地收了场，恨不得马上找卖"假钞"的家伙理论理论。他真后悔呀，当初怎么没要发票，找到人家，人家能认账吗？那就只有吃哑巴亏了。

李处长的心情从来没有这么坏过。当然，心情再坏，也得自我调整，否则，就是为难自己。回到家，李处长拿出包工头送来的那10万块钱，开始数钱。以往，他总是这样，心情不好的时候，就动手数钱，数着数着，心情就自然而然地好起来了。然而，这一次，好心情尚未生长出来，脑子里突然闪过一个念头：这笔钱，会不会有假钞？

李处长喊过来老婆，要她拿验钞机来验钞。果然，最不愿意看到的事

情发生了：10 万中有 8 万是假钞！

李处长的脸色变得很灰暗，像一只苍老的狼。老婆在一边看得清楚，大骂了一通包工头。老婆善解人意地问李处长，要不要把这些假钞烧掉？

李处长摇摇头。老婆又问："要不然，把假钞挑出来，上交纪委，不也证明咱廉正?！"

李处长摆摆手说："还是留着吧，等哪一天，真出事了，再把它交出来，还能争取少判两年！"说到这里，李处长呜呜地哭了起来："郭局长啊，您真的显灵啦！多谢您的指引！您可要保佑我啊……"

住　　院

用的是什么药呢？李县长当然认得"葡萄糖"这几个字，也知道这玩意是白糖水，谁都能喝。

李县长住院了。

医院的大夫们按捺不住激动，奔走相告。李县长平时工作忙，很少光顾医院。现在好了，他住进来了。只要他住进来，就有机会"叮"他的菜了。

医院成立了专家组，专门研究李县长的病情。王院长在有关会议上宣布：专家组以外的成员，均不得擅自接近李县长，本院任何职工，都不准向县长提个人要求。

经过严格选拔，专家组成立了。王院长亲自担任组长，制订治疗方案。

专门为李县长改制的特一号病房，第二天就鼓捣出来了。李县长搬进特一号的时候，心情特好，拉着当班的梅护士，唱了一段《夫妻双双把家还》。

王院长亲自安排食堂，给特一号做特色菜。李县长喝着玉米粥，吃着烤红薯，就着萝卜条咸菜，浑身热得冒油。身上一热乎，就光想着拉梅护士唱戏。

粗茶淡饭分外香，李县长一天到晚满面红光。

查尿的结果出来了，各项指标都OK。

查血的结果也出来了,各项指标也都 OK。

再查心电图,又查脑电图,还是 OK。

……

一天一个项目,一天一张化验单,每天都有好消息传来,各部分器官都正常,全都好着哩。李县长很高兴,整天让梅护士陪着唱戏。

有一天,唱完戏,李县长要求出院。

王院长说:怎么能出院呢,绝对不能出院。还没查出来问题呢,查不出来问题,本身就说明有问题嘛。我们要对全县人民负责,更要对县长本人负责。

李县长就笑:怎样才能查出来问题呢?

王院长叹了口气:哎,实不相瞒,本院的设备老化,有许多指标做出来不精确呀,不精确!

李县长的脸上就有了小不愉快:那你为什么不早说呢? 马上打个报告来,我可以现场办公嘛。

王院长说:咱县太穷,俺真不敢张口花钱呀。王院长边说边打报告,李县长当场就批了。

几百万的设备就进来了。新设备真好,做出来的指标就是精确,李县长的每块骨头每块肉都没有毛病。李县长一高兴,又挥笔批了一栋楼,专门解决医疗骨干的住房问题。

李县长又拉着梅护士唱戏,唱完戏,又要求出院。

王院长仍是不同意。王院长后退半步说:西医没查出来问题,并不等于说中医查不出来问题。中医是我国的灿烂文化宝库,能解决西医解决不了的许多疑难杂症。我们刚刚制订了一套中西医结合的治疗方案,准备请省中医学院的老专家前来会诊。

李县长本想说算了吧,但"疑难杂症"四个字让他打了个冷战。李县长就同意了请老中医来会诊。

王院长问李县长:能不能让县政府的日野面包车跑一趟? 咱医院只有一台救护车……

不等王院长说完,李县长就说:打个报告把,买一辆,直接到省里提车。好,好,好。王院长叫了一连串"好",亲自到省城提车去了。不但提回

来了新车,还提回来一车老专家。

中西医联合会诊,说了许多高深莫测的话。李县长不懂,不懂不能装懂。按照老专家的意见,当场给李县长挂了输液瓶子。

李县长望着输液瓶子,突然想起来,住院这么多天,今天是第一次用药。用的是什么药呢?李县长当然认得"葡萄糖"这几个字,也知道这玩意是白糖水,谁都能喝。

李县长就喊护士给拔针头,他真的要出院了。

梅护士跑过来说:这怎么可能呢?李县长,今天咱俩还没唱戏呢,您说唱哪段,俺就陪您唱哪段。

李县长一听就笑了,又和梅护士咿咿呀呀地唱了起来。

唱了几段,李县长就问:小梅,你跟我说句实话,到底查出来我有啥毛病没有?

梅护士笑道:你有啥病? 你啥病都没有!

那为什么不叫我出院呢?

谁让你是特一号呢?

李县长大笑,就说梅护士诳他,然后又和梅护士唱起戏来。

李县长真的有些乐不思蜀了。

领
导
随
意

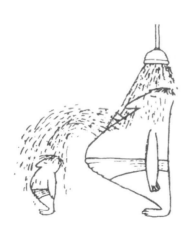

车轮子上的人

还是小车舒服啊,四平八稳,要多快有多快,要多威风有多威风。

三轮车抛锚了,他叫老婆下车,到前面看看,有没有修车的?有的话,叫过来修车。老婆表现出很不情愿的样子,嘴里嘟囔着说:退都退下来了,还布置任务!

他严肃地说:叫你去,你就去!你认识人多,还是我认识人多?我往路边一站,说不定就有熟人过来,说不定就帮我把车捣鼓好了!

老婆翻了翻白眼说:那你就等你的熟人吧!

老婆还是听话的,迈着青蛙步走了。沿街都是商店,商店的空调往外喷着冷气,比站在路边强。老婆想明白了,就找修车的去了。

他掐着腰,望着趴窝的三轮车,舍不得下手。要是往前说30年,修个三轮车还不是跟玩一样?那时候,当工人,骑自行车,都是自己修车,永久、飞鸽、凤凰,啥车没摸过?后来,进了机关,为了锻炼身体,也不骑车了,走路上下班,安步当车。再后来,一级级往上升,升到小车里了,更不用骑自行车了。不过,偶尔,也想找一找当年的感觉,借辆车子骑骑,居然硌得屁股疼!车把也不会使了，一见汽车，就想往轮子里钻！

还是小车舒服啊，四平八稳，要多快有多快，要多威风有多威风。天天坐小车，天天好心情！能心情不好嘛，官越做越大，小车越做越小；房子越换越大，手机越换越小……惟一遗憾的是，老婆没有越换越小。既换不掉，也甩不掉，一天到晚蹭在身边瞎唠叨！要不是退下来了，堂堂的大公司领导，能沦落到陪老婆买菜的地步嘛。

要不是为了买菜，也不会配置三轮车。南市场拆了，都去北市场买菜，路远，还要上个大坡。自行车是不能骑了，骑个车，后座上带个老婆？那不是让人笑话？买了菜，又往哪搁？何况，自行车也不稳啊，这一把岁数了，可别摔断了老骨头！三轮车好啊，三轮车稳当。

退下来了，不坐小车了，自己开三轮，感觉也不错嘛。谁敢说咱不廉政？谁说咱坏话，那是不知道当官的难！

他就这样自说自听，等着老婆，等老婆叫来修车的人。也顺便等等，看能不能遇上熟人，说不定，来个熟人，就会修车，一捣鼓，就给捣鼓好了。等啊等，等不来老婆，却看见周大肚挺着胸膛过来了。周大肚走到跟前说：领导，退下来以后，亲自开三轮车了？

什么亲自？我还亲自吃饭呢！一看见周大肚，他就烦了，这号货，不是个神仙，不能指望他帮着修车！

周大肚拂了拂胸膛上的肉锅，皮笑肉不笑地说：哎，可怜啊，公司领导沦落成了三轮车夫！周大肚说完，甩了甩手，迈着螃蟹步走了。

又有两个熟人过来了，是一对郎才女貌的年轻孩子。他一看见这对年轻孩子，就高兴地笑起来了。他和这对年轻孩子的父母很熟，这对年轻孩子见了他，总是亲切地喊"叔"。

他叫住了这对年轻孩子。两个年轻孩子表现出很惊讶的样子，一边喊"叔"，一边说：您怎么不打出租啊？可别坐三轮呀，三轮不稳！

他脸上发起烧来，当即就烧红了脸皮。打什么出租？这是我自己买的三轮！对，我亲自开三轮，陪老婆买菜！

两个年轻孩子一惊，立刻红了脸说：叔，叔，您可真酷！

他笑着脸说：净和你叔打岔子！你们不知道，三轮车好！上中学就知道，三角形的稳定性嘛！说到这里，他冲着男孩子说：给你爹买一辆，让他

拉着你娘去买菜！又对着女孩子说:给你爹也买一辆,让他拉着你娘去买菜！

两个年轻孩子咯咯笑着,手拉着手走了。

两个年轻孩子走了,他才想起来,忘了叫他们给看看车子了。他知道,这两个年轻孩子都是车间的工人,也许会修三轮车。

他还在等下一个熟人,希望等到会修车的熟人。最好是老婆回来之前,在熟人的帮助下,把车修好了,让老婆看看,领导有余威,领导有余热。

但再也没有熟人过来。

老婆已经走回来了。老婆告诉他一个不好的消息。老婆说:修车的找到了,但人家不肯过来,非要咱把车推过去。老婆还说:修车的人,姓赵,你应该认识,从前,和你在一个车间。

是老赵啊。他想起来这么个人了。他签过一个文件,把老赵一批人下岗了。没想到,老赵在街上摆铺子修车了。

他什么都没说,伸手拦了辆出租车,钻了进去。老婆迷惘着脸,弄不清他要干什么。他摇下车窗来,对老婆说:我去接老赵,让他过来,给我修三轮车！

别 开 玩 笑

> 老蔡没想到老顾说话这么损,居然把他和贪官联系到了一块。

老顾爱开玩笑,见了谁,都要打两句岔子。老家伙们都防着他,只要他一开口,都有些神经紧张。

这天,老顾在街上遇见了老蔡,又忍不住嘴痒,就对老蔡说:"呀,我是不是看见鬼啦?上个星期,我明明参加了您的遗体告别仪式嘛,怎么,您报了个到,又拐回来啦?"

老蔡脸一白,笑道:"我不够级别,阎王爷不收!"

老顾说:"不对吧,是您没带礼品吧?是不是成克杰和胡长清在门口把着,不叫您进?"

老蔡没想到老顾说话这么损,居然把他和贪官联系到了一块。老蔡一时语塞,憋得眼珠子鼓泡,气哼哼地走了。

马路上剩下一个老顾,高兴得他哈哈大笑,回家后多喝了一碗面条。

第二天,老顾就不笑了。因为他听说老蔡死了,昨天一回家,就死了。老顾感到悲伤,就摸到了殡仪馆,给老蔡献了个花圈。老顾又见到了一些老熟人,都是来吊唁的。老顾就很想和他们打招呼。可没等他开口,熟人们都纷纷躲开了。

当天晚上,老顾梦见了老蔡。老蔡戴着黑纱,从遗像上走了下来。老蔡说:"老顾啊,我也死了,您就嘴上留情吧,别再到处嚷嚷我了,我不就那点破事儿嘛。"

老顾心中一惊,从梦中醒来。我嚷嚷他什么啦?他到底有什么破事儿?

以后,老顾在街上见到熟人,再也不敢胡说八道了。其实,就是他想开玩笑,也没人理他了。不等他开口呢,对方就连连朝他摆手:"别开玩笑,您千万别开玩笑!"

老夏办班

老夏说：是啊，你们的孩子，都是普通人家的孩子。因此，更需要培养平视天下的素质。

老夏是专卖"豆腐块"的。也就是说，老夏时常有"豆腐块"文章发表。大江南北、长城内外的报纸杂志，几乎被老夏给覆盖完了。老夏还把自己的文章集结成册，出版了小品文集《曲径通幽》。有人打趣说：老夏啊，能写文章，也是个资源啊，你是个作家，怎么不办个作文班呢？

这话让老夏动心。说实在的，现在有不少人办班，但还没听说作家办班。当然了，老夏充其量是个业余作家。可如果打出作家办班的招牌，说不定还真能发现小作家的苗子呢。老夏的心里涌起了一股热流。一个写文章的人，对生活很容易产生激情，很容易充满美好的憧憬。

说干就干，作文班很快就张罗起来了。听说作家办班，很多人都把孩子送过来了，让老夏培养。老夏划了一条杠，小学生不收，只收中学生。因为中学生理解能力强，有利于提升思辨能力。等小学生长大了，再收也不迟，这也是有计划地培育办班市场。

可问题并不像老夏想的那么简单，招进来的学生，精气神很不一样。有些学生，喜欢大声喧哗，言语里多有霸气，目空一切。而另一些学生，神色木讷，表情郁闷，目光发散。很显然，前者对后者呈现了高压态势。这是老夏所不愿意看到的。他不能容忍班里出现强势群体和弱势群体。于是，老夏让学生们填写了一张登记表。表格一目了然。老夏把学生们分成了两个班，一个甲班，一个乙班。

目空一切的学生，进了甲班。

目光发散的学生，进了乙班。

分班后，课堂秩序井然。老夏因人施教，很快就显露出了山水。不久，甲乙两班的学生都开始发表作品了。有抒发壮志的，有寄语山河的，有针砭时弊的，文体多为风趣幽默之作。一看就是老夏的风格。

有些学生家长很高兴，钱没白花，孩子的写作有了长进，即便将来考不上大学，也可以当作家的。可有些家长却不大高兴，孩子写的文章，怎么具有批判意识？这不是拿官场开涮吗？这不大好吧？于是，不高兴的家长们就来找老夏了。老夏一听他们说话，心里就有数了。不用问，都是甲班的家长。这些家长，头上都有官帽子，不是这个长，就是那个长，说话中流露着官腔。

有个家长说：夏老师，我们知道你写了大量的讽刺幽默文章。可是，我并不赞赏我的孩子写这样的文章。我的孩子是送过来让你培养的，不是让孩子从小就反对领导的。

另一个家长说：是这样，夏作家，你可以写具有批判意识的文章，我的孩子却未必可以写！你想想，孩子从小就写这类文章，恐怕与身心健康不利吧？

又一个家长说：现在，我已经成为我孩子的描写对象了，可我孩子把我的形象写的灰溜溜的！这怎么让我在社会上混呢？总而言之，要写就写我是如何廉洁奉公的！家长是孩子的镜子嘛。

……

老夏沉思片刻说：各位领导畅所欲言，我很欢迎。但我提醒各位领导想一想，你们的孩子，除了提高写作水平外，其他方面有没有什么变化？难道，你们没有注意到，你们的孩子变得越来越朴实了，越来越率真了？

他们的眼神,已经不像从前那样目空一切了,他们学会了平视!平视天下,这才是一个学生应该有的最基本的心态啊。说明白了,我是为了你们的孩子好!

几个家长无话可说了。既然是为了孩子好,还能说什么呢?

乙班的学生家长也来找老夏了。他们是来感谢老夏的。他们说,老夏不愧是作家,不愧是人类灵魂的工程师!自己的孩子,已经走出了生活的阴影,目光炯炯的,完全是变了另一个人!老夏说:是啊,你们的孩子,都是普通人家的孩子。因此,更需要培养平视天下的素质。只有平视,才能拥抱每一轮红日!

作文班结束的时候,甲班有几个家长又来找老夏,说是想请老夏吃饭,顺便听老夏讲讲官场的奥妙。有个局长身份的人说:老夏,我们没别的意思,就是想知道您是怎样观察官场的,怎样写讽刺文章的。在官场混,我们想听听作家的声音!

老夏笑道:这不敢当!你们都是领导,都有自己的心得体会!这样吧,我出了本集子,我要说的话,都在里面了,送给领导每人一本。

老夏说完,拿出了几本《曲径通幽》。领导们翻翻书,图文并茂,"豆腐块"都不长,很是赏心悦目。

那个局长身份的人,读了书后,感到这不是一般的书。这个局长背地里说:将来,孩子就是考不上大学,只要读了这本书,也能悟出为官之道!再说了,读大学,不就是为了当官嘛!

此语一出,提示了一些人,他们纷纷找到老夏,讨了一本《曲径通幽》。

领
导
随
意

威 风

张三跟着老鲁威风凛凛地走了。张三问老鲁："你认识那两个人呀？"

"认识个屁！"老鲁说。

老鲁是个官员，爱耍威风，一耍威风，就要张三陪他喝酒。喝白的他不行，一两就醉。喝黄的，他很行，一捆不醉。黄的喝多了，自然尿就多。老鲁排尿的时候，喜欢自称制造"热啤酒"。

这天中午，老鲁又拉张三陪他喝啤酒。喝完啤酒，又让张三陪他去拜访冯老。冯老是老鲁的伯乐，没有冯老，老鲁不会有今天的发达。就在他们快要到达冯老家的时候，老鲁突然说："我总不能给冯老带去热啤酒吧？"张三知道，他又有了，就四处张望，替他寻找 WC。

可大街上琳琅满目，就是没有 WC。

老鲁急得脚后跟捣地，满大街乱蹿。张三也束手无策，不知如何是好。一家酒楼横在路边。老鲁大喜，三步并作两步，就往酒楼里闯。难道他还要再喝一捆？张三紧跟其后，怕他做出荒唐之举。殊不知，酒能乱性，张三得给他保驾护航啊。

迎宾小姐立在酒楼门口，一身红衣，两袖粉臂，轻启樱唇，温香软语："先生您好，欢迎光临！"

"好，好，好！"老鲁一阵风似的旋进了酒楼，张三也

闪身跟了进来。张三看见老鲁朝着 WC 直奔而去,这才明白,他给酒楼送"热啤酒"来了。

张三和老鲁哈哈大笑,欢畅淋漓地宣泄了一回。

踱出酒楼,小姐频频向他们鞠躬,奉送香风妙语:"先生走好,欢迎再来!"

张三貌似雅士,矜持地向小姐点头微笑。张三斜睨一眼老鲁,只见他昂首挺胸,夹着皮包,气度不凡。

将酒楼甩在身后,张三和老鲁炸出一排笑浪,惊得枝头的鸟儿惶惶而飞。"你真威风!"张三说老鲁。

"做官嘛,就得有个官样子!"老鲁说。

张三和老鲁心情愉快着,买了礼物,去看冯老。冯老看见他们来,很高兴,非要留他们吃晚饭。保姆挺有眼色,乒乒乓乓地准备好了晚餐。张三跑到楼下,拎上来一捆啤酒。

月上星空,张三他们走出了冯老家,刚走了不远,老鲁就说:"不好了,我又要搞计划生育了。"

黑灯瞎火的,到哪儿去找 WC 呢? 张三也被老鲁传染了,感觉一阵阵内急。刚才,在冯老家,他们不好意思使用卫生间,现在只有自作自受了。

"跟我来!"老鲁的声音不容置疑。

张三跟着老鲁拐进了一条小巷。小巷杂乱不堪,堆着许多垃圾。没想到,老鲁腿一叉,掏出玩意儿,哗哗哗扫射开了。

"干什么的!"一声断喝在黑夜里炸响,一道雪亮的光柱照了过来。

两个拿手电筒的人站在了他们面前:"随地大小便,罚款!"

"罚谁的款? 把证件拿出来看看!"老鲁镇定而又威严。"谁给你们的权力? 想罚款就罚款!"

听老鲁这么说话,那两个人就很生气,就用手电筒朝老鲁脸上晃,一晃,看清是老鲁,声音立刻软了下来:"是您呀,老鲁!"

老鲁连笑带骂:"妈那头,你们这两个货,我看看自己的家伙,不行吗? 还想罚我的款?"

"不敢,不敢!"两个人连声说。

"我今天就是抽查你们来了,我早就讲过了,要你们清走这些垃圾。

看看,巷子里成了什么样子!"

老鲁毫不客气地把那两个人熊了一顿。

张三跟着老鲁威风凛凛地走了。张三问老鲁:"你认识那两个人呀?"

"认识个屁!"老鲁说。

梦　魇

办一个假文凭,要花两万? 有几
百块钱,撑死了!

领
导
随
意

　　李科长一觉醒来,对老婆说:真亏呀,我丢了两万
块钱!

　　老婆大吃一惊:啥时候丢的? 我怎么不知道?

　　李科长叹了口气说:昨天晚上被人家骗走的。李科
长就开始给老婆讲述自己被骗的经过。

　　李科长说:老婆,你是知道的,这些天来,我一直睡
不好觉。俺们公司要从科级干部中选拔一名副经理,许
多人都说我最有希望。当然,我自己知道,越有希望,越
会失望。因为我没有大学文凭啊。老婆,你不知道,在俺
那个破单位,大学本科生大把抓,满脚踩。

　　老婆听到这里,插话说:你说这些,和你丢两万块
钱有啥关系呢?

　　李科长说:当然有关系了,关系大了。我一直想弄
一个本科文凭呢。只要花钱,就能弄到。你没见,大街电
线杆上,到处都是办文凭证书的手机号吗? 昨天晚上,
我躺在床上,前思后想,辗转难眠,就打了个手机。对方
说,要两万块钱,北大、清华随便挑,一小时内取货。哈,

就这么简单,北京大学的文凭啊!

老婆听到这里,就急了:你傻呀,办一个假文凭,要花两万?有几百块钱,撑死了!

李科长说:要不我就说窝囊呢!我把两万块钱给人家了,可那家伙收了我的钱,一眨眼就不见了!因为是晚上,我看不清他的脸,上哪儿找他去呀?就这样,两万块钱,丢了!

老婆更急了,瞧你那臭智商,你是小儿科的科长啊?两万块钱啊,就这么没了!

李科长忽然发出一阵冷笑:我啥时候吃过这亏呀,都是我吃别人,现在倒有人来吃我了!我这次要是提不上副经理,这两万块钱,永远也别想捞回来了!

老婆埋怨说:你手里到底有多少钱?有多少钱,也叫你丢完了,都交给我吧。

李科长突然哈哈笑了起来:老婆,你急什么,我的故事讲得还可以吧?刚才我说的,是我昨晚做的一个梦。他妈的,在梦里,我丢了两万块钱!被人骗走了两万块钱!

老婆多云转晴,眉开眼笑了:你呀,做个狗屁烂梦,也编出来吓唬人!我说嘛,你再笨,也是个科长啊,咋就能轻易让人骗走两万块钱呢!

李科长摸着老婆的手说:你别说:半夜一醒,我心里就躁气这熊事儿。嘿,我他妈的我,丢了两万块钱!真是亏死了!你说,我咋会做了这样一个梦呢?

老婆嗔道:做梦呢,看你吧,和真的一样!

李科长说:就是真的嘛。想想就亏得慌,咋想咋亏,和真丢了两万块钱一样亏,心里难受死了!

摔　跤

老牛哭出声说：摔得好呀，我自己把自己摔倒了，想爬都爬不起来呀……

　　老牛摔跤了，像一袋面似的，"扑通"一声摔倒了。一些人幸灾乐祸地笑着，没有一个人上前去把他扶起来。

　　老牛躺在地上，四脚朝天，就像甲鱼翻盖一样，爬不起来了。老牛呼呼哧哧喘着，心想，死了吧，还不如死了痛快呢。

　　老牛退下来之前，就已经肥得像奶牛场的牛了，走几步路就大喘气。其实，上届任职期满，他就该主动退下来了，可是他不退。天下没有不散的宴席，谁又不想多坐一会儿呢。这一坐又是三年，许多原来不该办的事，他办了，该办的事，却一件也没办。

　　就惹来了许多骂声和告状信。他拿着上级信访部门批转下来的群众来信，一件件落实，把说他坏话的人都给办了。有个老家伙，到处散布他不廉政，他真生气，就给他办了个精神分裂症，送进了神经病院。

　　只有一个反对他的人，他给留了个面子，没有拿棍子打死。这个人就是老林。他和老林之间有一层特殊的关系。当年，两个人的老婆同一天生孩子，生的都是胖小子,两个孩子互相换奶吃。像这样的关系,如果老林紧紧追随他,愿意听他的话,他不会不给他弄个处长干干。可是老林,总是和他过不去,动不动就找到办公室,给他提意见。他一烦,就不让老林进办公室。老林就在马路上堵他,高一声低一声,说他这也不是,那也不对。

要不是看在两个孩子同年同月同日生的分儿上,他真想把老林给办了,管他什么大学毕业,一巴掌拍到锅炉房,那还不是一句话的事。

在职的时候,老牛脾气大得很。走到哪里,都是前呼后拥,跟着一群马屁精。可一退下来,就不一样喽,医院撤了他的专用病房,看病得自己去挂号排队。有一天,他上二楼去做心电图,爬楼梯爬了一半,就爬不动了。迎面碰见过去喜欢的一个人,可这个人连眼皮都没抬一下。他好一阵心痛,要不是老伴搀着他,他就瘫到楼梯上了。就在这个时候。老林出现了。老林连拉带拽,把他弄到抢救室,要不然,他早就交户口簿了。

现在,老牛躺在地上,眼前又浮现出了老林的影子,他多么希望老林此刻能出现啊。老林看见他摔倒了,一定会把他救起来。他知道,自己是爬不起来的,怪只怪自己,逮住公家的饭菜,狼吞虎咽,把肚子撑得太满,太满了。

其实,老林这个时候已经出现了。老林刚巧路过这里,听见一群人在哄笑。老林也退休了,整天在街上闲逛。老林过来一看,才知道老牛摔倒了。老牛刚才是坐在水泥板上的,屁股坐歪了,就把水泥板压翻了,就摔了个仰八叉。

那些看热闹的人,看了看躺在地上乱舞爪的老牛,哂笑了一通,都走了。

只有老林没走。老林先把水泥板重新放好,然后将老牛拉了起来,扶他坐好。老林又去买了一瓶矿泉水给老牛喝。

老牛眼珠发直,过了好一会儿,才转出两滴泪来。老牛哭出声说:摔得好呀,我自己把自己摔倒了,想爬都爬不起来呀……

老林说:你肚子那么大,也去打打门球,下下肚子,减减肥。

老牛仍在呜呜哭着:没人理我呀,他们不带我玩……

玩　笑

众人众口一词。五个代表纷纷说：村主任，你放心，谁敢攻击"长城"战略，俺就割掉他的舌头。

俺村的外边，有一道"长城"。俺村的"长城"，是村主任的杰作。村主任带人去了趟八达岭，回来后，就下令修了道"长城"。

你说俺村的村主任有没有气魄？老百姓都说，要是联合国是个"村"的话，俺村的主任一定能竞选上联合国的"主任"。

俺村的"长城"修好后，村主任去了趟北京。村主任是坐飞机回来的，一下飞机，他就召集了村民大会。村主任在会上说：乡亲们啊乡亲们，坐在飞机上，能看见俺村的"长城"啊！

这真是一件振奋人心的事情。宣传组马上就把黑板报更换了，画面上是俺村的"长城"，"长城"上空是一架飞机，村主任的头和手伸在云彩里，做挥手致意状。下面还有一首打油诗："蓝天白云万里行，胸怀大志筑长城，鲲鹏展翅逞豪情，山乡巨变舞长龙。"

村民们都知道了，坐在飞机上，能看见俺村的"长城"。十里八乡，乃至县里、省里，也都知道了，坐在飞机上，能看见俺村的"长城"。俺村的"长城"名声在外了，许

领
导
随
意

多干部从很远的地方跑来参观。村主任对前来参观的干部们说,俺村制订了"长城"发展战略总体规划,"长城"是俺村的村魂。

村主任有他的理由。村主任说:美国经济发达不发达?美国人厉害不厉害?早在三十多年前,美国人就登上了月球,他们向全世界宣布,在月球上,看见的人类最伟大建筑,就是中国的万里长城。

这就是村主任的理论依据。美国人站在月球上,能看见中国的万里长城,俺村人坐在飞机上,能看见俺村的"长城"。你说俺村制订的"长城"战略,是不是大思路、大视野、大蓝图?

可是有个人却和村主任唱上了反调。这个人就是赵二别。赵二别说:我没坐过飞机,咋知道能在天上看见咱村的"长城"?我也没上过月球,更不知道,站在月球上,咋能看见咱中国的万里长城?

这不是明摆着和村主任唱对台戏嘛。村主任真想把赵二别修理一顿。但村主任忍住了。村主任派人订了五张飞机票。村主任主持召开了村委会,选出了五个代表。村主任要把这五个代表送到天上去,让他们坐一坐飞机,亲眼俯瞰俺村的"长城"。

五个代表坐了一圈飞机,很快就回来了。五个代表真高兴啊,见人就说:真的,坐在飞机上,能看见俺村的"长城"!

这还有什么可说的呢,总不能把全村人都弄到天上去吧,总不能让男女老少都去免费坐一次飞机吧。

就这样,赵二别被村主任给晒了,晒成了萝卜干。

可是,没过多久,赵二别又活跃起来了。赵二别拿着一张新报纸,到处传阅:瞧瞧,特号新闻,最近有个美国人,钱多得花不完哪,他跑太空上游了一圈。他说在月球上没看见中国的万里长城,这个美国人叫翁——蒂——拖!

很快就有人去报告了村主任。村主任也听说这个消息了,也从报纸上看见这条新闻了。村主任正在生美国人的气。美国人太不严肃了,拿这么大个事开玩笑,一开就是三十多年,真是个天大的国际玩笑。村主任在心里骂那个叫翁蒂拖的,吃饱了撑的,到月球上浪什么浪?

村主任召集了扩大的村委会,把五个上过天的代表扩大进来了。村主任语重心长地说:我让你们说说,坐在飞机上,看没看见咱村的"长城"?

看见了,当然看见了,兔孙才说没看见哩。众人众口一词。五个代表纷纷说:村主任,你放心,谁敢攻击"长城"战略,俺就割掉他的舌头。

扩大的村委会开得十分热烈。

然而,与会人员没想到,赵二别已经动身去飞机场了。他要去北京大学看儿子,顺便确认一下,坐在飞机上,究竟能不能看见村长精心设计的"长城"。

领导随意

楼 之 殇

新办公楼端庄气派,坐落在城市的边缘。一条笔直的大路,从城市的中心延伸过来,正对着楼门口,宛若勺子给大嘴喂饭。

老总站在楼上,望着辽阔的四野,满怀激情地说:一条大路通罗马,罗马大厦收天下!

听了老总的话,大家都跟着激动:好啊,好日子来到了!

然而,就在大家憧憬着好日子的时候,不幸的事情发生了:一场大风刮来,楼顶的旗杆刮断了!

人们的脸上有了惊异之色。旗杆断了,这可不是个好兆头啊。爱说古的人,马上就和古人联系上了,说古时某国和某国开战,谁的旗杆被对方射断,谁就要损伤元帅了!

当然,这种说法是不敢让老总听见的。人们只是在背地里嘀咕,同时,又有几分说不清的担心。

终于,震惊人心的事件发生了。老总到省里开会,出了车祸,命丧黄泉!

人们惶恐不安了。这是偶然，还是必然？这是巧合，还是玄机？

是的，人们很自然地就把旗杆、大楼、大路联系到了一起。有人暗地里问了算卦仙，说是大楼选址不当，风水不好，错就错在一条大路直通楼门口！

人们就站在楼门口、马路边，审视着所谓的"罗马大道"。不错，什么罗马大道？分明是一柄长剑嘛。当初，搞设计的，为什么不请人看看风水？缺乏可行性论证嘛。就算是迷信吧，可迷信也有迷信的道理嘛。

众口纷纭，莫衷一是。人们不知道该怎么办了。是废掉大楼，迁回原址办公？还是各奔前程，闪开这倒霉的地界？一时间，人们惶惶不可终日。

一座大楼，一日不可群龙无首。

领导层已经体察到人心所想。老总火化后，日常工作由老二料理。老二发下话来：各部门坚守工作岗位，不得散布、传播封建迷信和流言蜚语；市主管部门即将下来考核干部，新的老总将率领我们进一步发展大好局面。

信息一发布，人们议论的中心，马上就发生了转移。谁，将出任新的老总？是上级任命？还是旱地拔葱？若是上级任命，将派谁过来？若是旱地拔葱，谁会脱颖而出？是老二顺理成章地接班？还是老三越位夺权？是老四百米冲刺？还是老五斜刺里杀出？

领导随意

人们喋喋不休地议论着，充满亢奋地期待着。人们的认识达到了空前的一致：尽管旗杆断了，竞争新老总的人，还会很多，多得成堆！

新的老总，在人们的期盼下，终于浮出了水面。上级领导机关，从省城挖过来一个博士生，否定了旱地拔葱的可能性。这样也好，旱地拔葱，也不好拔，搞不好，会争得头破血流。班子里的几个神仙，都不是瓢虫。还是让外来的和尚念经吧，外来的和尚，总能给人耳目一新的感觉。

果然，新老总上任伊始，就展现了全新的思路。

新老总命人改造办公楼大门，将门庭拓宽了，可以并排跑四辆车子。同时，在楼后修了一条马路，直通远处的高速公路。也就是说，罗马大道穿过办公楼，蜿蜒至高速公路。或者说，办公楼骑到了罗马大道上。

在新路开通的竣工典礼上，新老总说：罗马大道的全线贯通，将使我市的发展速度得到全面提升，有利于向全国人民展现我市的崭新形象！

这座城市的罗马大道上,就这样骑上了一座端庄气派的办公楼。每天,有数不清的车辆,从楼里穿堂而过,驶向高速路口,蔚为壮观。

楼里的人,每天走两侧的楼梯上下班。一边上下楼,一边欣赏公路的车流和四野的风景。

新的老总经常给大家讲他过去的故事。讲他就读的那所北方大学,校园很大很大,校园里通着公共汽车。他说这个印象,启迪着他为这座城市增添了一道靓丽的风景。

其实,新老总说什么,大家都无所谓了,都没意见了。人们的腰包已经越来越丰满了。因为,楼下就是个收费站,效益十分可观。

村长要造永动机

我需要有个对手出来打破神话，打破村长的神话！

村长要造永动机。村长就是村委会主任,但大家都习惯叫村长。叫长比叫主任大。首长、董事长、省长、委员长……都比主任体现的权力大。当然,村长更喜欢村民喊他村长,一村之长。

村委会成员都到齐了,听村长阐述为什么要造永动机? 怎样造永动机? 村长说:永动机,你们是知道的。读过中学的,都知道。造成了永动机,我们就成为世界上第一个永动机制造商。这是个什么概念? 40 个亿呀,每个月会有 40 个亿的利润! 每年会有 480 个亿的利润! 50 年呢? 算算账,这么大的蛋糕,我们不能不做,我们不能不切!

村长又说:当然了,有人会说弄不成。但我说,别人弄不成,我就能弄成! 梦想,产生理想;没有梦想,就不会有理想!

听村长这么说话,村委会成员们大眼瞪小眼,都不发言。他们都知道永动机不可能,都明白村长在做白日梦。但是,他们不能反对村长,或者说,不该反对村长。

领导随意

没有村长，就没有当下这个美丽富饶的村庄。村长把许多不可能变成了可能。村长把城里人的钱拿过来让村里人花，城里人还要过来参观、学习、致敬。天下人都知道，在村长的领导下，本村已经实现了革命导师所赞颂的"局部共产主义"。

村长要村委会成员们表态。村长说，每个人的表态都要记录在案，特别是重大决策的表态，将作为"末尾淘汰"的依据。如果决策正确，谁投赞成票，谁就吃分；谁投反对票，谁就不吃分。反之，则反。

如此说来，村委会成员们就都傻眼了。显然，村长要造永动机，就是要造"皇帝的新衣"。可是，谁又能给村长指出来呢?!村长召集村委会开会，就是拎着气管子打气，总不能给他拔气门心吧!

大家都表了态，都说了同意，同意制造世界上首台永动机。就算是不该这样投票吧，但大家都这样投票了，就等于大家都没这样投票。水涨船高与水落船低是一个道理!

村长露出一丝不易察觉的笑意。他很明白大家的心理状态。说实在的，这个时候，他真的希望多出来一伙儿反对派，和他唱一场对台戏。但没有人敢站出来。这让他感到了些许遗憾。

接下来，会议讨论了怎样造永动机，请谁设计，用什么设备，用哪些工人。村里这些年来，引进资金，引进技术，有比较丰厚的家底。说干就干，村长亲自挂帅，成立了攻关领导小组，亲自任组长，并在村委会门口挂了个"永动机研发生产基地"的招牌。

永动机就这么张罗起来了，村长开始轰隆轰隆进设备了。

村里人都沉浸在永动机的畅想曲里了。他们相信村长，能弄成，没有弄不成的。他们已经知道村长的宏伟蓝图了，把永动机造出来，也就等于把印钞机造出来了。到时候，咱村有了钱，先收购一个乡，再收购一个县，然后再收购一个省。说不定，要不了几年，上海就会成为咱的一个乡了!收购全中国，全地球，也不是不可能的，只要有了永动机，咱村的村长不就是地球村的村长了吗?

但是，有一个人不是像全村 99.99% 的人那样乐观。另类的人，总是有的。这个人是个上门女婿，是高考落榜后，自费过来当倒插门女婿的郭铲子。瞧这名字!郭铲子想不通这件事，认为这是一件很愚蠢的事。不光

村长愚蠢,村上的人都愚蠢。郭铲子上初中时,就知道能量守恒定律,知道不可能制造永动机。郭铲子想,也许村长没上过初中? 想到这里,郭铲子就揣上初中的物理课本,上了村长家。

村长说:郭铲子,你手里拿的是什么? 初中课本吗?

郭铲子脸一红说:村长,你看出来了? 我就是想和你说说,制造永动机,不可能的,真的不可能!

村长接过课本,翻都不翻就丢到了桌上。村长说:你来和我说这个,就不怕我开除你吗? 开除你的村籍,你这个倒插门的女婿! 村长说到这里,嘎嘎地笑了起来。

郭铲子也笑了起来。他被村长的笑声感染了,村长不像是在嘲讽他。

村长说:我希望有人和我唱反调。其实,我心里知道,永动机是造不出来的。但是,我还是要造势。我就是要看看,有没有人敢出来? 我这个人,是离不开对手的。至于进口那些设备,都是通用机械,损失不了。你懂我的意思吧?

郭铲子说:是要我守住这个秘密吗?

村长说:不,我是要你利用一切机会宣传你的观点,告诉大家,永动机造不成! 我需要有个对手出来打破神话,打破村长的神话!

郭铲子疑惑地问:这是什么意思?

村长说:你不懂,村长就是这么当的。

领
导
随
意

路　卡

张村的人大脑开窍了。黄泉路边，一夜之间，冒出来很多地摊儿，各种冥品，一应俱全。

张村是个贫困村，换了好几茬村主任，都没得翻身。有一天，李二黑毛遂自荐，要当村主任，说自己有致富的高招。

李二黑当上村主任后，从外边领回来一个人。两个人手指天，脚指地，嘀咕了一番。然后，李二黑对村民们说："让他投资，南边建个场，村口修条路。"

南边的场，很快就建起来了，几排大房子，宽敞明亮。村口的路，也修通了，直通南边的场。村民们却不知道场是什么场，只见一台大机器，黑糊糊得像个大恶魔。

李二黑告诉大家，场是火葬场，路是黄泉路。村民们一听就炸了，骂李二黑破坏了风水，想发死人的财。李二黑笑道："就因为咱村风水好，我才想出了这个门道。"

人穷不怕鬼。村民们想想，啥也甭说了，还是找李二黑报名当工人吧。

李二黑在村口设了个路卡。张村的人，乐乐呵呵，穿上制服，开始收过路费了。

这年头，往黄泉路上去的人多，火葬场的生意很旺。路卡的生意也不赖，过一辆车，收费20元。哪一拨不是好几台车？一天十几拨，肥得滴油。

刚开始，有的主事人不买账，说从来就没听说过灵车要收费，就把灵车停在路卡，硬是不掏钱。路卡问李二黑怎么办？李二黑一声冷笑："不理他，等着他诈尸！"死人不急活人急，送葬的人都埋怨主事人。主事人架不住众人唠叨，只好掏钱买路。

路卡就这样蠡起来了。船到桥头自然直，无论谁到了路卡，都乖乖留下买路钱。李二黑给村民们开会说，要做大做强殡葬经济，想法从死人身上多捞钱。不捞白不捞，白捞谁不捞？张村的人大脑开窍了。黄泉路边，一夜之间，冒出来很多地摊儿，各种冥品，一应俱全。

张村人开始大把大把数钞票了，手指头越数越痒了。

李二黑功成名就了，换上了西装，穿上了皮鞋，打上了领带，成了个风光万里的乡镇企业家。

然而，好景不长，火葬场的生意说淡就淡下来了。原因是有人送来一条死狗，李二黑同意给火化了。消息不知怎么传了出去，方圆百里，再也没人光顾张村了。

断了财路，村民们都埋怨李二黑，说他不该烧死狗。

李二黑说："我不给烧，行吗？知道狗是谁的吗？是投资人赵老板的狗！"

领导随意

路　标

几乎每一个去洛阳的司机,都沿着路标,绕了一个大圈回来,才判明了正确的路线。

"前方修路,洛阳绕行。"左边的路口上,有个牌子,提示着过往的车辆。为了醒目,牌子上还画了个红色箭头。

开往洛阳的车辆,按着箭头的方向,秩序井然地朝左拐了。

两个醉鬼,互相搀扶着,来到了路口。他们一胖一瘦,像两个肥细不匀的圆规腿。不知为什么,他们站到了路口的中央,打出了手势,试图指挥车辆。可是,没有一辆车听他们的。司机都看出来了,他们是醉鬼,况且,他们没有穿制服。

胖子对瘦子说:"娘那脚,不听我们的!"

瘦子对胖子说:"爹那腿,不听不中!"

胖子和瘦子就决定要个酒疯。他们合力将路标拔出来了,插到了右边的路口上。

胖子和瘦子做完这件事,哈哈大笑了一通。然后,躺在地上,呼呼睡着了。

又有车辆开过来了。车辆也是赶拨走,这一拨有十

几辆。大卡、中巴、小轿、平板、拖拉机,应有尽有。

第一辆车跑到路口上,戛然而止。显然,司机已经注意到了路标。司机犹豫着,前天去洛阳,还是朝左拐呢,怎么,今天就朝右拐了?

司机犹豫的当口,后边的车笛响成了一片。司机想了想,一踩油门,往右边拐去了。第二辆车也向右拐了。

第三辆车也向右拐了。

第四辆车也向右拐了。

……

开往洛阳的车辆,全都跟着向右拐了。

不知过了多久,司机们才发觉这是个错误。因为他们绕了一大圈,又回到原先的路口了。他们已不再犹豫,嘴里骂骂咧咧的,直接就把方向盘打了左拐。可是,没有一个司机停下车来,去把错误的路标拔下来。"管他呢!"也许,他们都这么想。

又一拨车辆开过来了。这一拨司机,也是根据路标,往右拐了。

几乎每一个去洛阳的司机,都沿着路标,绕了一个大圈回来,才判明了正确的路线。然而,他们谁都没有去拨乱反正。

这个城市的某一部分,引发了前所未有的噪音。事故频数直线上升。

交通警察和公路管理人员终于做出了反应。他们沿路勘察,发现了那个错误的路标。同时,他们也发现了那两个醉鬼。两个醉鬼仍躺在路口呼呼大睡。有人上前把醉鬼喊醒了,递给他们湿毛巾擦脸,还有清凉解酒的乌龙茶。

擦了脸,喝了茶,两个醉鬼感到了清爽。胖子问身边的人:"怎么,有什么急事要汇报吗?"

有个人毕恭毕敬地说:"报告领导,交通堵塞问题已经解决了。"

细　节

大家每天都用铅笔写字，龙飞凤舞，妙趣无穷。好像大家都成了习惯于用铅笔写字的大手笔了。

单位来了新领导。新领导一来，人人都像是找不着北了。大家都在暗中琢磨新领导的爱好。可是，琢磨来琢磨去，都没有发现新领导有任何鲜明的爱好。摸不清领导的爱好，这可真是一件难受的事情。

到底还是有细心的人。细心的人，经过仔细观察，终于发现了新领导的一个爱好——喜欢用铅笔写字。

新领导喜欢用铅笔。这个细节一经发现，同志们的眼睛马上就亮起来了。

领袖级的人物，都是用铅笔啊。

用铅笔做批示，那才叫大气派呢。

铅笔字亲切随意，而且言简意赅哩。

……

同志们谈笑风生，很快就把用铅笔写字的若干优势归纳出来了。

于是，大家纷纷买来铅笔，找机会送给领导，有买自动铅笔的，说是用起来方便，有买铅笔带橡皮头的，说是修改文件顺手。新领导收到了许多新铅笔，案台上像是

个铅笔博览会了。

还有人把铅笔夹在耳朵上,做小木匠状,在领导面前晃来晃去,随时听候差遣。

也有人把铅笔咬在口里,做小学生状,在领导屋里进进出出,时刻准备记录领导的指示。

可是,新领导谁的铅笔都不用,只用自己的铅笔。而且,也从不当面叫人记录什么。

大家进一步发现,新领导的铅笔是上海产的那种绘图铅笔。"嘿,上海铅笔一厂的——中华绘图铅笔!那才叫品质感呢!"有人不由得发出了感叹。

同志们一夜之间都把铅笔换了,换成了上海铅笔一厂的中华绘图铅笔,自动地与领导保持一致了。大家每天都用铅笔写字,龙飞凤舞,妙趣无穷。好像大家都成了习惯于用铅笔写字的大手笔了。

有一天,新领导突然想用钢笔签个字,就到各屋去找钢笔。可是,大家都没有钢笔,只有铅笔,弄得新领导没了好心情。就在这时候,勤杂工小孟说话了:"我这里有一支派克笔!"

领导随意

新领导的眼睛当场就亮起来了,接过小孟手里的派克笔,兴冲冲地回房间里了。

不久,新领导就带着小孟到处开会、到处喝酒了。

替身

过了好长时间,老丫听说,小舅子开会开成精了,认识了很多人,成了个地道的会议"虫子"。

老丫已经很烦开会了,烦透了。也不知从何时起,老丫成了单位的会议代表,领导总是派他出席各种会议,有本系统的会议,也有跨行业的会议。会议五花八门,层出不穷,总是有数不清的会议,等着老丫去开。

其实,老丫厌烦也没用。古时候,皇帝每天还要上朝呢,召集大臣们开开会,商议商议国事。就连水泊梁山的聚义厅,不也是个开会的大礼堂嘛,梁山好汉动不动也要开个会。老丫想透了这一层,索性超脱了,就把小舅子喊了过来,让他替自己去开会。

小舅子是个下岗职工,在家没事干,闲得光想找人打架。一听说让他当替身,专门去开会,高兴得不得了。小舅子知道,开会是很上档次的事情,更何况,白吃白喝不说,还发纪念品哩。小舅子满口答应,拎上老丫的皮包,替老丫开会去了。

小舅子仪表堂堂,打扮打扮,很像个会议代表。小舅子当替身,当得很出色。每次散会回来,小舅子都把会议文件带回来,向老丫做个简要的汇报。老丫根据小

舅子的汇报和会议资料，整理出来汇报提纲，再向单位领导汇报。领导特别忙，有更重要的会议要亲自去开，哪有工夫听老丫闲吧唧？领导扫了两眼会议资料，连声说"好好好，先放这儿吧"，就捂着啤酒肚出去了。

老丫的日子就过得很舒坦。

也不知哪根管道出了故障，很突然的，有一天，领导就把老丫找了去，臭骂了一顿，宣布让他回家待岗。

老丫很纳闷，不知船歪在哪里，想找小舅子聊聊，也顺便告诉他，以后再也没有幸福的机会了。在老丫看来，小舅子是个爱开会的人，开得很幸福，吃过很多会议大餐，乐此不疲。如果小舅子没有会议可开了，就等于二次下岗了，他心里能承受得了吗？

谁知，小舅子却笑了："姐夫，我已经被你们单位聘用了，聘我当会议代表，专门替你们单位开会。"

老丫备感意外，没想到船歪在这儿了。

小舅子说："姐夫，我真不明白，开会，这么好的差事，你为什么不愿意干？你怎么就不懂得开会的真正价值呢？"

老丫问："什么价值？开不完的破会，浪费时间！"

小舅子笑道："其实，开会不是为了讨论话题。话题，领导早就在下边定好了，用不着讨论。开会是为了认识人，多认识几个人，不比什么都重要？"

小舅子又说："姐夫，我得好好珍惜这份工作，二次就业不容易！"

老丫有啥可说的呢？没啥可说的了。

过了好长时间，老丫听说，小舅子开会开成精了，认识了很多人，成了个地道的会议"虫子"。他请过很多领导喝酒，很多领导也请过他喝酒。

第 四 辑

条件反射

会议的一种开法

您是领导,领导也是生产力,而且,
是更重要的生产力!

秦德龙官场小说

130

　　领导喊过来老罗,让他去替个会,替领导开爪哇学会的年会。如今,闲扯淡的会议太多了,领导哪能都亲自去开?总是派个老萝卜头或小萝卜头去照个脸。老罗是个人精,明白领导派他去替会,是信任他。再说了,去宾馆开会,都不白开,管吃管喝管洗澡,还有纪念品发,何乐而不为?

　　摸到爪哇宾馆,会议已经开始了。因为是冒名替会的,老罗就故意迟到了一小会儿,寻了个墙角坐下。老罗一副无所用心的样子,东张西望,打量会议室的灯光和壁画。老罗是个老油子了,知道听不听讲,都无所谓的,反正会议要发文字材料的。然而,这次老罗却搞错了,直到会议结束,领导的讲话稿都没发下来!

　　老罗找到了会务组。会务组已经聚集一堆人了,这些人和他一样,都摸不清马虾从哪头放屁了,都是来要会议材料的。

　　会务组的小平头说:本次会议有个规定,不印发任何材料,包括领导的讲话稿!请诸位理解,充分地理解!

理解什么呢？怎么理解呢？老罗挤到前面，对小平头说：领导的讲话稿很重要，不印发讲话稿，我们回去后怎么传达贯彻？

老罗隐去了自己是个替会者的身份。实际上，没有领导的讲话稿，他回去后无法向本单位领导交差。

小平头笑道：本次会议是个内部会议，领导的讲话稿不宜公开。

什么不宜公开？难道爪哇学会在装神弄鬼吗？与会代表七嘴八舌叮开了小平头。

小平头一副无辜状，一副神秘状。这样吧，我给大家通融通融？领导的讲话稿，50块钱一份，谁要谁掏钱！小平头说着，变戏法似的拿出来了一堆会议材料。

这不是倒卖领导的讲话稿吗！有人马上就给小平头指出来了，说他发财发到领导头上了！

怎么说话这么难听？！小平头瞪起了眼睛。50块钱，你还要计较？都什么年代了，眼睛还盯在50块钱上！告诉你，我这也是给大家帮忙！领导讲话也是劳动。说实话，收50块钱，是对领导的劳动成果的尊重！想要就要，不要拉倒！限量发售，欲购从速！

话说到这个份儿上，还有什么可说的呢？有人就开始掏钱了。不就50块钱嘛，回去后又不是报销不了！老罗也把钱掏出来了。

小平头一边收钱，一边嘟哝着：你们呀，叫我怎么说你们！都是来开会的，总该有个基本素质吧？你们想想，我说的有没有道理？领导也是生产力，而且，是更重要的生产力！如果，领导的讲话稿随意赠送，岂不是对生产力的极大浪费？！

听小平头这么说，大家都笑起来了。

是啊，报纸上印着领导的讲话稿，买份报纸还得掏钱呢！

就是嘛，领导的讲话稿，印成了书，买书不也得掏钱嘛？

大家都想通了，都掏钱把讲话稿买下了。小平头顺手给撕了发票。拿上发票，老罗就说话了，夸奖小平头会办事，考虑得很周到。

老罗回到了本单位，把买来的讲话稿交给了领导，同时，递上了发票。领导看看，笑笑，在发票上签了字。领导说：50块钱，不贵！如果会议

131

领导随意

在外地开,花一笔差旅费不说,还要交几百块钱的会务费!不也就是买回来一份会议资料吗?

领导又说:老罗,你把讲话稿拿走吧,比葫芦画瓢,给我搞个讲话稿,咱们也开个大会,把上级领导的讲话贯彻一下。

老罗说:我有个建议,咱们开会,也不印发您的讲话稿,也让下属各单位掏钱买!

领导一怔:这样做,合适吗?

老罗说:怎么不合适!您是领导,领导也是生产力,而且,是更重要的生产力!下属各单位,得到您的讲话稿,就得到了力量的源泉!您也要转变观念呀,要把自己当做先进的生产力来看,以激发下属各单位空前高涨的学习热潮!

领导笑道:这样也好,你去办吧。

老罗兴冲冲地走了。他感到自己今天的收获很大,进步也很大,特别是提升了对领导讲话稿的认识,提升了对领导人价值观的认识。由此,老罗产生了一个新的创意,即:"开会收费工作法"。以后,本单位开各种会议,与会人员都要交纳会务费,少则几元,多则几十元,按会议的规格,有偿听取领导的讲话。否则,不能获取会议的书面资料。

老罗的创意,很快就被领导采纳了,并见到了奇效。会议室总是座无虚席,彻底改变了过去那种松垮懒散的习气。而且,大家都踊跃购买领导的讲话稿,惟恐成为落后分子。

会议的空白

钢铁就这样炼成了，大奎就这样成精了。他主持会议，再也没出现过空白。

会议临近尾声的时候，出现了空白。主席台上的人，面面相觑。主席台下的人，大眼瞪着小眼。该讲话的人，都讲完了，会议走完了全部程序。可是，没人宣布散会。人们望着主持人大奎，希望他的嗓子能发出"散会"的声音。

然而，大奎却在装聋作哑，却在视而不见。大奎面无表情，对着麦克风，就是不说"散会"。

他不能说"散会"，真的不能说"散会"。大家突然明白了，主席台中央的位置空着呢，女一号离席而去，尚未归来。

本次会议的规格很高，高就高在女一号亲临会议。虽然，女一号没有讲话，但是她听了会议的全部讲话。而且，她坐在主席台上，就等于看望了大家。现在，女一号离开主席台了，也只是暂时地离开。她一定会回来的。大家都抻长了脖子，目光里充满了期待。

女一号干什么去了呢？大家都在想。一想，就想到一块儿去了。人家能去干什么？不就是坐在主席台上，

领导随意

多喝了几杯水,跑出去放水嘛。想到这里,大家就用眼睛剜会场上的服务员,埋怨她不该给领导倒那么多水,让她一杯接一杯,喝了那么多水。女人的肚子,本来就存不住水,喝得越多,跑卫生间的次数就越勤。要不是女一号领导素质高,真不知道要跑出去多少回!也怪会议开得太长了,人家实在憋不住了,才在即将散会的尾声里,来了这么一段小插曲!

理解万岁吧。谁让她是领导呢,女同志当领导,有多少难处啊。

最难受的是主席台上的大奎。大奎是大会主持人,会场上出现这样的空白,令他如坐针毡。也是他没经验,不懂得如何在会场上抻皮筋。须知,主持会议,那可是一门高深的学问,掌握要领的人,如鱼得水,游刃有余,充分把握着话语的主动权,成为闪烁光彩的重要亮点。而大奎是个书呆子,才跨入领导班子的门槛没几天,各方面都显得半生不熟,哪能领会得了这么深奥的学问?也只能是一知半解,应付着往前走了。任何学问都是这样,不求甚解是不行的,是要出丑的。

现在,丑就出来了,出大丑了。把几百人晾在会场上,把十几名领导晾在主席台上,大奎的屁股能坐得住吗?

坐不住,也得坐。大奎就那么坚持着,脸上冒出了热汗,内衣内裤都湿透了。

会议出现了空白,台下的人,已经开始骚动了。有人在交头接耳,有人在拨打手机,有人下座位乱蹿,有人伸腰打哈欠。骚动了一阵子,大家渐渐安静了下来。毕竟是来开会的,基本素质总该具备的。女一号没回到主席台上,总不能擅自离开会场吧?大家都不容易,互相支持一下吧,一定要等到女一号回来!

大奎坐在主持人的位置上,望着静悄悄的会场,心里特别难熬。拜托了,同志们,坚持一会儿,再坚持一会儿! 领导很快就会回来的!

女一号回来了,总算回来了,回到主席台上来了。

女一号甩着湿漉漉的小白手,坐了下来。然后,她端起茶杯,轻轻地抿了一小口。清茶的味道很好,芳香扑鼻,很对胃口。

女一号望望会场,心里生出几分感动。多好的同志们啊,多么整齐有序的会场啊。于是,女一号的表情矜持起来了,充满女性温情的那种矜持。这种矜持,让人望一眼,就会释怀。

大奎宣布散会了。

大家一哄而散，把会场闪得空空荡荡。

后来，女一号约大奎进行了一席长谈。

渐渐地，大奎摸索出来了一些主持会议的门道，每个领导人讲话后，他都要做一番评点。上级领导讲话后，他会说我的体会有几点；同级领导讲话之后，他会说我强调几点；下级领导发言之后，他会说我补充几点！特别是会议结束的时候，他还把会议的内容、成果，系统地、提纲挈领地总结归纳一番，让下面的人回去后传达贯彻。

钢铁就这样炼成了，大奎就这样成精了。他主持会议，再也没出现过空白。

领导随意

会 议 篓 子

> 开会体现着一种文化，体现着一种层次。有文化的人，有层次的人，是经常开会的人，因而是深沉的人。

老黄是个会议篓子，著名的会议篓子。因为老黄的会议特别多，各种各样的会议他都参加。而且，他还特别爱参加。如果有人问他最近忙些什么？他总是豪迈地回答："开会，开会呀！"

老黄的本职工作就是开会，从当干部的那天起，他就吃开会这碗饭了。先是有人给他开会，后来就是他给人家开会，再后来就是他不断地坐火车，跑出去开更重要的会议。有人给老黄做了总结，他常开的会议大致分为三类：一类是本职工作的业务会，一类是替领导开的会，再有一类就是集邮与收藏方面的闲会。老黄是本单位"集邮与收藏"协会主席，这方面的会议，每年也不少开。

这样一来，老黄就经常有会开，而且，一不留神，还能把会开到外国去呢。比如，在丹东开会，一脚就跨过鸭绿江了，跑到朝鲜玩了三天。又比如，在佳木斯开会，沿着松花江，一抬腿就迈到俄罗斯了，一耍又是三天。当然，到昆明开会往缅甸跑，到广西开会往越南跑，就更不在话下了。

开会是幸福的。老黄经常有机会开会，就经常有机

会幸福。所以,老黄就特别喜欢开会,尤其是喜欢到外地开会。外面绝对是山外青山楼外楼,美景美不胜收。当然了,老黄是个活跃分子,到哪里开会都是谈笑风生,都是众人瞩目的灿烂会星。老黄很会在会议上发言,总是引经据典,总是煞有介事。如果在领导发言之后发言,老黄会说,我的体会有几点几点。如果在平级干部发言之后发言,老黄会说,我之管见有 ABCD。如果面对普通人员发言,老黄会说,我要强调若干若干。老黄的发言,总是那么得体,又总是那么谦虚,好像是坐在飞机上喝水,显得水平很高。

当然了,现在的会议,都是集酒会舞会桑拿会于一体的,都是吃喝玩乐一条龙的。老黄总是如鱼得水,游刃有余,玩得特别潇洒,表现出丰富的人生经验。

诚然,老黄喜欢开会,也不是每天都有会议可开,也不是每次会议都在外地开。老黄负责一个方面的工作,总有一些事情需要去跑腿,去求人。老黄对外从来不说自己出去办事了,总是说自己去开会了。老黄对老婆说,办事,充其量不过是个跑腿的。办再大的事,能大过国务院那一级?更别说联合国了。所以还是说开会好。开会体现着一种文化,体现着一种层次。有文化的人,有层次的人,是经常开会的人,因而是深沉的人。

老黄就这样沉浸在开会的幸福中,乐此不疲。"工作着,是幸福的",老黄将这句名人名言改写为"开会着,是幸福的",作为座右铭,勉励自己。实际上,大家公认老黄绝对是个幸福的人,因为他每次开会都不白开,总是大包小包地往家里拿纪念品。

领
导
随
意

今天,老黄又接到一个会议通知,要他到老干部活动中心去开会。老黄来不及问什么会,骑上车就去了。到地方一看,才知道是个追悼会。老黄怪生气,生领导的气,怎么派我来开这么个破会?既来之,则安之吧。老黄倒要看看追悼会怎么个开法? 他还从来没开过追悼会呢。

参加追悼会的人,都是生前友好和各级领导。老黄与死者素不相识,不属于生前友好之列,只好将心态调整到各级领导中的相应档次,代表本单位,向死者志哀。老黄胳膊上戴着黑纱,胸前戴着白花,做出了沉痛的表情,像真的一样。

追悼会结束的时候,老黄摘下黑纱与白花,问主持人:"在哪儿领纪念品? "

主持人瞪着眼睛,指着老黄手里的黑纱与白花说:"这就是纪念品! "

废 话 篓 子

经常有人来借小左。借他去说话，借他去签单，借他去打牌，借他去吃饭。

秦德龙官场小说

138

小左是个废话篓子，一天到晚，也不知哪儿来那么多废话，让人耳朵上起茧子。

谁都不待见他，他想说废话就说好了。谁能和一个喜欢自娱的废话篓子认真呢？小左也看出来了，大家不爱听他说话，就摇唇鼓舌到外部发展去了。每天一上班，他就端着茶杯乱蹿，这屋说一篓子废话，那屋说一篓子废话。

有人不烦他。总有外科室的无聊之辈，过来听小左说废话，或把他请过去说废话。小左从人家那里说完废话回来，总显得精神振奋，意犹未尽。

有一天，材料科的李科长，跑到这边来，点名要借小左。李科长说，有一批合同很不好谈，想请小左过去和人家"喷喷"。"喷喷"是河南话，从狭义上讲，就是说废话的意思。小左高高兴兴地去了，三喷两喷，就把人家给摆平了。李科长为了表示答谢，专门摆了一桌酒席，请同志们去幸福了一次。

俺科长老孟，这才意识到小左是个人才。老孟正有

个难心事,需要找经理呢。可老孟除了会在经理面前谈工作之外,就只会说天气预报了。经理又是个不苟言笑的人,老孟曾多次努力,也没使经理露出微笑。老孟就把小左喊了过来,把自己的心事说了,请他过去和经理"喷喷"。也不知小左在经理面前说了哪些废话,总之是把经理说乐了。老孟拿着小左带回来的经理批示,当场宣布说:以后我有事外出,本科工作由小左代理主持。

小左就这样名声在外了。

经常有人来借小左。借他去说话,借他去签单,借他去打牌,借他去吃饭。小左很会在各种场合调节气氛,两片小嘴,妙语连珠,搞得人心大快。由于有小左推波助澜,本公司的局面得到创造性拓展。

小左就成了香馍,就名正言顺地到处说废话了。想想看,说着废话,喝着美酒,领着工资,打着饱嗝,小左是多么幸福啊。

当然了,小左幸福了,并没忘记本科的男女老少。小左经常把在外面碰见的奇闻轶事拿出来,和大家"喷喷"。小左口若悬河,时而插科打诨,甩出两个让男人和女人脸红心跳的段子,将人气制造得热烈而兴旺。

139

终于,有一天,小左正式调到经理身边工作了。经理走哪儿,他跟到哪儿,很是神仙,很是神气。

大家再也不觉得小左是个废话篓子了。都希望他把经理给"喷"高兴了,让经理精神焕发地干工作。经理也是人,经理没包养小蜜,已经很不错了。经理身边跟个能说会道的人,又算什么呢?过去,欧洲宫廷里,还专门养个小丑给皇帝解闷呢。

领导随意

条 件 反 射

秦德龙官场小说

140

男人上了年纪，毛病也多了。老丁就有了说不出的难言之隐。每次内急的时候，站到尿池前，不经过一番运气，就不能有所作为。对这种不作为行为，老丁备感失落，整日郁郁寡欢。

病根说来话长。老丁年轻的时候，在水利厅当秘书。水利厅是看老天爷的眼色办事，秘书是看厅长的眼色办事。不管是风调雨顺，还是干旱水灾，厅里都有开不完的会议。秘书熬会议，是练内功。熬不过会议的秘书，是不能从领导身边毕业的。要么，就自动肄业。老丁是个好学生，是个合格的毕业生。其突出表现是，他从不在开会的时候开小差，有了尿，也要憋到散会。可往往一散会，领导就要坐车出去。表现好的秘书怎么能说自己先尿个尿，让领导等一等呢！老丁一声不吭，跟着领导就上车。有时，路况不好，车子把人颠得如同筛糠，一泡尿憋在肚子里，上下翻滚，滋味可想而知！到了地方，老丁就找厕所，可掏出来家伙，却做不到挥洒自如。要放的水，忽然就没有了。真不知道，水流到哪里去了。根据物质不灭定律，那些水，肯定还在肚子里，浸泡着老丁的血管和五脏六腑。

有了这一段源远流长的个人奋斗史，秘书老丁修炼成了正处级神仙。混上了正处级，就有资格异地交流了。后来，老丁离开了水利系统，走上了新的岗位，当然是个领导岗位。老丁是个废寝忘食的人，工作起来常常黑白颠倒。而且，他处处以身作则。比如，开会期间，他向来不进进出出上厕所。他很关心人，散了会，总是喊着秘书们一块去排水。秘书们跟着他，一站就是一大排，哗哗哗，扫射得十分过瘾。毕竟是老了，当他发现自己哩哩啦啦尿裤子的时候，才意识到自己染上了"尿不净"。老伴黑着脸，一边给他洗裤子，一边唠叨他，说他"四个伟大"：身材高大、思想伟大、嗓门粗大、前列腺肥大。

　　老丁苦不堪言。裤子的前门，总是浸着尿渍，是一件很不体面的事情。为了不抓大家的眼球，老丁就减少了四处走动的频数，猫在办公室里打电话，发指示。谁也不会在意办公桌后面的老丁，心里自卑着，都以为他的案头工作很忙。老丁能坐住摊儿，那叫帅不离位。

　　坐在办公室里，总要喝水，喝水，就要排水。尽管老丁控制着水量，但还是免不了尿频。有了尿意，就赶紧往厕所跑。可站到尿池前，却往往要等待很长时间，排放量也只有那么一点点。这可真是让老丁懊丧！

　　难道自己真的不行了吗？老丁想起来酒桌上有句话："男人不能说不行，女人不能说随意"，不禁悲从中来，伤感万千！老丁暗自寻了不少偏方，吃了不少苦药，也未能恢复往日的雄风。他常想，有朝一日，如果能获得第二次青春，哪怕削职为民，也是可以考虑的！

　　老丁很想和水利厅的老领导、老熟人聊聊心中的苦闷。他拨通了老厅长的电话。老厅长也听出来了老秘书的声音。俩人十分高兴，天南海北地神侃了一通。放下电话，老丁感到身上轻松了许多，而且，居然有了尿意！老丁马上去了厕所，一股久违了的热流，从老丁的闸门里喷射而出！真是一腔豪情，一吐为快啊！

　　这个意外的收获，令老丁欣喜万分。

　　以后，老丁每天都要定时给水利厅打电话，要灵感，要尿意。打完电话，马上就去厕所，那真叫痛快淋漓！

　　当然，水利厅那边，如果打电话过来，老丁也会条件反射。他总是在电话里调侃："好哇，好哇，水利厅来电话了，我要开闸放水了！"

领导小姐

领导们换了一茬又一茬，每换一茬，都要重新成立领导小组。

秦书老董，整天伏案写作，累得脑袋发肿。他也知道，那些八股文章，无非是些废话、空话，实乃作秀。但他还不能不作，因为机关工作，就是要故弄玄虚。何况，写文件材料又是自己的饭碗。饭碗总不能丢了吧？

掂了十几年笔杆，老董经常写的文体是"领导小组"。所谓领导小组，就是为开展专项工作成立的领导机构。比如，要植树了，就成立植树领导小组，要灭鼠了，就成立灭鼠领导小组……

成立了领导小组，就说明领导们重视了。过去，领导小组的组长都是一个，或是行政一把手当，或是党委一把手当。近两年，发生了重大改革，组长变成两个了，党政一把手都要当组长。副组长呢，由其余的副职领导们担任，一个都不能少。成员是各部门的头头。领导小组下面，还要再设一个临时性的办公室，又有主任及成员若干。大家都知道，真正干活的，是这个办公室的人。而这个办公室，本来就是该做这项工作的那个职能部门。领导小组成立了，党政工团齐抓共管了，就表明某

项工作轰轰烈烈地开展起来了,纵向到底了,横向到边了。

老董就负责成立领导小组,围绕不同阶段的中心工作,成立不同的领导小组。其实,也好成立,找张稿纸,拿枝钢笔,不一小会儿,就成立好了。也就是写个名单,交打字员打印下发。老董年轻的时候,对此很不理解,他曾经跑去问领导:这不是浪费纸墨吗?

领导不阴不阳地说:浪费你家的啦?

热脸碰个冷屁股,老董就学乖了,就把紧了嘴上的开关,不再胡咧咧了。你说成立就成立,我不问了中不中?我给你成立中不中?

老董明白了,领导们是需要脱裤子放屁的。

老董就很认真地成立着领导小组。十几年下来。领导们换了一茬又一茬,每换一茬,都要重新成立领导小组。老董就在成立领导小组的过程中,熬成了老油条。方方面面、头头脑脑,他都给成立到领导小组里面了,搞得领导们皆大欢喜,很是圆满。

老董新近学会了电脑打字,时不时地用电脑成立领导小组了。

这天,打字员请假了,老董亲自用电脑成立了一个"扫黄打非领导小组",把所有的领导都给成立进来了。成立完了,就套红印成红头文件,马不停蹄地发送给了各级领导。

领
导
随
意

老董有些累,一个人关在屋子里,一边饮茶,一边浏览亲手成立的"扫黄打非领导小组"。他正孤芳自赏着,眼球忽然直了:领导小组——怎么会印成了"领导小姐"?而且,组长印成了"姐长"!副组长印成了"副姐长"!

老董的脑子一片空白。样稿看了三遍,居然没发现"小姐",也没发现"姐长"!

当天下午,机关的同志们送给老董一个绰号:"领导小姐"。好在领导们并没计较。"姐长"、"副姐长"以及"小姐"成员们哈哈笑笑,跟没事儿一样。

领　掌

许多人莫名其妙，以为这是殡葬改革的新程序，也就跟着鼓开了掌。

　　老壳子是个领掌。

　　也就是领头鼓掌的人。领导讲话的时候，总需要有人领着鼓掌。有人一带头，掌就鼓起来了，掌声就响成一片了。听到掌声，领导的心情就很灿烂，就把灿烂的目光投向会场。

　　也不奇怪，电视里早就有领掌了。明明是个垃圾节目，却总能听见如潮般的掌声。原因就是导演找了人领掌。虽然报纸上多次批评过这类丑行，可泛滥的掌声仍不绝于耳。

　　化腐朽为神奇。老壳子深深悟得了其中的奥妙，遂将自己造化成了个领掌人。

　　每逢领导讲话的时候，老壳子总要到场领掌。老壳子通常是坐在会场的左前角，离主席台很近，便于领会领导讲话精神，便于率先鼓出掌来。当然，领导讲话的时候，也不是每一处停顿，都需要下面鼓掌。领导总喜欢制造出来空白，启迪人们深思。因此，什么时候鼓掌，对领掌人来说，需要认真把握，不可贸然行事。

老壳子就是有这种本事，很会在领导需要的时候，把热烈的掌声领导出来。

天降大任于斯人。不久前，马经理的小儿子结婚，选中了老壳子当司仪。老壳子神采奕奕，妙语连珠，把婚礼弄得高潮迭起。当新郎新娘三拜之后，老壳子突然宣布说："下面，让我们用热烈的掌声，欢迎马经理讲话！"顷刻间，雷鸣般的掌声响彻婚礼上空。马经理当即红了脸："我讲什么话！我讲什么话！"说是这样说，马经理还是健步如飞，奔上前来，在儿子的婚礼上发表了重要讲话。马经理结束讲话的时候，老壳子又领出来了经久不息的掌声。

事后，马经理特意给老壳子封了个大红包。

老壳子就是这样，围绕着领导的中心工作，领导出一片又一片热烈的掌声。

当然了，老壳子也有失手的时候。那是在马经理他老爹的遗体告别仪式上。马经理失声痛哭，追述了老爹的坎坷一生、奋斗一生。就在马经理沉痛哀悼之后，老壳子泪如雨下，情不自禁地鼓起掌来了。许多人莫名其妙，以为这是殡葬改革的新程序，也就跟着鼓开了掌。于是，掌声一片连成一片，此起彼伏，彼伏此起。

领
导
随
意

老壳子明白搞错了，已经晚了，许多人早就笑破嘴了。

老壳子来到马经理家，痛哭流涕，做了检讨，要求领导给个处分。老壳子说："这么好的老人走了，我真是伤心啊，伤心伤迷糊了。"

马经理没有怪罪老壳子。马经理说："还是要节哀嘛，掌声可以化悲痛为力量啊。"

鼓　　掌

秦德龙官场小说

> 一个很喜欢给别人鼓掌的人，一个起劲给别人鼓掌的人，最终总会有人给他鼓掌。

　　有个人姓陈，很喜欢穿白领子衬衣，几十年一贯制。大家都管他叫陈白领。陈白领很喜欢鼓掌，无论谁讲话，他都带头鼓掌。陈白领有很多鼓掌的机会，因为他经常去听报告，去参加被领导接见。陈白领是个大个子，鼓掌的时候，鹤立鸡群，十分引人注目，领导都知道是他带头鼓掌的。领导就把表扬的目光降落到陈白领的脸上。

　　当然，陈白领也有接受别人鼓掌的机会。

　　陈白领年轻的时候，是个文体活动积极分子。单位里演节目，轮到陈白领演唱，他总要煽情地说："如果大家喜欢我的歌声，就请给一点点掌声，好不好？"他就带头给自己鼓起掌来。

　　于是大家就送给他一片掌声。

　　陈白领很喜欢掌声。

　　一个很喜欢给别人鼓掌的人，一个起劲给别人鼓掌的人，最终总会有人给他鼓掌。

　　这一天顺理成章地到来了。陈白领终于坐到了可

以赢得掌声的位置上。

当然,陈白领还是很谦虚的。每天见面,他总要和大家寒暄:"吃了吗?""忙吧?""有什么困难吗?"把大家问得心情暖洋洋的。于是大家就很拥护陈白领,每当他讲话的时候,就献给他许多热烈的、经久不息的掌声。

有了掌声,就巩固了地位。

陈白领在大会上作报告的时候,总有掌声把他打断。每当这时候,他就居高临下地环视会场,任由宣传干事拍摄彩色照片。陈白领的样子神采奕奕,精神焕发。

陈白领也在大会上给别人授旗,发奖。接受荣誉的人,握住陈白领的手,激动得说不出话来。陈白领拉住人家的手不放,面朝摄像机镜头,将表情长时间定格,直到闪光灯闪过才松手,直到会场上响起雷鸣般的掌声才松手。

陈白领需要掌声。

但是陈白领也有沮丧的时候。陈白领的一个老关系死了,这个老关系是陈白领的"伯乐"。陈白领如丧考妣,亲自担任了治丧办公室主任。在遗体告别仪式上,陈白领失声痛哭,发表了沉痛的悼词。

领导随意

陈白领的悼词感动了许多人。悼词的主要框架分五部分,最后一部分是"继承遗志,展望未来"。陈白领在论述这部分的时候,充满了激情,语调抑扬顿挫,铿锵有力。

大家都在聚精会神地听讲。

陈白领突然在一个感叹号后边住了嘴,呆呆地望着大家。

大家都不明白怎么回事,以为陈白领悲伤过度了,有人想上前扶他。

陈白领却鼓起掌来,亲自鼓起掌来。

于是,殡仪馆响起了一片掌声。

占 座 位

领导及配偶们直奔前排去了,到了前排,不用发话,纷纷有人给让座。

马年到了,老川子忙得脚不停蹄,总算策划好了一台马年文艺晚会。

其实,老川子平时也没什么正经事,也就是在领导面前混混,说雅一点,是个跟班。铁打的衙门流水的官,领导们非常忙,忙着进步,忙着幸福,也没谁在意老川子。当然,领导们也关心过老川子,问他愿不愿意下去担个职务?老川子脸一红说:我哪儿都不去,我就在领导身边服务!

领导们就很喜欢老川子,喜欢他那副低眉顺眼的样儿。

老川子经常给办公室那些男女小厮们开会,教导他们如何为领导服务。老川子说:知道吗,咱的职责就是服务,从本质上说,领导身边的人,就是丫鬟!

老川子有这份态度,干起工作来,就非常尽心,生怕出现缺点,让领导和同志们痛心。

老川子并不觉得自己活得累,他总是以苦为乐,乐在其中。为策划马年文艺晚会,他东跑西颠,四处邀请

戏剧界名角,腿儿都跑细了。马书记是个老戏迷,很是欢喜,当场就拨了三万块钱。

晚会的票,已经发下去了,给领导及配偶们留了一部分好票。老川子送票上门,收获了许多表扬。马书记夸奖老川子会办事,但同时也指出一个问题:如果有人把座位占了怎么办? 领导总不能亲自去撵群众啊。

老川子的脸上堆满了笑容:放心,请领导放心,我有办法搞定!

老川子早就想到这一层了。领导及配偶们不可能先入场等着晚会开演,只能是晚会等他们到齐了才开演。在这个空当中,就会有些个不自觉的人,去占据留给领导的座位。这点儿小事,根本就难不住老川子,难住了,就不是老川子了。

晚上,老川子弄了一部日野车,把领导及配偶们接到了俱乐部。领导及配偶们直奔前排去了,到了前排,不用发话,纷纷有人给让座。领导及配偶们矜持地笑着,心安理得地把屁股安装了上去。

晚会结束以后,那些个给领导及配偶们占座位的人,找到了老川子,让他给发劳务费。

老川子脸一沉说:什么劳务费? 不想在机关混啦? 给脸不要,没有领导的座位,哪有你的座位? 这还需要点透吗?

模　仿　秀

> 领导的声音也是资源，也是生产力，浪费了资源，浪费了生产力，怪可惜。

　　大嘴是个模仿秀，谁的声音都能模仿。尤其是模仿领导的讲话，音色南腔北调，神形惟妙惟肖。有一次，开联欢会，大嘴表演的节目，就是模仿领导们作报告。他学谁像谁，把台下的领导们学了一圈儿。观众们笑得东倒西歪，领导们也乐得浑身筛糠。

　　大嘴成了模仿秀，每天都很开心，嘻嘻哈哈，不知愁滋味。大嘴身边，发愁的人是有的。总是有人碰到难心的事，遇见解不开的疙瘩。比如，小穆，对象都谈几年了，就是发愁没房子，想和对象办个实事，都没地方。

　　小穆就想到了大嘴，想请大嘴帮帮忙。大嘴一听就乐了。马上就把忙给帮了。大嘴模仿着杨经理的声音，给后勤处的张处长挂了个电话。杨经理的声音，张处长是听得出来的，当场就给咬了牙印。小穆结婚那天，大嘴到场祝贺，又即兴发表了一通"领导祝词"，将婚礼推向了高潮。

　　大嘴没想到，后勤处的张处长会来找他。张处长瞪着眼球说："你个大裤衩子嘴，蒙到我头上来了！"大嘴

明白自己错了，咧着大嘴干笑，听凭张处长处罚。张处长却缓和了口吻说："今天，我找你，是让你将功补过。你得给我学一回郭局长的声音，帮我一个别人帮不了的忙！"大嘴连连点头，答应模仿郭局长的声音。原来，张处长一直在谈一个项目，该烧的香，都烧了，可就是谈不下来。张处长想请"郭局长"说说话，尽快把项目抓到手。

大嘴气沉丹田，抓起话筒，用"郭局长"的声音，发出了指示。只一根烟的功夫，"郭局长"就把张处长的项目给立上了。张处长看在眼里，喜在心上，当场给大嘴塞了一个红包，说是"出场费"。张处长还问大嘴："愿不愿意到行政处工作？专门搞攻关。"又说，"领导的声音也是资源，也是生产力，浪费了资源，浪费了生产力，怪可惜。"

大嘴就成了张处长的人，每天守着一部电话，专门发布"领导指示"。

张处长的办公室，总是人不断。他们都是来商谈借用大嘴的，请张处长派大嘴作一次"领导指示"。大嘴就很忙，忙于模仿各级领导的声音，居然如鱼得水，如日中天。

大嘴也阔了起来，浑身上下，里里外外，全换上了名牌。老婆闹不明白，大嘴是怎么发达的，以为他吃了哪个女人的软饭。大嘴指指自己的嘴皮子说："不错，就凭这一张嘴！俗话说，嘴大吃天下！"大嘴说着说着，就拿腔捏调，学开了领导讲话，学一个像一个，不打草稿不重样。老婆惊得目瞪口呆，不敢相信。耍贫嘴，也算本事？老婆傻乎乎地冒出一句话，把大嘴笑成了三瓣嘴。老婆说："哎呀妈呀，我咋嫁给了这么多领导！"

老婆还是挺纳闷："你用领导的声音骗人家，领导不说你的事？"

大嘴笑道："你以为领导都是傻子？领导需要有人听见他们的声音，别人更需要听见领导的声音！"

大嘴嘱咐老婆："哪一天，我因为嘴头子发贱，出事了，你就说我有神经病。一发神经病，就要模仿领导讲话。一找到当领导的感觉，神经病就消停了。"

铁 屁 股

铁屁股一哭,局长跟着就哭了,其他人,也呜呜地哭成了一片。

铁屁股是一个人的外号,铁椅子坐一二十年了,没人能掀掉他。前些年,向洛阳人学习砸"三铁",学来砸去,也没砸住铁屁股,反而让他的屁股坐得更稳了。

领导换了一届又一届,铁屁股和每届领导都混得关系铁。要说,他也没啥高招,就是一个会巴结。那天,新局长和夫人在街上散步,铁屁股迎面就喊了一声"阿姨好!"把局长夫人弄得满面红光。局长还没明白怎么回事,铁屁股毕恭毕敬地朝局长喊了声:"阿姨夫!"

论岁数,铁屁股比新局长小不了几岁,可他就能喊得出口。局长心花怒放,对铁屁股的印象很好。局长在班子会上说,像铁屁股这样的同志,还是应该给个位置,不能因为换局长了,就搞一朝天子一朝臣!

新局长想重用铁屁股,给他的肩上多压些担子。可是,有人提出了不同意见,说铁屁股和原来的局长关系不一般,原局长的老爹病危那几天,铁屁股一直守在床前,又是擦屎,又是接尿,还给吸痰,连亲儿子做不到的,他都做到了!听到这种意见,新局长皱了皱眉头,只好

把铁屁股先放到一边了。

铁屁股很快就知道了有人垫他的黑砖。但他假装不知道这件事,见了说坏话的人,该笑还是笑,该敬烟还是敬烟。这就是铁屁股的优点,能大能小,能圆能扁。否则的话,那也不叫铁屁股了。

铁屁股知道,自己还没混到当爷的份儿上,那就只能当孙子了。当孙子也是一种境界,一般人是达不到的。其实,当孙子也没什么不好,不在风口浪尖上,稳坐铁椅子,谁又能奈何!既然当孙子,就当一把手的孙子,别的副职,一概不尿他! 一二十年了,不都是这么过来的嘛。无论谁当一把手,都要紧紧地贴上去,这是不能含糊的! 就是变成一只蛤蟆,也要趴到一把手的脚面上,让他踢也要把自己踢(提)起来!

铁屁股开始寻求新的机会,向新局长靠近,再靠近,直至零距离。

一个绝好的机会来了,新局长的老母病故了。当然了,这样的好机会,很多人都想抓住。铁屁股也在第一时间内赶了过来。他看到,各种各样的人,都在表现自己,画出最新最美的图画。铁屁股一声冷笑,因为他发现,那些人,说是来帮忙的,其实越帮越忙。局长还得费神接见他们,还得亲自安排他们干这干那。铁屁股是善于逆向思维的。他明白自己该做什么了。只见他"扑通"一声,跪倒在局长老母的遗像前,呼天抢地,痛哭起来:"娘啊! 娘啊! 娘啊……"

局长心里正烦着呢,本想在老娘的遗像前哭几声,做做样子,可就是哭不出来。现在,铁屁股放声大哭,很快就把悲痛的气氛营造出来了。铁屁股一哭,局长跟着就哭了,其他人,也呜呜地哭成了一片。

也不知过了多长时间,铁屁股感到屁股上挨了一脚。只听局长说:"起来吧,我知道了!"

铁屁股这才站了起来。他听见局长当众夸他:"真是个铁屁股,踹他一脚,硌得生疼!"

领
导
随
意

收　藏　家

越是大领导，越是喜欢用铅笔，越是水平高的领导，越是言简意赅！

　　大包有个爱好，专门收藏领导的讲话稿。但市级以上领导的讲话稿，他不收藏；联合国领导的讲话稿，他也不收藏。他只收藏本系统、本单位领导的讲话稿。几十年下来，他收藏的讲话稿装了满满一排书柜。

　　本单位是个很大的单位，从历史沿革上看，时而直属于国家部委，时而隶属于地方政府，折腾了几回回。三十年河东，三十年河西，体制更迭，领导走马灯似的换，积攒下来的讲话稿，多如牛毛。大包将收藏的讲话稿分类整编，打理得像文物一样，很是赏心悦目。闲暇的时候，大包泡上一杯茶，一边品茶，一边赏析"文物"，产生很大的成就感。

　　这些讲话稿，反映着时代变迁，是单位历史的缩影。几十年前，没有打字机，领导的讲话稿，都是写在信纸上，写得十分潦草。领导多是大老粗，讲完了话，稿子随手就扔。如果不是大包心细，及时给收起来，今天哪能见得到这么珍贵的史料?！后来，有了打字机，领导的讲话稿就铅印得齐头整脸了。可是，越是整洁的讲话稿，领导越是喜欢用红铅笔圈圈点点、勾勾画画。今天看来，这些红色的笔迹，显得弥足珍贵，那是领导们工作思路的调整和进一步明晰！此外，最有价值的，是领导人随手用铅笔写在纸片上的只言片语。越是大领导，越是喜欢用铅笔，越是水平高的领导，越是言简意赅！

收藏这么多领导的讲话稿，是一件很不容易的事，是一件很吃苦的事。有些讲话稿，是大包跟在领导屁股后面要的。有些讲话稿，是他用笑脸和香烟换来的。也有些讲话稿，是冒着受处分的危险，顺手牵羊得来的。领导的讲话稿，应该是有人管着的，轮不到大包收藏。可是，大包偏要收藏。大包理直气壮地说：我收藏领导的讲话稿，有什么不好？！我是在学习中收藏，在收藏中学习！难道这有什么错误吗？！

现职领导也动员过大包，要他把老领导的讲话稿，交给公家收藏。尤其是讲话稿的原件，更应该拿出来，存入档案。领导的讲话稿，是公共资源，个人是不能吞占的。大包说：什么叫个人吞占？我是开放性收藏，如果需要的话，可以来我这里复印嘛。就算我是民间收藏吧，等我死后，总要作为一笔遗产交公的！

155

领
导
随
意

话说到这个份儿上，现职领导也只能装聋作哑了。既然，大包有这个爱好，就成全他吧，反正又不是干坏事，为什么不从善如流呢？现职领导专门拨了一笔资金，要大包用在保护讲话稿上。大包很高兴，买来了樟脑丸、温度计、湿度计、防爆灯、报警器等等，把存放讲话稿的房间武装成了弹药库的水平。

一个喜欢收藏领导讲话稿的人，一定是个有作为的人。人们发现，大包收藏的东西，真是太有用了！写史志的时候，要查阅老领导的讲话稿；写"三爱"教育材料的时候，要参读老领导的讲话稿。老领导们写回忆录，更要重温当年的讲话稿，回顾激情燃烧的岁月。还有，老领导去见马克思了，更少不了要调阅老领导的讲话稿，写一篇无限缅怀的悼词！

这时候，大包就成了个得意的人物，成了个不可替代的人物。大包是个美誉度很高的收藏家。

当然，大包是与时俱进的。为了丰富讲话稿的总体藏量，大包贴了海报，广泛地在本系统、本单位内部征集老领导的讲话稿。许多老同志被大包打动了，不但送来了发黄的讲话稿，还送来了珍藏多年的老照片。他们语重心长地鼓励大包:这是一项公益性事业,一定要扎扎实实做好!大包深受感动,决心将收藏讲话稿的事业进行到底!他向老领导们表了态:合理开发讲话稿资源,写论文,出专著,将老领导的讲话稿汇编成书,让其流芳百世!

然而,谁都没想到,这些话会成为大包的遗言。大包在整编讲话稿的工作中,突发心肌梗死,倒在了一堆领导的讲话稿上!

许多老领导和现职领导,参加了大包的追悼会。按照大包生前的遗愿,他收藏的那些讲话稿,全部由单位接收了。应该说,大包死而无憾了。可是,在向大包的遗体告别之后,大包的一双儿女哭天抢地,不让把大包火化。他们声泪俱下地说:俺爸为什么还睁着眼睛?他一定有什么未了的心愿!

人们都拥过来看大包,果然,大包死不瞑目。

领导们毕竟是有经验的。有个老领导出了个主意,让刚才给大包致悼词的那个现职领导,把悼词烧掉。烧悼词,也就是烧讲话稿。现职领导照办了,一边烧悼词,一边说:大包同志,你收好了啊,专门给你开的大会,专门给你做的讲话稿!

悼词很快就化成黑色的蝴蝶了,漫天飞舞。

众人再看大包,他已闭上了眼睛!

好了,大包已经把讲话稿收藏好了,他安息了!

他说他是领导

大康所在的综合科,共有四个人,三个科长一个群众,群众就是大康。

大康说他是领导,经常说他是领导。大康说,三个科长都听他的,没有他,哪个科长都玩不转。

说的次数多了,好像就成了真的了。家里人都不喊他的名字了,都喊他"领导"了。老婆的感觉是亦真亦幻,她也闹不清,大康到底当没当上领导。说他是个领导吧,连个公款的手机都没混上。说他不是领导吧,几个科长总是来电话找他。而且,一接电话,他脾气就很大,动不动就训人家,好像比谁官都大。当然了,不管怎么说,能当上领导,也是个好事,宁可信其有嘛。全当大康真是个领导吧,老婆一高兴,所有的家务活,都不叫他干了,不叫他做饭了,不叫他刷碗了,不叫他洗衣服了,不叫他拖地板了。老婆想,既然大康说他是领导,就叫他集中精力当领导吧。

其实,大康根本就不是什么领导,连个葱头都算不上。大康所在的综合科,共有四个人,三个科长一个群众,群众就是大康。按说,在三个头头的鼻子底下混,也是份受罪的差事。可大康活得却很自在,三个科长都哄

着他，有他们吃香的，就有大康喝辣的。

也就是说，三个科长都离不开他，都要用他。有一次，张科长的房间钥匙找不到了，电话打到大康家，让他火速过去开门。因为大康有科长房间的钥匙，每天早晨，他负责给打扫卫生。大康接了电话，让张科长派车来接他。很快，车子就过来了，还捎过来一箱饮料。

还有一次，李科长开车去钓鱼，半路上把车子给开到沟里了。也是来电话找大康，让他火速赶过去。大康说，得打出租，李科长连声说了一串OK。晚上回家来，大康带回来两条大鲶鱼。

这样的事情多了。只要科长们来电话找他，他就开始耍大牌，好像他成了领导的领导。大康总是说：忙啊，真他妈忙！经常到现场办公，好多问题需要我亲自处理！

老爷子就不相信大康是个领导。儿子这样的素质，能当上领导，猴子都会发笑的。大康也看出来了老爷子的态度，就故意在老爷子面前说：三个科长都听我的，我不是领导是什么？！

大康又举例说明。说有一次，王科长召集全科开会，三个科长都到齐了，只有大康没到。到处找大康，直到找到他，会议才得以顺利召开。讲到这里，大康得意地说：我不到场，会议就开不起来！我不是领导，谁是领导！

老爷子早就不爱听了。老爷子嘴一撇说：就算你是领导，又能怎么样？大街上走的领导多了，比毛驴都多！

谁说豆芽不能上天

我向领导保证，以后，所有的屁，都是我放的！

有个女人爱吃豆子，天天嚼豆子，嚼得满嘴生香。豆子是女人亲手炒的，黄晶晶的。女人总是把豆子拿到单位来吃，也分给身边的人吃。当然，她不是想传染给身边的每一个人，她主要是想传染给领导人，希望领导人爱吃她的豆子。

女人想传染领导人，有的是办法。女人经常在领导人身边吃豆，就引起了领导人的注意。有的领导人是从农村考大学混出来的，总有割不断的乡村情感。一说吃豆子，马上就嗅到了农作物的芬芳。还有的领导人，虽然是工人的后代，小时候，也挨过饿，也偷偷炒过豆子吃。所以，一说吃豆子，立刻就产生了强烈的怀旧感。

只要领导人喜欢吃豆子，女人就掌握了领导人的话语开关。领导人吃过女人的豆子，就随着女人的绵绵细雨(语)，甩出一腔豪言壮语。

女人很想参加游泳队，表演水中芭蕾。女人对领导人一说，领导人就同意了。可是，游泳队的女同胞们却不同意。她们说，只要爱吃豆子的女人参加，她们就罢演。爱吃豆子的女人就哭了，把领导人哭得很心软。领导人沉下脸来，批评了扬言要罢演的女同胞。但考虑到她们罢演的可能性，领导人也好言劝慰爱吃豆子的女人：你不一定下水，你可以给她们看管衣服嘛！你不就是想去上海玩玩嘛！

爱吃豆子的女人破涕为笑，就按照领导人的指引，美梦成真了一次，随着游泳队，去游玩了上海。

美梦成真，何止一次。只要爱吃豆子的女人想办的事，基本上都能OK。就是有领导人喜欢吃她的豆子，喜欢给她锦上添花。别小瞧她那一把豆子，放在她那白藕般的手心里，就有人为她动容。其实，也不奇怪。领导人爱吃豆子，很正常。领导人也是人啊。只要是人，都属于高级情感动物。

当然，也免不了会有副作用。最直接的表现，就是吃豆子爱放屁。豆子吃多了，肯定要放屁，不分男女，不分老少，不论职位高低。诚然，女人给领导吃豆子，能把豆子放出去，也能把豆子收回来。她就敢在领导人面前说，所有的屁，都是她放的，不是任何一个领导人放的。

一天，领导们正在一起说话，爱吃豆子的女人凑过来打岔子。不知是哪位领导人，不小心放了个屁。领导们面面相觑，想笑，却没笑出来。爱吃豆子的女人说话了："不好意思啦，这个屁，是我放的！"领导们哈哈大笑，觉得这个女人真是可爱！可不一小会儿，又有个屁响了。领导们互相看看，猜测着犯罪嫌疑人。爱吃豆子的女人又说话了："对不起，这个屁，也是我放的！"领导们开怀大笑，都夸奖女人是个可塑性人才。爱吃豆子的女人受了表扬，面颊绯红，又冒出惊人之语："我向领导保证，以后，所有的屁，都是我放的！"

这样一个主动承担责任的妖精，什么样的领导人，不能打倒呢？一个女人，往往能打倒一大片领导人。只要领导人爱吃她的豆子，她就能飞到天上去。

女人天马行空，就没人叫她的名字了。都叫她的绰号。先是叫她豆子，后来叫她能豆子，再后来叫她能豆芽子。有人还总结出来了一句话：豆芽子上天——带尾巴的能豆子！

秦德龙官场小说

160

中　签

大牙坚信：假话重复一千遍，就是真话。

大牙的运气来了。

大牙坐火车坐得百无聊赖，就买了张报纸看，一看，好事就来了。大牙瞄见了发售新股的消息，就用手机打了个抽签电话。没想到，一下火车，就知道中签了。

中签率只有千分之三，你说大牙高兴不高兴？打一个电话，天上就掉下来馅饼，你说大牙高兴不高兴？

大牙一高兴，见人就说自己中签了。发财的人，总是忍不住嘴痒，何况大牙呢。大牙这些年炒股，基本上没赚过，都是给别人垫底。至今还有几万块钱套得死牢死牢的。这下可好了，中了签，一千股哇，稳赚一万块！这可真是，瓦片也有翻身的时候呢。

大牙真是高兴极了，走到哪儿说到哪儿，跟谁说，谁都羡慕得要死。大家就让大牙请客。大牙就买了些小食品，丢到财务科的桌上。请客请到财务科，就等于把单位的人全请到了。几乎每天都有人去财务科报销，无论谁来，顺便就可以分享幸福了。

大牙当然想对领导单独表示一下。自己发财了，首先应该感谢领导。领导不派你出差,你就不可能坐火车,也不可能买报纸,更不可能中签。领导好像还不知道大牙中签的事。也许领导故意装傻。领导可以装傻,你自己不能装傻呀。大牙是个明白人。

准备动用多少资金呢?自打中签后,大牙就喜欢用"资金"这个词了。还有,给领导买什么好呢?大牙一杯一杯地喝水,喝得尿频,就去放水。

正好碰见领导也在放水。大牙冲领导笑笑,领导也冲大牙笑笑。大牙觉得领导的笑容里面有内容。大牙就留心观看领导放水。一看就看出来了秘密:领导放水的动作很慢很慢,闭着眼睛,半天才挤出几滴,好像是鳄鱼的眼泪,硬挤出来的。

大牙的眼睛一亮,想起来了电视上的补肾广告。明星都在补肾,领导岂甘示弱?领导常去名人俱乐部泡蘑菇,最爱唱的歌是《绿岛小夜曲》,绝对属于肾亏的行列。

大牙就给领导送了补肾壮阳系列产品,一送一整套。

领导笑道:大牙,你看你,不就是中了个签嘛。又是请客,又是送礼,这不是以实际行动破坏廉政建设嘛?

领导说:大牙啊,我过去对你关心得不够,真的不够啊。今天你来了,我就顺便培养培养你。你中了个破签,有什么值得大惊小怪?有什么必要到处宣扬?沾沾自喜要不得啊。你要是听得进我的批评,马上收回你中奖的狗屁神话。

大牙目瞪口呆。

大牙就是大牙。大牙大彻大悟之后,见人就扇自己的嘴巴:我他妈的我,虚荣心作怪,千分之三的中签率哪会有我?我炒股炒糊了,胡说八道呢,老婆整天和我闹离婚呢。

大家都笑大牙是大脑炎后遗症,懒得听他瞎说。大牙不管别人爱听不爱听,到处肃清"余毒"。大牙坚信:假话重复一千遍,就是真话。

大家终于相信了大牙,确信他没有中签。大家都说大牙倒霉。大牙就成了一个让人可怜的角色。

单位要改革了,领导布置了减员方案,让群众自己评选出一部分下岗人员。没人投大牙的票,都说他怪可怜,炒股把脑袋都炒糊了,再让他下岗,他还活不活啦?

高　手

照片上，六个班子成员，分两排各就各位。老一站在前排的位置上，伟人般地挥舞着巨手。

领导随意

公司成立20周年了，要举行个庆典。老一提议说，在一楼大厅里，搞个巨幅图片，班子成员都上，以展示领导集体的风采。

班子成员们都拥护老一的提议。

伊丽莎白影楼的黄师来了。黄师一来，开门见山地说："那种围着会议桌的班子集体照，最俗气了，我们还是到户外吧。"

黄师指挥着老一等一班人，在办公楼门前站队。可是无论怎么样调整队形，都不理想。原因是老一的个头太高，让他站在前排中间，有鹤立鸡群之态，而且他后排还不能站人，一站人就挡住了脸。当然，更不能让他站在后排了，因为他是老一。黄师左思右想，终于有了办法，叫人搬来个椅子，让老一坐到椅子上。就这样，黄师连说带笑，"咔嚓"好了一张。

照片洗出来，送给老一审查。老一凝着眉头，看了老半天，才说："这怎么可以呢，让我一个人坐着，其他同志站着，大家有福同享嘛。"

黄师脸一红，只好低头走人。

于是，又请来神风美术公司的刘师。刘师一来，就对老一说："您这个班子，拍集体照是个难题，因为您不想太突出个人了。怎么办？俺看不如画一张像。画像，画笔掌握在俺手里，俺想怎么画就怎么画。"

老一点点头，笑道："你就画一张，让我看看。"

刘师就摩拳擦掌，画了一张样画。

班子成员们都过来看画，看了半天，也没人吭声。终于，老一开口说："经过刘师的艺术处理，除了我之外，同志们的个头都长高了，事实果真如此吗？"

刘师脸一红，只好低头走人。

老一对众人笑道："我看贴个招贤榜吧。"

招贤榜贴出来的第三天，小车班司机胡师把榜给揭了。

胡师对老一说："我刚刚买了个照相机，我给您拍拍试试，如果我拍的您满意，您把发票给我报销了。"

老一说："你开玩笑，瞎胡闹啊！"

胡师说："怎么会呢，您还向社会广纳贤士呢，我就不能脱颖而出吗？"老一终于笑了，同意胡师拍照，胡师说出了构想：用那辆新改装的敞篷轿车做道具，老一做检阅职工队伍状，挥手致意……

老一立即称赞这是个好创意，下令班子成员上车。

胡师一番精心策划，很快就"咔嚓"好了一卷胶卷。照片冲洗出来后，胡师精选出一张，送给老一审查。

老一看了照片，胖脸就乐开了花。照片上，六个班子成员，分两排各就各位。老一站在前排的位置上，伟人般地挥舞着巨手。老一左边开车的那个是常务副经理。后排的三个座位上，挤着公司的另外四个副头头。后排的副头头们，为了露出脸来，都在躲避着老一的高大身躯，显得很有生活气息。

老一喜笑颜开，当即就把胡师买照相机的发票签字报销了，并嘱他负责到底，把照片放大，装饰在一楼大厅。

胡师对老一说："这张照片，我还取了个名呢——《高手》，您看中不中？"

"中！老中！"老一高兴地说，"以后你就跟着我吧，我走哪，你拍哪！"

进 入 状 态

我明白了，我应当全身心地进入第一人称状态，全当是我自己的老爹死了，全当是我亲自哀悼我的老爹！

胡秘书将文稿呈送给了蔡总。然后，他毕恭毕敬地立在一旁，观察蔡总的脸色。

蔡总的脸色很难看，没有一丝多云转晴的迹象。胡秘书知道，蔡总的心情很沉痛，毕竟，蔡总刚刚死了老爹。胡秘书小心翼翼地说：蔡总，您若是不满意，我把稿子拿走，再修改一遍？

蔡总晃着脑袋说：也好，你再润润色吧！

胡秘书拿着稿子走了，有一种很失败的感觉。要说，也不奇怪，秘书给领导写讲话稿，总有挨毙的时候。可这篇稿子不同，胡秘书三易其稿，仍没通过，胡秘书就有些惴惴不安了。说实话，为了写好这篇讲话稿，他牺牲了数不清的脑细胞，两眼熬得像只安哥拉兔子。

三天前，蔡老爷子驾鹤西去，蔡总哭天抹泪，把老爷子存进了太平间的冰柜。胡秘书进了治丧班子，主动请缨，为蔡总拟一份丧礼上用的讲话稿。他原以为，写这篇稿子，肯定能争个头功的。可没想到，航线竟然歪了。

165

领
导
随
意

胡秘书将自己关在了屋里,开始研读自己写的稿子。经过酝酿情绪,他首先让自己进入了悲伤状态。然后,他又打开录音机,播放了一段哀乐。在沉痛的哀乐中,向遗像默哀。默哀毕。向遗体三鞠躬。一鞠躬,再鞠躬,三鞠躬……一整套程序做下来,胡秘书找到了感觉。他模仿着蔡总的音调,一字一句,追述着蔡老爷子的生平,极尽悲伤之能事。

稿子念了一遍,又念了一遍,胡秘书对着镜子,念着稿子,观察表情,体察心态。经过一番字斟句酌,删除一些自己原本喜爱的词句,终于将稿子修改完了。胡秘书伸了伸懒腰,转了转脖子,叫了辆车子,以最快的速度,将第四稿送给了蔡总。

蔡总仍然黑着脸,不表态。

胡秘书惶惑不安地说:蔡总,我第一次写这种文体,很不得要领,请您亲自点拨!

蔡总轻轻地叹了口气。我的心情很沉痛,真的很沉痛。可是,你没有把我的沉痛心情表达出来。怎么说呢,虽然,你使用了第一人称,但你是站在第三人称的心态上写的,或者说,你是用写表扬稿的笔法写的悼词。所以,缺乏真情实感。你看,你用的这些词,什么"纲领"、"奋进"、"思路"、"整合"……儿子能这么说父亲吗?我们家老爷子,不过是个平头百姓嘛。

胡秘书脸色一红,茅塞顿开:蔡总,我明白了,我应当全身心地进入第一人称状态,全当是我自己的老爹死了,全当是我亲自哀悼我的老爹!胡秘书这么说着,眼泪跟着滚了下来。此时,他脑海里真的浮现出了自己亲爹的面容。

蔡总紧绷着的脸,终于笑了。

老 喜 丧

令人想不到的是,马老二掏出来的钱包中,竟然发现了一个红包!

领导随意

马老爷子作古了。不久前,刚给他吹过 90 岁的生日蜡烛,现在驾鹤西去,也是个老喜丧了。就因为是老喜丧,儿女们并不悲伤,该说的说着,该笑的笑着,一派热闹景象。

马家儿女都是场面上的人物,老爷子升了天堂,对他们也是个解脱。老爷子刚咽气,他们就通过各种管道,向社会发布了信息。接下来的事情,就是坐等在家里收钱包了。

马家七个儿女,最有出息的是老二。土生土长的马老二,早就是个放屁砸坑的人物了。马老二咳嗽几声,兄妹们全都跟着抖起来了,全都把各自的旗帜高高飘扬了。比如,马老大,带了个工程队,四处切豆腐,切到哪块都是溜溜顺。又比如,马小五,专门倒腾废金属,卖过两架飞机、三座高炉、四个大窑。就不说马小三、马小四了,也不说马小六、马小七了。马家的后代,构建了四通八达的管道,横向到边,纵向到底,场面上的人事,一卦全收了。

这些年，马老爷子瘫痪在床上，儿女们也没少受拖累。拿马小五的话说，耽误了多少生意！说实话，久病床前无孝子，谁愿意天天给老爷子擦屎端尿呢？都不愿意守在医院值班，都想开小差。为此，马老二主持召开了家庭会议，强调护理老爷子的意义。马老二说，知道吗？老爷子活着，就是个资源！想想看，逢年过节，特别是老爷子每次住院，总有那么多人来看望，谁来了都不空手，这不是棵摇钱树吗？明白吗，要想多来钱，就要让老爷子多活几年！马老二说到这里，马小五插嘴说，二哥说的有道理，就算咱是农民，总比养头猪强吧？

听马小五这么作比喻，全家人都想扇他的耳光。但没扇，因为他毕竟说的是挣钱。谁不想多挣钱呢？马老大也沉不住气了，他瓮声瓮气地说，这样吧，七个人轮班，一换一天，谁当班，收的东西归谁，包括现金！马老大这么说，主要是针对马老二的，只有老二当着官，每年有数不清的灰色收入。而且，他还搞特殊，派民工替他在医院值班。他这样不起好的带头作用，别人也跟着学的不着调了。例如，小五就不大来医院照面，小车里塞了个女的，满街乱蹿；还有小七，迷上了打牌，总有人故意输钱给他，哪还有心思来陪护老爷子？

规矩定下来了，积极性也就调动起来了，各家都备了车子，一天两趟往家拉东西。马家儿女轮流泡在医院里，也就吸引了更多的人来看望。当然，人们说是来看望老爷子的，实际上是来看望马家儿女的。更主要的，是来看望马老二的。马老二也转变了工作作风，不管值班不值班，每天都要来医院晃晃脸蛋。也不定时间，说来就来，说走就走，走的时候，把老婆留下来值班。其实，他每天也没多少事，也就是打打手机，签签条子，有充足的时间泡在医院里。现在，他往医院来的次数多了，许多人要办事，只好来医院找他，来了，也不一定能找到，只能碰运气。就这，他还眉飞色舞地说，咱马家的人，聚是一团火，散是满天星！

天下没有采不完的富矿，马老爷子这口矿井，总有枯竭的一天。这一天，蹒蹒跚跚的，还是来到了。

讣告贴出去了，吊唁的人，很快就来了，成群结队地来了，络绎不绝。人们做出悲恸的样子，与马家儿女一一握手，在嘱咐节哀的同时，悄悄地塞手里一个纸包。不用问，纸包里是钱。这也是人之常情，也是最好的理

由,马老爷子毕竟是老喜丧啊!

接到钱包,马家儿女都在微笑。知道了,知道了,知道你的意思了。其实,心里都透着亮。人家不是看死人的面子,而是看活人的面子,更主要的是,是看马老二的面子!

该来的都来过了,该送走的,也送利索了。马家兄妹们,围坐在一起,开始盘点了。他们把各自收到的钱包掏出来,拢成了一堆,登记入账。令人想不到的是,马老二掏出来的钱包中,竟然发现了一个红包!

怎么会有人送红包呢?马家兄妹们嗷嗷叫唤着,要马老二查查,这个胆大包天的家伙,活腻歪了不是?!

马老二笑笑说:查什么查?红包的本质是什么?是钱!再说了,老爷子是老喜丧,送个红包来,也在情理之中嘛!

这个送红包的人,到底是谁呢?马老二的心里一直在想。马老二明白这家伙的意思,是想叫人想着他,是想叫人记住他!

马老二知道,一定能想起来他。想不起来也不要紧,他一定会找上门来的。

169

领
导
随
意

车　　技

只有小林，左拐右定，两闸并用，心不慌，手不忙，脚用功，臂作力，最后一个到达终点，赢得了热烈的掌声。

司机小林，给领导开小车，开了几年，不想再开了，就跟领导说，叫领导安排安排。领导知道小林的意思，就安排小林当了调度，专门管派车。

小林哼着小曲，在办公室混了把椅子，摆上了小谱，过着小神仙的日子。

有一天，小林心血来潮，想弄个自行车骑骑。自己的车子，早就丢个兔孙了，老婆就叫他去骑小姨子的旧车子。小姨子杏目圆睁：姐夫，又开始玩深沉啦？

小林笑着把旧车弄走了。谁知道，一上马路，车把就不当家了，朝着行人横冲直撞，吓得路人纷纷侧目。

有个熟人看见了，当场就笑坏了。熟人说小林：骑小姨子的车子，又不是骑小姨子，激动什么呀！

小林也笑了，笑自己成了笨猪。那么大个奥迪车，开起来溜溜转，一个破自行车，还是个女车，怎么就使唤不了呢？车把硬得不拐弯，都是摸方向盘摸的。

小林就下决心，重新学会骑车。

小林把心态调整到初学者阶段，贴着马路边认真

练习。遇到汽车他就躲,遇到行人他就让。同志们知道小林学骑自行车,都说小林这人有意思,管车的人不坐车,真是大智若愚了。可一个司机,有这么高的境界吗?

　　领导也听说小林在学骑车。领导的水平很高,总是以鼓励为主。领导意味深长地说:小林,好好学,好好学啊!

　　小林很快就学会了骑车。每天上下班,骑着车子满街跑,在人群车缝里钻来钻去,游刃有余,很是风流。

　　小林的车技日渐圆熟。"五一"前夕,工会举办自行车慢车赛,小林夺取了头名状元。比赛中,许多人都控制不了车速,一上车就往前蹿,一捏闸就歪倒,纷纷落马。只有小林,左拐右定,两闸并用,心不慌,手不忙,脚用功,臀作力,最后一个到达终点,赢得了热烈的掌声。

　　大家都说:嘿,小林,不愧是摸方向盘的!

　　两天后,领导找小林谈了话,要他重新上小车,专门开一号车。领导还给小林下了个文件:办公室副主任。

　　领导走到哪儿都要带上小林,说他这个人稳重,用起来放心。

倒行法新说

> 刘县长这才发现,此时县城大街上,行人一概在用倒行法走路,汽车一概屁股朝前开倒车。

刘县长喜欢练倒行法。早几年,刘县长偶尔翻一本文学杂志,读了秦德龙写的一篇小说《倒行法》,感觉很有意思,就把倒行法引进自己的晨练中了。每天早晨,刘县长跑步总要在开阔地上练"倒车"。

刘县长到 A 县上任,就把倒行法也给带过来了。

A 县的人大眼瞪小眼,看不明白新县长玩什么把戏。终于有智商较高者,悟出了奥妙,纷纷说:现在就是应该提倡逆向思维。这些人还引经据典地说,中国人自古以来就有人练倒行法了,比如张果老倒骑毛驴,那才叫神仙呢。还有智慧大师阿凡提,有时候好像也是倒骑驴子呢。

于是 A 县的大街上就有三三两两的人,跟在刘县长的后面,练倒行法。

刘县长就对他们额首微笑。

刘县长要到基层去检查工作,基层的人很快都知道了。

刘县长到了 M 乡。在乡政府大院门口,乡长和书记

紧紧握住刘县长的手说:早就盼着您来呢!

刘县长不进大院,要到四下里看看。乡长和书记只好边走边汇报。刘县长往前走着,乡长和书记面对县长往后退着,一边后退一边说话。刘县长说:你俩走稳了,别摔倒呀。乡长和书记说:没关系,没关系,我们也是天天练倒行法呢。

刘县长微微地笑了。

刘县长马不停蹄又来到了N乡。一到N乡,N乡早已派好三菱面包车等着呢。N乡的乡长和书记说:刘县长你喜欢转田间地头,咱就直接下去吧?您看行吗?

刘县长点头赞同。

车子开起来的时候,刘县长惊奇地发现车子在倒驶,车屁股那头朝前。刘县长就问怎么回事?司机欲言又止,用目光瞟着乡里的两个头头。

N乡的乡长和书记连忙说:刘县长,这车新买来,正好"磨合",开开倒车,有利于润滑,有利于良性运转,好比人练倒行法一样,有助于全面发展。

汽车也练倒行法?刘县长忍不住大笑。

刘县长这次下乡,跑了许多地方,有许多惊奇的发现。比如,他在乡下见到有人发明出来了"倒骑驴"式的自行车,正申报国家专利呢。还有,在小煤矿的窄轨铁路上,火车头推着火车厢,风驰电掣般后退……

173

领导随意

刘县长回到县城的时候,正赶上黄昏,街头很乱,堵了许多车。刘县长走到十字路口查看,有两个交通警正在疏导人流车流。刘县长问:出什么事了?怎么会成这个样子?

交通警察嗓子冒着烟说:你到前面看看就知道了。

刘县长就到前面去看,交通警叫住他说:不对,不对,你转过脸来,退着走过去,对,对,就是这样,倒行法,否则你过不去!

刘县长恼火儿极了。

刘县长这才发现,此时县城大街上,行人一概在用倒行法走路,汽车一概屁股朝前开倒车。

刘县长痛骂自己:当年,哪根神经错乱了,不小心看了秦德龙的那篇小说《倒行法》!

大葱的故事

大葱就是这样的人,忍辱负重,与时俱进,一步一个脚印,行走在上班的路上。

秦德龙官场小说

大葱是个不赖的领导,不打牌,不赌博,不泡小姐,不搞按摩。不光是这,他还亲自打水、擦桌子,表现着劳动者的本色。

吃苦耐劳,是大葱的强项。据大葱自己说,小的时候,他就经常翻越学校的围墙,争取第一个扫厕所。大葱真的是这么个人,几十年如一日,天天做好事,不做坏事。

前不久,领导的领导,也就是大葱上面的大蒜,把大葱狠狠地臭骂了一顿。大蒜和大葱是一块长大的孩子,由于大蒜心气辣,混得比大葱级别高,所以有权力骂人。大葱一声不吭,忍受着大蒜的辱骂。大蒜骂完了,像个没事的孩子,到一边玩去了。大葱咧咧嘴,揉了揉鼻子,也没事了。

没过几天,大蒜的老爹病危了。大蒜坐在沙发上,跷着二郎腿,给这个打打手机,给那个打打手机,召集人们到医院开会,商量后事。大葱跑前跑后,日夜守护在床前,给老爷子端屎接尿,还嘴对嘴吸痰,愣是把老

爷子给弄活了。亲儿子做不到的，大葱做到了，把大蒜感动得唏嘘有声。

大葱就是这样的人，忍辱负重，与时俱进，一步一个脚印，行走在上班的路上。

当然，大葱也有他的另一面。他毕竟也是个领导，也管理着一批韭菜。大葱手下的韭菜们，很不好领导。因为他们是辣椒、洋葱、大蒜等人安排过来的，是钢铁哥们和拐弯亲戚。韭菜们很不遵守劳动纪律，经常迟到、早退、串岗、旷工。大葱拿他们没办法，他们和上面气味相通。大葱只好放任自流，任韭菜们疯长。

韭菜们总爱在一块扎堆儿，叽叽喳喳，谈论新闻。济南有家商店，搞了个"女人内衣秀"，几个女人被老爷们摸了不该摸的部位。消息传来，韭菜们兴奋不已。南方有家公司，搞了个"美女香车秀"，有大款连车带人一块给包了。类似于这样的新闻，总是让韭菜们津津乐道。韭菜们热衷于谈论各行各业的"作秀"，哪有心思干工作呢？他们把活儿全都推给大葱了，忙得大葱起早贪黑，两头不见太阳。

大葱就这样任劳任怨，如驴子拉磨，一圈儿接一圈儿，不歇蹄子。

终于有一天，大葱"呼"一下晕倒了，像一袋面粉，摔到了地板上，再也没有爬起来。

韭菜们整理大葱的遗物时，发现了大葱的日记，一本做好事的日记。大葱在扉页上写道："一个人做点儿好事并不难，难的是一辈子做好事，天天做好事。"

韭菜们一看就笑了，像群小白兔，笑破了三瓣嘴。韭菜们认为，一个人天天想着做好事，活着可真有意思。

大蒜也看了大葱留下来的日记。大蒜也笑了。因为他看见了大葱写的另一句话："做领导，也需要作秀。我大小也是个领导呢……"

挪　窝

小鸽唱的是《父老乡亲》，唱了一遍又一遍。李前进他们听着听着，就泪流满面了，就从楼顶下来了。

　　李前进想挪挪窝。不是从屎窝挪到尿窝，而是从土窝挪到金窝银窝。想挪窝，就要费心琢磨。琢磨什么？琢磨市长是哪一路，是爱喝酒，还是爱唱歌，是爱打牌，还是爱乱摸？

　　应该说，李前进的智商还是有的。没过几天，他就摸准了市长的脉搏。市长爱听歌，最爱听歌舞团小鸽唱歌。李前进注意到，电视台直播的每台晚会，都有小鸽唱歌。市长逢场必到，只要小鸽一唱歌，市长就咧着大嘴乐，一边乐，一边哼，摇头晃脑，陶醉得如叫坑的蛤蟆。

　　知道市长有这个爱好，那就想办法接近小鸽。李前进把自己扮装成小鸽的歌迷，给小鸽发去了好几封特快专递，说自己如何如何喜爱小鸽的歌。李前进从不到直播现场去，免得撞见市长，也免得被摄像机录进去，让人笑话。倘若电视机里出现了他的影子，那会有多少人骂他"俗"！他只是把自己伪装成个小老百姓的样子，静静地在场外听歌。他把这个状态写到特快专递里，把小鸽感动。果然,小鸽很受感动,居然给李前进寄了一份贺卡。贺卡上印着小鸽亲吻的一朵鲜红的唇印,还有一行娟秀的小字:本卡限量流通,只在全球发出 1000 份。

李前进笑了。李前进知道,已经取得阶段性成果了。李前进又给小鸽寄去了一封特快专递。李前进不再说自己是个歌迷了,李前进说自己是个乡长,他以乡政府的名义,邀请小鸽下乡为农民兄弟演出!

特快专递寄出没几天,李前进就接到了县政府办公室打来的电话,说市"根连根"艺术团要下乡演出了,要求李前进所在的乡政府做好接待工作,确保演出成功。

小鸽就这样来了,带着她的歌声来了。

小鸽甜美的嗓音在山谷里回响,县里方方面面的人物都下乡来看演出了。县长拍着李前进的肩膀说:小子,真有你的,市长的宝贝,你都给挖过来了!

歌美舞美人更美,乡下人好久没看到这么多美人演这么美的节目了。演出结束的时候,老乡们拉着演员的手,舍不得让走。小鸽是艺术团的台柱子,一边挥手,一边唱"父老乡亲"。就在这时,县长一个箭步蹿了过来。县长紧紧握住小鸽的手,无比动情地说:小鸽同志,回到市里,代我向市长问好!

李前进就站在小鸽的身边,县长说的话,他都听见了。他没想到,县长会抢先一步,说出这么滚烫的话来。本来,李前进是准备和小鸽说几句话的,可县长占了先,他也就不好再说什么了。县长下山摘桃子,这也是没办法的事。

"根连根"艺术团走了,小鸽走了。李前进肚里窝着火,直个劲骂自己是蠢猪,骂县长是野驴。

李前进不知道,事情正在向更微妙的方向变化。

县长突然被解职了,被带走"双规"去了。李前进也被撵蹿了,撵到狼窝留去了,当驻村干部。李前进百思不得其解,彩云下面怎么会有急风骤雨呢? 船究竟歪在哪儿了呢?

狼窝留虽然是个兔子不拉屎的地方,但能掐会算的人,还是有的。有个吴大明白,说李前进:你还受委屈哩? 你把县长害得不轻! 你要是不露

177

领导随意

球能,县长就不会瞎激动,他一激动,就犯了迷瞪,说了不该说的话!

吴大明白一针见脓,让李前进冒了一身冷汗。不说了,什么都不说了。谁让县长抢着摘桃子?活该!

狼窝留收不到电视信号,李前进也不看什么电视节目了。每天,他混在山民堆里,混得牙齿发黄,吃饭不香。

后来,李前进带着一帮山民进城打工去了。市电视台要盖一个很大很大的高楼。李前进他们就是盖楼的民工。快过年的时候,楼盖好了,电视台却不给钱。李前进他们就攀上了楼顶,齐声嚷着要跳楼。市长出面和民工们对话,还找来小鸽给民工们唱歌。小鸽唱的是《父老乡亲》,唱了一遍又一遍。李前进他们听着听着,就泪流满面了,就从楼顶下来了。人一下来,就被警察带走了。

幸 运 观 众

两口子互相配合着,妙语连珠,说出了一连串的正确答案,博得一阵又一阵掌声。

都知道一号喜欢美女,美女是一号的下酒猛料。有一次,老宋到市里开会,会后参加吃桌,亲耳听见一号发表美女宣言。一号端着酒杯说:人生难得一种境界,与美女一醉方休!有时候,仅有美酒,没有美女;有时候,有了美女,却没有美酒!一号话音刚落,就有几个美女蹿了过来,纷纷与一号碰杯,惊得老宋眼珠发直。

现在,一号要下来视察了,不管怎么说,也得张罗几个美女,陪一号欢乐欢乐。老宋就喊过来小曹,要小曹策划策划。小曹经常主持本系统的才艺大赛,手里掌握着一批美女名单,只要打个电话,美女就会蜂拥而至。

小曹很精明,没等老宋说完,就道出了自己的看法。老宋啊,咱这一亩三分地,哪有什么出色的美女?有几个在册的,也都是结过婚的小白菜帮子了。

老宋说:我知道,咱比不过市歌舞团。歌舞团那些花朵,可不是谁想掐就掐的!

小曹笑道:是啊,一号最喜欢歌舞团的兰慧慧!可惜咱挖不过来她!

老宋说:想想办法嘛!你要是把她挖过来,就是头功一件!

小曹眨眨眼说:这样吧,咱搞一台晚会,让兰慧慧出现在舞台上!

老宋问:你是说,让兰慧慧来演出,这可太好了!

小曹说:估计她不会亲自来,咱这小破地方!

老宋急了:那你要唱哪一出啊?

小曹一副秘而不宣的样子:我有办法,到时候,你就知道了!

一号说来,果真就来了,浩浩荡荡,带过来一个车队。一号一下车就说:老宋,我不是来视察的,我是来调研的!知道吗?要对群众说明,我们是来调研的!

老宋咧嘴干笑。老宋心说:知道知道,今年不兴说"视察"了,改说"调研"了!

一号又说:我还要声明,我不是来喝酒的!一般情况下,我是三不喝的!没有上级领导在场,我不喝!没有女同志在场,我也不喝!没有与民同乐,我还是不喝!

老宋大笑:不喝,不喝!咱都不喝!

其他人也大笑,都嚷嚷着不喝酒。酒是孬孙,越喝越晕!

晚饭时,一号果然坚持了"三不喝"的原则,没让上酒。一号同意了老宋的安排,晚饭后观看群众文艺晚会。一号说:我们下来,就是和群众打成一片,考察基层文化建设,也是我们调研的一项使命嘛!

饭后,老宋领着调研团去了文化宫。领导们一到,就有人把前排的座位给闪出来了。事先,小曹做了安排,专门找来一些干部家属给调研团占座位。家属们的屁股把座位暖得很有温度。

晚会开始了,乡间民俗、俚语小调,一曲连着一曲,倒也十分热闹。老宋不时地用眼角瞟着一号,发现一号开始打哈欠了。老宋悄悄地给主持人小曹打手势,让他尽快将晚会推向高潮。

"下一个节目,幸运92!"小曹站在舞台中央,宣布今天的晚会,诞生了两名幸运观众,一个是1排8号的老宋,一个是8排8号的观众。老宋扭头一看,8排8号的那位,竟是自己的老婆!

看到老宋和老婆被选为幸运观众,大家都起劲鼓掌,调研团的人,也来了精神,夸奖老宋的老婆漂亮。老宋和老婆扭扭捏捏上了台,不知小曹

要如何摆治。小曹让老宋背对着大屏幕,猜屏幕上出现了什么人物和风景?老宋的老婆站在老宋对面,启发老宋,可以打手势,也可以说话,但就是不能直接说出答案。这样的游戏,各地电视台都玩过的,老宋和老婆一看就会了。老宋是个人精,老宋的老婆也是个人精,两口子互相配合着,妙语连珠,说出了一连串的正确答案,博得一阵又一阵掌声。

老宋偷偷地往台下瞄了一眼,调研团的人都很高兴,一号咧着大嘴笑,像个笑和尚。

忽然,老宋卡壳了,无论老婆怎样启发他,他都不明白老婆的意思了。老婆说,屏幕上出现的是一个人!老宋摇摇头。老婆又说,是一个女人!老宋还是摇摇头。老婆急了,连声大叫:是一个美女,歌星,歌星!市歌舞团的!

老宋知道是谁了,可他嘴巴嚅动着,就是说不出话来!老婆恼火透了,冲着老宋高喊:就是一号最喜欢的那一个!

"兰慧慧!"老宋终于喊出来了。喊完,文化宫里就乱成一团了。

老宋的脑袋炸了。恍惚中,他看见了一号那张脸,很绿很绿的那张脸。

领导随意

第 五 辑

有 人 证 明

老丁的帽子

梦境中,老丁没有戴帽子,满世界乱跑。碰见许多熟人,熟人们都咧大嘴笑他,纷纷说他戴了一头假发。

老丁一年四季都戴着帽子,冬天呢子帽,夏天纱网帽,从来没见他摘过帽子。几十年了,帽子像壶盖一样,牢牢地焊在他的头上。

曾经有恶作剧者,动了一个念头:哪一天把老丁的帽子摘下来,摸一摸他的脑袋,一定光滑如蛋,一定手感奇妙。

但是机会难得,一直无法下手。因为老丁是个做学问的人,是个不苟言笑的人。这样的人,是开不得玩笑的,是不能随便乱着玩儿的。真摘了他的帽子,真摸了他的脑袋,他死给你看怎么办?因为老丁动不动就爱说"士可杀,不可辱"。

老丁对自己的脑袋看护得极严,时时刻刻都在严格防范。老丁总要洗澡吧?你不知道,洗澡的时候,老丁也戴着帽子呢。老丁戴一顶白帽子,像个光屁股的医生,在水蒸气中若隐若现。

老丁越是严密包装脑袋,大家越是觉得他的脑袋神秘。就有人戏言:热闹的大街不长草,聪明的脑袋不长毛。

老丁确实智商较高,到处给人讲课,到处做学术报告。当然,总有一些崇拜者,围着老丁唱大诺,唱肥诺。有一天,一个女崇拜者,不无真挚地说:丁先生,我能把手伸到您的帽子里,感受一下您智慧的头颅吗?

老丁矜持地说:姑娘,论年龄,我可以当你的爷爷了,对吗?

女崇拜者含羞而去。

老丁怎么能和女性乱连理呢!

老丁当然有老婆,而且老婆对他还不错。当然,年轻的时候,老婆打过老丁。街坊邻居都记得,那时候烧炉子,老婆举着炉钩子,要挠老丁的帽子,老丁捂住头狼狈逃窜。

现在,老婆对老丁非常好。因为老丁大器晚成了,到处讲学,受人尊重。在外面受尊重,又能挣一把讲课费,在家里自然就会得到喜爱。

当然,只有和老婆在一起的时候,老丁才会摘下帽子,露出帽子里的文章:老丁一头黑发,黑亮黑亮。

黑亮的头发,每天都藏在老丁的帽子里。

老婆说:你这辈子,活的窝囊,长着这么好的头发,非要戴一顶帽子!

老丁感慨地说:正因为我有一头好头发,我才要戴顶帽子!

老婆说:你那老领导陈秃子,早就死了,难道他变成鬼了,还要来闹你?

领
导
随
意

老丁笑道:我还真得感谢陈秃子,要不是他,我能戴帽子? 我不戴帽子,能有今天?

老婆也笑了:你都退下来了,陈秃子也死了,还在乎啥? 明天把帽子摘了,我陪你上街,咱们潇洒走一回!

老丁想了想,同意了老婆的意见。

夜里,老丁睡得很香。香中有梦。梦境中,老丁没有戴帽子,满世界乱跑。碰见许多熟人,熟人们都咧大嘴笑他,纷纷说他戴了一头假发。先前那个女崇拜者,居然抱着他的脑袋,用牙齿咬他的头发。

老丁浑身是嘴也说不清楚,自己的头发是真发而不是假发。老丁急出了一身汗。

清晨,老丁起床后,又戴着帽子出门了。

老陆的皮鞋

我每天穿鞋挤脚，那是提醒自己，不要犯错误！

老陆年轻的时候，长得很帅。领导看他长得帅，就把他留在身边工作。老陆每天把皮鞋踩得嘎嘎响，很受姑娘们青睐。老陆就挑了个姑娘爱上了，经常陪着姑娘轧马路。

姑娘为了表达自己的爱情，就给老陆买了双新皮鞋。老陆看了看皮鞋说："去换双小半号的吧。"

姑娘莫名其妙："你这个人真有意思，人家都穿大半号，你倒要穿小半号。"

老陆笑了笑，没说什么，姑娘就依了他，去换了一双小半号的皮鞋。

皮鞋小半个号，外表看不出来，老陆走起路来，风采依然。

老陆把姑娘变成老婆后，老婆兴致盎然，又跑去给老陆买了双皮鞋。老陆一看鞋号，就叫老婆拿去换。老陆说："我不是跟你说过嘛，小半号。"

老婆笑道："你这个人就是怪，穿皮鞋干吗要小半个号？"老婆嘴里嗔怪着，还是去把鞋换了。

老陆在领导身边工作，进步很快，不久就当了科长，老婆为了庆祝老陆当科长，又跑去买了双皮鞋。老婆这回记住了，给老陆买皮鞋，要小半个号。

皮鞋买回来，老陆一看就笑了。老陆对老婆说："知夫莫若妻呀。"老陆一高兴，给老婆来了个小香吻。

老婆红着脸说："毛病，你这个人，就是有毛病。"

老陆每天穿皮鞋上班，在领导身边晃来晃去，一晃就是十几年。终于有一天，老陆也晃到了县团级。老婆又买来双新皮鞋，给老陆添彩。

老陆问道："是不是小半号？"

老婆笑道："当然是小半号。你这个人不是一贯给自己穿小鞋嘛。"

老陆笑了，摇摇晃晃上班去了。

老陆穿旧的皮鞋，他都不叫扔，让老婆打好了油，放着。有一天，老婆把旧皮鞋拿出来通风，旧皮鞋摆在一块，一双比一双小，像个等差数列。老婆越看越憋不住想笑。

老婆把自己的发现告诉了老陆。老婆说："你这辈子窝囊不窝囊？连双可脚的皮鞋都不敢穿！整天如履薄冰。"

187

领导随意

老陆说："你这是说的什么话，我是个县团级呀，有几个人能混到我这份儿上？我每天穿鞋挤脚，那是提醒自己，不要犯错误！"

有 人 证 明

秦德龙官场小说

一个方圆，一个弓正，两颗怪味豆！方的就是方的，怎么会是圆的？弓嘛本来是弯的，怎么又成了正的？！

弓正每次出门办事，都要拉上方圆。给公家买东西，花公家的钱，弓正不想给别人丢下话把。方圆明白弓正的意思，所以，每次弓正来叫他，他都跟着去。方圆是保管员，也应该把关验收的。

买回来东西，弓正给领导看发票的时候，总要说上一句：方圆跟我一起去买的。

领导笑笑，啥都不说，拿过笔就签字报销。

后来，次数多了，方圆就不想跟着弓正去了。方圆说：没意思，真没意思，我跟你去，有什么意思？弓正说：怎么没意思？人多眼杂，眼杂口杂，唾沫星子能把人淹死！

方圆笑道：那你不是把我往火坑里拉嘛？

弓正瞪着眼睛说：说什么哪你？我是那种人嘛！

方圆不再吭声。方圆觉得有必要找领导说说。方圆就找到领导说：弓正是个很正派的同志，从不贪小便宜，可以对他一百个放心！

领导笑笑说：你说这些，是什么意思呢？

方圆说：也没什么意思。我是说，弓正每次来叫我，

是想让我做证明。

领导仍然在笑。证明？证明什么？怎么证明？领导接连发射了三个反问，把方圆给问住了。方圆看看领导的脸色，已经不那么亲切和蔼了。

领导沉思片刻说：我看这样吧，你和弓正调换一下工作，你买东西，让他验收保管。

方圆没想到会是这样。方圆很想扇自己的嘴巴，干吗跑到领导面前说这个，这不是引火烧身吗？弓正会不会生气呢？

弓正没有生气。弓正很愉快地服从了分配。弓正对方圆笑道：你看，我让你陪我去，你还有情绪。好了，现在该我陪你去了，我给你当证明人，怎么样？

这样，方圆就开始在弓正的陪同下，外出买东西了，花公家的钱。第一次，他们去买了一些办公用品。弓正特意给方圆指出来，应该让商店开一张购物明细单。方圆照着做了。回来以后，方圆把发票和明细单拿给领导看，领导满意地笑了。

根据领导的吩咐，方圆去买了一车带鱼。当然也是由弓正陪着去的。带鱼是领导订购的，方圆和弓正不过是提货付款而已。可是，带鱼发下去，意见就出来了。有人找到方圆说，烂带鱼又短又薄，一条条像用过的避孕套！

189

领
导
随
意

听了这话，方圆就沉不住气了，就去找领导反映。方圆说，带鱼又不是我订的货，对我说什么孬话？弓正和我一起去提的货，他可以给我证明！

领导一听，脸色就黑了。领导说：证明？证明什么？怎么证明？这一次，领导又接连发射出三个反问，把方圆弄得目瞪口呆。

领导沉吟片刻，忽然笑了起来。你们俩呀，一个方圆，一个弓正，两颗怪味豆！方的就是方的，怎么会是圆的？弓嘛本来是弯的，怎么又成了正的？！

领导东一句，西一句，不阴不阳的，把方圆和弓正的名字批讲了一通，弄得方圆不知所云。

从领导房间出来后，方圆找到了弓正，把领导的德行说给弓正听。弓正说：你看，我说什么来着？现在明白了吧，当初我为什么要拉你做证明！

方圆说：你拉倒吧。也许，坏事就坏在做证明上了。你拉我做证明，我拉你做证明，你当领导是个大傻瓜呀？

弓正说：泥巴粘到了裤裆上，不是屎也是屎！

两个人大眼瞪小眼，无话可说。

过了几天，领导把方圆和弓正叫了过去。领导拿出买鱼的发票，签了"同意报销"，又叫他俩分别签"经办"和"验收"。方圆和弓正想都没想，就把字签了。领导笑眯眯地说：这事，就算过去了，臭鱼烂虾，顶多臭三天。以后，要是有人咬蛋了，你们俩都是证明人。

证明？证明什么？怎么证明？方圆和弓正无话可说。

杨 小 辫

玫瑰花因其绚丽芬芳而受人喜爱,也因其身上有刺而遭人非议。

杨小辫没有梳小辫子。因为他专爱挑别人的缺点,所以,人们都喊他杨小辫。

他不计较这个绰号,整天用一副猫虎脸看人,似乎人人都是过街的老鼠。现在的人,谁还没个缺点?所以,见了他都躲着走,惟恐被他揪了小辫子。有人甚至在背后说,可不敢和杨小辫说话,一张嘴,就能让他揪住错别字!

说实在的,领导也不喜欢他,因为从某种意义上说,领导犯错误的机会多,容易被揪住小辫子的机会也就多。曾经有一个副领导,上完厕所,忘记了拉水箱,被杨小辫看见了,当场给指了出来。气得这个副领导真想变成足球队员,把杨小辫当个足球踢一脚! 还有一次,另一个副领导往楼梯垃圾道塞了个纸箱,也被杨小辫看见了,杨小辫当即问:垃圾道堵塞了怎么办? 一句话,就把这个副领导说成了通红的烤鸭。

后来发生的一件事,让领导们认识了杨小辫还真是块材料。那天,杨小辫拿着一份红头文件,走进了一把手的办公室。杨小辫对一把手说，才发的文件出现了明显的错误。一把手接过文件，左看右看，不知错在何处。杨小辫说，文件上怎么会出现"领导小姐"呢？一把手擦了擦眼镜片，再看文件，果然有好几处"领导小姐"！这是一份《关于成立标准化建设领导小组》的文件，这一类八股文层出不穷，每开展一个专项工作，都要成立领导小组，通常由一把手担任组长，副领导们担任副组长。可是这一次，谁都没想到，粗心的打字员把领导小组打印成了"领导小姐"！而且，组长打印成了"姐长"，副组长打印成了"副姐长"！发现自己成了"姐长"，一把手哈哈大笑。一把手红光满面地说，好啊，好啊！这个小辫子揪得好！揪住了一大把"领导小姐"！

一把手在员工大会上表扬了杨小辫。一把手动情地说：同志们，玫瑰花因其绚丽芬芳而受人喜爱，也因其身上有刺而遭人非议。但今天，我要说的是，我们需要带刺的玫瑰！说到这里，一把手换成了谦和的语气。我这人，大家知道，好比维吾尔族的小姑娘，小辫子多得很哪。当然了，我欢迎同志们来揪我的小辫子！

听到领导这么说，有人就讪笑，指着杨小辫的背影说，别以为领导表扬他，领导是骂他呢！好赖话都听不出来，还真的以为自己是朵玫瑰哩？就是一枝仙人掌，又能怎么样？！

然而，领导们还是考虑要用一用杨小辫的。领导们研究，要发挥杨小辫的一技之长，让他参加"零缺陷"领导小组，做些具体工作。说实话，搞"零缺陷"管理，很需要杨小辫出来冒冒傻气。否则的话，还真弄不成个景。可让人想不到的是，杨小辫谢绝了这个安排。

一把手给杨小辫做了半天工作，杨小辫都不答应。一把手说：让你名正言顺地揪小辫子，你倒摆上谱了！说吧，你想要什么待遇？你不要怕有人说你是傻子，傻子怎么了？社会的发展离不开傻子！从某种意义上说，历史的车轮滚滚向前，就是依靠傻子推动的！

杨小辫笑道，这是什么理论？难道领导们不推动历史车轮吗？领导们也是傻子吗？

听杨小辫这么说，一把手的脸就拉下来了：你说谁是傻子？！

第四生产力

> 笑话是劳动的润滑剂。每天,同志们的脸上红彤彤的,显得可亲可敬可爱可人。

科学技术是第一生产力,讲笑话是第四生产力!这话是行政科科长老方说的。老方说这话的时候,身边围绕着一群听众。这些听众都是老方麾下的基本群众。老方依靠他们搞绿化、扫厕所、修房子、烧锅炉、发福利……后勤服务的方方面面,都让老方调理得很顺。

老方说,我不会喝酒,只会讲故事、说笑话。老方的确是个故事篓子、笑话匣子。古今中外、东西南北,老方随手一抓,就是个幽默段子,能逗死个人。老方就依靠这一手,团结着最基本的群众,调动着他们的积极性。特别是突击打扫卫生的时候,遇到急难险重任务的时候,老方就给大家说笑话,也要求每人都贡献笑话。口才好的,就先说了,笑倒一大片人。口才不好的,掏出手机,念上一条短信息,念得煞有介事,也能笑倒一大片人。就这么着,大家在欢快的笑声中,把工作搞得如火如荼。

笑话是劳动的润滑剂。每天,同志们的脸上红彤彤的,显得可亲可敬可爱可人。

是的,老方不但在突击劳动时讲笑话,也在日常生活中贯穿笑话。科里的小田和女朋友闹矛盾了,闹到了要罢婚的程度。老方把两个人叫到一块说:我给你俩讲个笑话吧——两个饺子结婚了,送走了闹洞房的客人,新郎不见了新娘,却看见床上有个丸子。新郎正纳闷呢,却听见丸子说话了:"讨厌,人家脱了衣服,就认不出来了!"

这个笑话一说,小田和女朋友就开口笑了,笑成了开口露馅的饺子。

单位有个老罗,整天愁眉苦脸的,扳着手指头,倒计时过日子。老方见了他,就说笑话给他听。说是有个老同志,脖子上鼓了个包,怀疑自己得了癌症,就去看医生。医生问他:你抽烟吗?喝酒吗?打牌吗?唱歌吗?病人摇摇头说,一概没有。医生说,那你的病不用治了。病人脸色大变,要求医生一定要把自己的病治好!医生说,你啥娱乐活动都没有,病治好了有什么用!这个老同志猛然醒悟,一片药没吃,脖子上的鼓包消除了。

老罗听了老方讲的这个笑话,眨巴眨巴眼球说:老方,你要是当书记就好了,你真会做思想政治工作!

老方说:可不能这么说,讲笑话怎么能和思想政治工作相比呢?

老罗又说:讲笑话可以焕发斗志,也是个先进生产力!

老方笑了:就算是吧,也只能是第四生产力。

老方和老罗的对话,不知怎么传到书记的耳朵里了。书记就有些不高兴了。书记是个不苟言笑的人,最烦的就是那些嘻嘻哈哈的家伙。书记就想找个机会,考察考察老方说的第四生产力。

机会很快就来了。书记带队到一线去搬石头,要求行政科中午送饭。老方忙活了一上午,订好了盒饭和鸡蛋汤,往工地上赶。不巧的是,路上堵车,中午12点了,饭车还在半路上。书记火了,亲自拨打老方的手机,问午饭什么时候送到?老方说明了路上堵车,为了给书记消火,老方和书记开了个玩笑:书记啊,您先给大家做个报告吧,精神转化成物质,望梅止渴!

老方的年岁和书记一般齐,随口开玩笑,也算是密切联系领导了。老方又打开手机,给工程科马科长发了个短信息:午饭即将送到,土豆烧牛肉,外加鸡蛋汤,还有白摸摸,也有白咪咪!

老方知道,马科长一定会在工地上朗读这条信息的。马科长也是个笑话篓子,"白摸摸"和"白咪咪",就是他讲过的一个幽默段子,话面上指白面馍和大米饭。话背后藏的意思,就让马科长给大家讲好了。大家听了马科长讲的笑话,一定会乐翻一大片。

果然,送饭车一到,工地上就欢腾起来了,大家嚷嚷着"白摸摸"、"白咪咪",向老方拥了过来。

老方注意到,书记的脸上也有了笑容。

可老方不知道,书记的心里却没笑。在不久后召开的领导班子会议上,讨论老方该不该被评为优秀管理者时,书记做了一番评点:老方这个人啊,就是太不严肃了,一天到晚,没个正形,动不动就拿思想政治工作开涮!还自我标榜是什么第四生产力!第一生产力是科技,这是人人皆知的。那么,第二生产力呢?第三生产力呢?依我看,思想政治工作是更为重要、更为特殊、更为先进的生产力!

书记的话,引发了班子成员的响应。有个爱喝酒的副职说:要叫我说,喝酒也是生产力!因为,喝酒能喝出来团结,喝酒能喝出来干劲,喝酒能喝出来效益!

领
导
随
意

闻听此言,班子成员都欢笑起来了,都把各自分管的工作,加封为某个先进的生产力,封到最后,讲笑话被降为最后一位生产力。

班子会的内幕,很快就透露出来了,有人就说给老方听了。老方淡然一笑:笑到最后的,才是最欢乐的嘛!

这 叫 啥 事

秦德龙官场小说

196

小韦冲着老邱笑笑，如一朵闲云，十分散淡。

老邱退下来后，才发现小韦是个很不错的孩子。老邱走在大街上，小韦总是很热情地打招呼："邱书记，您好！"真让老邱感动。可许多人，早就装作不认识了，把老邱冷处理。

老邱在职的时候，小韦曾给他当秘书。小韦好像不是秘书的料子，派他下去调研，他提回来一兜子反面意见。让他替老邱填个自我鉴定表，他愣说该邱书记自己填。主任启发他"三必到"，他居然和主任瞪眼睛。事不过三，这样的人，是不宜留在身边的。老邱一生气，就把小韦给开掉了。

小韦头也不回地走了，一走就是五年。五年的时间里，老邱提拔了许多干部，让不少人坐上了火箭飞船。那时候，天空很蓝很蓝，总是有人围在老邱的身边，为他朗诵诗一般的甜言蜜语。

可是，老邱退下来后，天空就变得灰蒙蒙了。再也没有人围着老邱转了，许多人都装作不认识老邱了。

就在这时，小韦出现了。在那条通往医院的小路

上，老邱总能遇见小韦。每次见面，小韦都会热情地说："邱书记，您好！"听见小韦的问候，老邱就感觉很好。被人问候的感觉，真的很好。

那天，老邱被老伴搀扶着，艰难地爬着医院的楼梯，眼瞅着就差三级台阶了，可老邱怎么也迈不上去了。这时候，小韦从楼上下来了，一伸手就把老邱给拉上去了。老邱的脸上，就滚下来两行泪。要是在过去，闹点毛病，身边的人前呼后拥，哪用得着自己亲自爬楼梯？

后来，又有一次，老邱在楼下晒太阳，屁股坐偏了，把水泥板给压翻了。那么多人看见了，都没谁来把老邱拉起来。老邱太肥了，肚子太大了，怎么挣扎都爬不起来，像个翻盖的乌龟，手舞足蹈，出尽了洋相。很巧，又让小韦碰上了。他把老邱拉了起来，扶着他溜圈儿，直到把腿脚溜顺和了，才送他回家。一进家门，老邱就忍不住哭了，握着小韦的手，说不出话来。

春暖花开的时候，老邱的病好了。老邱经常去公园散步，总见到也在散步的小韦。小韦冲着老邱笑笑，如一朵闲云，十分散淡。

这天，北京的一个老领导，到下面搞调研来了。老领导点名要见几个朋友，其中有老邱，也有小韦。酒席间，老邱才知道，老领导一直很赏识小韦的才华，小韦已经是崭露头角的青年学者了。

小韦很谦虚，端着酒杯，一个个地给老同志敬酒，敬到老邱时，小韦说："邱书记，谢谢您，我在您身边的时候，您从来就没批评过我！"

老邱莞尔一笑："没批评过你，不见得是好事呀！"

老邱把酒喝了，亮了亮空杯子，又说："那时候，眼拙，也没看出来，你值得我批评！"

领 导 随 意

少 白 头

人生是条单行线，即便峰回路转，又能怎么样？

老申是个少白头。据他自己讲，十几岁上，脑袋上就一根一根开芦花了。那时候，大人们总是夸他稳重，说他从小就是个老干部苗子。

可他并没有官运。年轻的时候，单位缺个团委书记，干部科查档案，查出来了他。可当面一考察，马上就摇头了。虽说他年纪不大，可顶着半头白发，咋看咋像个小老头，真用了他，会不会影响团组织形象？

没提拔上去，好心人就劝他，让他去染染头发，把自己染成个棒小伙，让组织上刮目相看。可他不听，一副没心没肺的样子，该干啥还干啥。

他与世无争，谁也不知道他心里想的啥。上下班的路上，他总是穿着布鞋，除了散步，还是散步。人们看他这个状态，就跟他开玩笑：老干部，又考虑国家大事呢？

他也会笑着回答：是啊，是啊，家事国事天下事，事事关心啊。

人们就在背后议论他：这个家伙，真会装政治，要么大器晚成，要么就是个废物。

其实，他不是没想过进步。他也知道，进步是一件好事。可他总觉得自己底气不足，还没到受提拔的时候。他要厚积薄发，认真读书，把自己打造成满腹经纶的人，在适当的时候，横空出世，让人们心服口服。他相信，只要是金子，一定会发光。要不然，也太对不起自己这个少白头了。他不止一次在镜子里欣赏自己的头发。他在镜子面前摇头晃脑，煞有介事地做官员状，对着镜子练习微笑。

然而，他万万没想到，有一天，领导会派人通知他，让他下岗。

怎么就下岗了呢？老申想不通，揣上身份证，就找领导去了。

领导哼哼哈哈地把老申让到了沙发上，还给他倒了杯茶水。老申啊，你是老同志了，希望你体谅领导的难处呀，裁员，总得先从头发白的老同志下刀吧？

老申把身份证拍在领导面前说：谁是老同志？先验验我的身份证再说！

领导拾起身份证，摘下来近视镜，换上了老花镜，又摘下来老花镜，再戴上近视镜，反复看了好几遍，终于说：是不是身份证印错啦？看你一头白发，怎么会这么年轻！不过，既然你把身份证亮出来了，对也罢，错也罢，总不能去和公安局打官司吧！也好，我们将错就错吧，保留你的公职，不予下岗处理。

这话老申听着真别扭，可也不便发火。好在争取了继续工作的机会，还有个饭碗。

第二天，人们见到老申的时候，发现他的头发染黑了，染得又黑又亮，像个容光焕发的灯泡。人们又在背后说他：现在才睡醒？晚啦。人生是条单行线，即便峰回路转，又能怎么样？

领导随意

挖 材 料

你,你听我说句醉话,我,我矿的基本经验,就,就,就是地处偏远,各,各级领导来的少。

领导派我到郭洼矿去一趟,挖个材料。郭洼矿是口肥猪,肥得不行,我们很需要把这个典型解剖一下。

我拿着介绍信,来到了郭洼矿设在县城的办事处。办事处主任是个小瘦子,姓冯,人很热情,也很风趣。一见面,他就给我摆了一桌酒。他和我边喝酒,边猜谜。他说:"有人赶着两匹马,一前一后一咕嘎,你说这人他姓啥?"让我打一字。我费了半天脑筋,也没猜出来。我认罚了一杯酒,他说出谜底是"冯"。瞧我这负智商,臭到家了。

在办事处休息了一天,我让冯主任带我去郭洼矿。冯主任笑道:"你先看看材料吧。"冯主任说着,拿出来好几个资料袋,还有两盘录像带。

我想,这样也好,先熟悉熟悉情况再说。我就安心在办事处里看资料了。真皮沙发真是舒坦,看了一会儿资料,就有些犯困了。后来,也不知怎么搞的,我就爬到席梦思上去了,美美地睡了一觉。我就是有个毛病,一看见床,就想躺着,一躺下来,很快就能进入梦乡。

直到冯主任来喊我吃饭，我才醒来。

我俩又是喝酒，又是猜谜。

我喝了许多酒，因为我总是猜不破他的谜。

三天下来，文字资料看完了，录像带也看了，基本印象有了。我让冯主任安排车辆，送我去矿上。冯主任面露难色地说："今天不行啊，县里正在矿上审车，一辆车都派不出来。"稍停片刻，冯主任又说，"这样吧，我打个电话，叫矿长来一趟，在县城谈，也许效果更好些。"

我接受了冯主任的建议。我知道矿长是个忙人，去矿上找他，他还真不一定有时间，约他来县城谈也好。

我又在县城等了两天。

这两天，还是冯主任陪我吃饭，陪我喝酒，陪我猜谜。

又喝了两天酒。我知道，不能再喝下去了。

我收拾好了行装，招呼也没打，徒步往郭洼矿去了。我不相信，我走不到郭洼矿。

我朝着有山的方向走，走了很久很久。

我终于看见山脚的房子了，却被一群人拦住了。他们听说我找郭洼矿，就给我指了一个相反的方向。结果可想而知，我在县城四周兜了好几个圈子，也没找到郭洼矿。

我回到县城的时候，冯主任又给我摆了酒。我很生气，我不喝酒。冯主任就一个人吹酒瓶子，吹着吹着，舌头就硬了。

冯主任说："你，你听我说句醉话，我，我矿的基本经验，就，就，就是地处偏远，各，各级领导来的少。"冯主任问我信不信？我这才明白，这边一有人来，矿上就敲钟报警了。

我还挖什么材料呢？冯主任的话，全都有了。

领导随意

走 猫 步

会后,各单位又层层召开了形式雷同的表彰会,更多的人学会了走猫步。

要开表彰会了。

会议通知是以红头文件下发的, 会议的重要程度达到了 A 级。书面通知刚发下来,电话通知又到了,要求受表彰的人员,上午 10 点半彩排,以确保下午 2 点钟会议顺利进行。下通知的人说,凡不参加彩排者,就地取消领奖资格。

接到通知,老牛就往宾馆赶,参加彩排。老牛一条腿长,一条腿短,走起路来,光嫌地不平。紧赶慢赶,总算没遭到召集人的冷眼。

召集人做了简短的说明,指出了彩排的必要性。由于奖项多,获奖人员多,为了避免混乱,必须彩排。更重要的是,电视台还要录像,如果乱糟糟的,像个骡马大会,怎么给群众播放?

召集人强调,这是一项严肃的政治任务,希望每个参加彩排的同志,以大局为重,重视每一秒钟,练好每一分钟,确保大会圆满成功。

听召集人这么说,老牛就很别扭。不就是个表彰会嘛,又不是天安门大阅兵!下午 2 点开会,上午 10 点半彩排，中间还有三个半钟头呢。老牛越想越别扭，想拔腿走人，可大门已经锁上了，插翅难飞！

召集人喊过来一些小姐，让大家向她们学习走猫步，也就是像时装模特那样，扭胯甩腚。小姐们穿着紫色金丝绒旗袍，美腿在袍衩间若隐若现，惊得老牛目瞪口呆。召集人说，为什么要练猫步？因为主席台前面的过道太窄，不能阔步前进，必须两腿夹紧。大家围到主席台一看，前面摆着一溜花盆，桌子与花盆之间的过道，只有一尺宽，要想站到过道上领奖，必须走猫步过来。否则的话，就会把花盆踢翻，闹出乱子来。

老牛等人都很听话，向小姐学习走猫步。可他们多是些五大三粗的男爷们，闹得满头大汗，也难走出小姐那般款款风度来。

练了老半天，除了老牛之外，大家总算不踢花盆了。召集人就对老牛单兵教练。老牛两条腿长短不齐，一着急，走路就划圈儿。通过主席台过道时，他踢翻了一个花盆，又踢翻了一个花盆，接连踢翻了好几个花盆。有一次，还把花盆踢到了主席台下。召集人瞪着眼睛说：你怎么回事？让你闪亮登场，可你也不能一个劲踢花盆呀！

众人一通爆笑，臊得老牛脸色通红。

一直练到中午12点半，盒饭都送过来了，老牛也没过关。饭后，别人都坐下休息了，专等着2点钟开会了，老牛还在练习走猫步。老牛亦步亦趋的样子，很艰难，很像红军爬雪山、过草地。有人就看不下去了，跟召集人说情，说老牛那条腿是哪年哪年工伤砸坏的。

召集人动了恻隐之心，对老牛说：大舞台给你了，可你无法施展拳脚！我看，这样吧，为了确保会场的整体效果，你就算了吧，也别上台领奖了。你的证书和奖品，直接到会务组拿吧！

老牛得到了解脱，心里并不舒服。他是因为一条腿受了工伤，干不了力气活，领导才让他当安全员的。他经常拿自己这条腿，给工友们上课，也因此把工作做得有声有色，被评上了安全管理先进工作者。可现在，又因为这条腿，走不成猫步，不能上台领奖！

……

表彰大会取得了圆满的成功。

会后，各单位又层层召开了形式雷同的表彰会，更多的人学会了走猫步。老牛伴在猫步们的旁边，仍是走路划圈儿，一步一个弯弯的脚印。

领导随意

黑匣子

电信局在公安部门的配合下，终于查出来一些单位的会议室里安放了黑匣子。

单位经常开会。每次开会，都有噪声干扰。干扰源就是手机和传呼机。不是这个"叽叽叽"，就是那个"嘀嘀嘀"，小机器随时哼唧，不绝于耳，会议室就乱得像养鸡场。于是，老一宣布说："开会时间，手机、传呼机一律关掉，任何人都不许开机。"

老一忍痛割爱，做出姿态，带头把自己的手机关了。老一的手机戳在桌子上，像个不说话的警察，会议室马上就安静了许多。

可还是有人阳奉阴违，悄悄把机器调整到了"振动"位置上，一有信号打进来，便做掩耳盗铃状，将头夹在裤裆里，叽叽咕咕。也有人听见机器振动了，就起身去外面接打电话，像走马灯一样。老一看在眼里，气在心里。可他又不想点名批评谁。下来后，老一对纪委书记老赵和工会主席老田说："你们俩拿个办法，给我彻底整治整治会场纪律。"

老赵和老田都是领导班子成员，老赵排第八，老田排第九，天天总爱往一块凑。老赵对老田说："老一说了，

你看咋办？"

老田笑道："你说咋办就咋办，咋办我都没意见。"

两个人又发开了牢骚。老赵说："咱俩又没有手机，怎么去说手机的事？九个班子成员，就咱俩没有手机，连底下的科长和小车司机都不如。"

老田也说："可不是嘛，要不是你和老一说了，连传呼机也不会给咱俩配呀。你说咱俩掉价不掉价？大街上的小屁孩，都带传呼机了，他娘一呼他，他就回家吃饭了。"

两个人东扯葫芦西扯瓢，就听见有人敲门。打开门一看，有个人举着黑匣子说："看一看，瞧一瞧，新产品，新型号，多功能声波干扰器，专门干扰手机、传呼机信号，让大家专心听领导作报告！"

老赵眼睛一亮说："嘿，真是雪中送炭，老田，工会掏钱，买一个！"

老田笑道："工会掏钱可以，问题是放到会议室里，老一会不会愿意？"

老赵说："这有什么，利用高科技嘛，措施更得力！"

老田和老赵嘀咕好了，就买了个黑匣子。

果然，黑匣子放到会议室里，效果很好。再开会的时候，再也听不见闹心的"叽叽叽"和"嘀嘀嘀"了。是的，老田和老赵把黑匣子藏得十分隐秘，连老一都没告诉。

不过，老一还是知道了。

近日，许多用户向电信局提出了投诉，因为他们的手机、传呼机接不到信号了。电信局在公安部门的配合下，终于查出来一些单位的会议室里安放了黑匣子。当然，也包括老一这个单位。

老一主持召开了民主生活会，老赵和老田做了深刻检讨。会议结束的时候，老一说道："这次民主生活会，班子达到了空前的团结。"最后，老一宣布说，班子成员的待遇都一样，给老赵和老田每人配个手机。

打 门 球

打门球的秘诀就是千方百计给对方设置障碍。

老林退下来了,老丘也退下来了,在家没事干,都去打门球了。一个打红队,一个打白队,挥着球杆,打得很欢。

过去,在职的时候,他们俩的办公室门对门。两人都有实权,都可以批条子、签字。有时候,老林把条子批给老丘;有时候,老丘把条子批给老林。批来批去,就成了踢皮球,从这门踢进那门,从那门踢进这门。有人就说,这两个老家伙,要是进了国家体委,中国足球早就冲出亚洲了。

小小门球场,有若万里疆场。红队白队交锋厮杀,硝烟弥漫。老林和老丘都很投入,都恨不得把对方杀得片甲不留。

当然了,老林和老丘之间,免不了唇枪舌剑。老林为了捍卫红队,老丘为了捍卫白队,往往吵得脸红脖子粗。一个说,看我哪天不灭了你! 另一个说,等着我好好修理你!

其实,他们在职的时候,早就互相灭过几百回了,

早就互相修理过几百遍了。老丘要办的事,到老林这儿,绿灯总是不亮。老林要办的事,到老丘那儿,红灯总是亮起来。

红队里有老林这样的队员,白队里有老丘这样的队员,就很有气场。双方人气兴旺,斗志昂扬。

凡是有老林和老丘上场的比赛,总是打得热闹非常。

省里要组织老同志赛门球了,老林和老丘都被选进了代表队,代表单位去省里打球。领导提出了目标,一定要摘块奖牌回来。领导还让队员们互相切磋,交换心得,全面提高竞技素质。

说实话,老林有老林的高招,老丘有老丘的绝活。可两人就是不配合,一开练,就搞摩擦,各吹各的号,各敲各的锣。领导就想换人,想把他俩换下去,挑两个老实厚道的退休老工人上来。不能因为他俩搞摩擦,影响达标夺魁。

老林和老丘听说了领导的意图,都不愿意了,竟厮跟着来找领导了。

老林说:打门球的秘诀就是千方百计给对方设置障碍。一般的队员,具备这样的素质吗?

老丘说:难就难在给对方使绊子,谁有这方面的素养?领导应该心中有数嘛。

领导想想也是。这两个老家伙,当了二十几年科长,早就是这方面的高手了。领导过去是老林和老丘的领导,对他们太了解了。

领导笑了笑,没再说啥。领导看见,老林和老丘手拉着手,像两个老朋友。

报 销

人人都沉浸在欢快的气氛中,只有小顾一个人在脑子里转轴。

小顾有张条子,需要领导给报销。可老一甩着冷脸,不认账了。老一说,什么猴年马月的事,我怎么不知道?

小顾说,不就是上个月的事吗,你派我去开会,这是会务费!

老一说,去开个破会,吃喝玩乐,还要报会务费,真是岂有此理!

小顾无话可说。开会回来,老一把路费给报了,800块钱会务费却给挑了出来。当时,老一说,会务费没法进账,以后再说吧。屁股就这样没擦干净。

小顾不知道自己怎么得罪了老一。老一天天到外面潇洒,怎么就能进账?还是自己不小心,惹老一生气了。大概是开会回来,没给老一带纪念品。到那个破地方开会,除了石头就是草根,也没啥可带的呀。想到这里,小顾真后悔。就是上百货楼随便买点啥,冒充一下当地的土特产,也是个对领导的态度问题呀。

条子揣在兜里,每天都让小顾心里犯堵,800块钱就这么打水漂了吗?小顾很不甘心,于是就开始瞅

机会了。

机会果真就来了。

单位要举行个签字仪式，老一同每个中层管理者签订绩效合同书。小顾被点了卯，由他拿着一摞合同书，站在老一身后，一份一份递给老一，让老一和每个人签字。

小顾想，也只能先当小人，再当君子了。

签字仪式隆重热烈。老一的表情十分丰富，亲切地同下属们握手，然后，一一签字，然后，一一合影。下属们都很感动，在老一面前咧着嘴傻笑。人人都沉浸在欢快的气氛中，只有小顾一个人在脑子里转轴。他悄悄地拿出来那张会务费的条子，夹到了一份合同书里，送到了签字台上。接下来的事情，比想像得还要顺利，老一看都没看，大笔一挥，就把条子给签了！

说实话，小顾心里还是有些发毛的。当他拿着条子去财务报销的时候，居然有了一种犯罪的感觉。

让小顾想不到的是，第二天，老一在走廊上见了他，笑容十分和蔼。老一说，小顾啊，把你那张条子拿来吧，不就是 800 块钱嘛，我给你签字，报销算了！

领
导
随
意

小顾吓了一跳，弄不清老一是真的还是装的。这回，自己是死定了。小顾横下一条心，死猪不怕开水烫，随他便吧！

小顾再也不想和老一照面了。

有时候，在走廊上，小顾会碰上老一。小顾朝老一笑笑，老一朝小顾笑笑。谁都不再提报销的事。

还　礼

老方经常开会，老方最喜欢开会，老方是会中有会，家外有家！

老方刚跨进会议室，就有人给他递了个红包。这可真的让老方喜出望外了。老方红着脸，向会议召集人郭局长致意。郭局长笑佛般地说：老方来了？快请坐吧！

郭局长主持会议，谈笑风生，把与会人员隆重推出了一遍。当郭局长介绍到老方时，老方的耳朵热了起来。因为他听见有人悄声说，咱这会议是什么规格，谁都敢混进来？！

老方这才意识到，可能出差错了。望望在座的那些头面人物，都是经常在电视里晃脸的，老方的身子就矮了半截。他知道，论地位，自己还不够格出席这个会议。可自己明明是接到电话通知的。也许真的搞错了，要么通知的是另一个会，要么是自己听的不对！

年底会多。郭局长神吹了一通，说还要去3号会议室，那边还等着他讲话呢。说完，就昂首走了出去。老方突然想起来了，前天，电话通知他在3号会议室开会，可现在自己却坐在2号会议室。老方的胖脸，马上就出了热汗。稍停片刻，老方迈着猫步，悄悄地溜出了2号会议室。

老方摸进了 3 号会议室,果然,看见郭局长在里边。郭局长看见老方进来了,开口笑道:哈,老方,你来晚了!罚款罚款,掏100块钱请客!

众人都跟着打哈哈,他们都和老方很熟。

老方咧嘴笑笑,坐住了屁股。郭局长还是老一套,连说带笑,把与会者隆重推出了一遍。介绍到老方的时候,郭局长十分夸张:老方经常开会,老方最喜欢开会,老方是会中有会,家外有家!

众人大笑。老方急忙辩解:不敢不敢,不敢违抗《婚姻法》!

老方急出了一头热汗,引得众人再次大笑。郭局长又神吹了一阵子,起立说,2 号会议室那边,还要继续讲话,中午,一块儿多喝两杯!

郭局长回 2 号会议室去了,老方总算把心装到肚子里了。他怕郭局长拿他开涮,把他给卖了,还让他帮助数钱。老方注意到,3 号这边,没有发红包,人员的档次也不一样,净是些土头土脑的基层人物。老方怀里揣着从 2 号领的红包,却高兴不起来。他心里明白,2 号那边,本来就没有下他的米,是他阴差阳错,白拿了人家一个红包。

老方的心里就不舒服了,会议也就听得马马虎虎了。

中午,两个会议的人,并到了一个饭店喝酒。郭局长举着酒杯,挨桌敬酒。老方躲开了郭局长,去了卫生间。

老方早早地出了饭店,进了一家商场。他已经想好了,红包给的是 300 块钱,他要给郭局长花回去。老方又添上 200 块钱,买了两瓶五粮液。

老方的心,总算踏实一些了。

老方坐在楼下的传达室里,等郭局长上楼。他已经打过郭局长的手机了,郭局长说马上从饭店回来,要他等十分钟。老方就在传达室里和老头说话,不时地用目光睃着窗外的行人。

可是,老方等到下午 3 点,郭局长也没来。老方等得心急,又给郭局长打了个手机。郭局长还是说,十分钟就到。可是,又过了好几个十分钟,郭局长还是没来。老方实在忍耐不住了,又打郭局长的手机。郭局长在手机里说,真没办法,有个急事要办,下午过不去了! 老方索性说:郭局长,我给您买了两瓶酒,放在哪儿呢?

211

领
导
随
意

郭局长打着哈哈,要老方把酒交给传达室老头。

老方考虑了一下,出门给老头买了一条香烟。只有这么办,他才放心地把任务落实给老头。花出去超过红包一倍的钱,老方的心,总算踏实了。

过了两天,老方接到了郭局长打过来的电话。郭局长批评老方,不该给他买酒。批评之后,郭局长笑呵呵地通知老方:下周一,上午9点,务必来开个座谈会,记住了,在1号会议室!

大　院

他又摸到了大门的进口处,再次进了院子,再次看了那些明晃晃的轿车,然后才摸出来。

儿子就在这个大院里上班。

郭老汉一直想进院里看看。据说,院里美着呢,像大花园一样美丽。

郭老汉刚刚走到院门口,就有人过来赶他:"去!去!去!"

郭老汉想不明白,为什么不让进。一连几次,郭老汉想往里闯,都没闯进去。他想跟把门的人说说,不等他说,人家马上就赶他:"去! 去! 去!"

郭老汉只好远远地朝大门里观望。他越看越奇怪,一群一群人往外出,就是不见有人往里进。这些人是从哪里进去的呢?

郭老汉到底想明白了,很快就找到了大院的另一个门。果然,这个大门只往里放人,不见有人出来。

郭老汉就挺直了胸脯,大摇大摆地进到了大门里。院子真大啊,想像不到的大。在一幢高楼下面,停着许多高级轿车。一些高级轿车在阳光下明晃晃地发亮。

哪一辆车是儿子坐的呢? 郭老汉自豪地想。

郭老汉看了半天，才依依不舍地移步离开了，郭老汉找到了大院的出口，也就是人家不让他进的那个门。门卫龇着牙朝天打着响亮的喷嚏，对他视而不见。看样子，门卫对出来的人是不盘问的。不问才好呢。郭老汉真不想让人家过来盘问他，他无法跟人家说明白进来的目的，也不愿意跟人家说。

出了大门，郭老汉深深地舒了口长气。

郭老汉感到不过瘾，还是想进去再看看。他又摸到了大门的进口处，再次进了院子，再次看了那些明晃晃的轿车，然后才摸出来。

仍然是不过瘾，于是再摸到门里去，又再摸到门出来。就这样，进进出出，郭老汉走了五趟。

把眼睛看花了，这才过足了瘾。

但就在他第五次出门的时候，遇到了麻烦。门卫把他喊住了，不叫他走。刚才，两边的门卫互相通过电话了，他们一致觉得这个老家伙是可疑分子。

"你是干什么的？"门卫凶道。

郭老汉不说，不想说。

门卫就叫来了一个小头头，小头头就将郭老汉带走了，把郭老汉带到了一间空房子里，命令他面朝墙蹲下。

蹲了很长时间，小头头才开始审他，郭老汉就是不说话，小头头审不出个子丑寅卯来，就有些烦，就骂了郭老汉几句，就叫他滚。

郭老汉找到了被释放的感觉，就往大门外走。门卫恶狠狠地瞪着他，像要一口咬死他。

这时候，有个人从大门口朝里走了，门卫忙变作笑脸迎了上去。可那个人并没有对门卫微笑，反而对着郭老汉笑道："爹，您怎么来啦？"

郭老汉没有给儿子好脸："这个门只让出不让进，你咋就能往里进？你老光棍？"

儿子被爹说成了一张大红脸，傻笑着，不敢回话。

第 六 辑

城 市 新 闻

老汪的名片

> 老汪一阵冷笑，决定来一次崭新的突破，彻底镇住那些和自己齐名争天下的人。

秦德龙官场小说

老汪交际广泛，东西南北中，工农商学兵，各方面都有朋友。许多人能以认识老汪而荣幸，少不了要向他讨张名片。

"什么名片？俗！真俗！"老汪手拍着沙发，一副高深的样子。有时候，老汪为了显示自己脱俗，就顺手写一张名片，歪歪扭扭的，比蚂蚁爬还难看。对方接过老汪的手迹，都说老汪的书法朴拙，值得收藏。

当然，老汪从前是印过名片的，而且也像撒传单一样，到处散发。由于他混事的地方多了，所以名片也经常更换。最显著的有几次。一次是印了手机号，一次是印了银行账号，一次是印了汽车牌号，一次是印了伊妹网址。有个喜欢收藏名片的人说，老汪的名片，浓缩了一个放羊娃到总经理的奋斗史。老汪现在混得十分抢眼，只要他咳嗽一声，小孩都能打个激灵。你说这样的大腕，还用得着给别人发名片吗？

老汪经常上电视，光彩照人，没人不认得他。况且，老汪身边总有漂亮的女人陪着，这就更容易让人记住他

了。悟性高的人都说，瞧，人家汪总的"名片"，多他妈带劲！

用漂亮的女人做名片，的确惊世骇俗。老汪走到哪里，都把"名片"带到哪里，很让人眼气。

于是，有人便效仿老汪，也弄个女人带在身边，在公共场所出风头。一般地说，这种女人很可能是从洗头城泡来的。总之，是一次性消费，用过即作废。但不管怎么说，有了这样的"名片"，也算是和老汪站到一个台阶上了。你有俺也有，而且，每次都换新"名片"，比你老汪还创新呢。

老汪意识到了这个问题，鼻子就有些歪了。你们那也叫"名片"？什么档次？敢和我老汪比？老汪一阵冷笑，决定来一次崭新的突破，彻底镇住那些和自己齐名争天下的人。

有一天，又是一个腕们聚会的日子。老汪与大家见面之后说，要发给大家名片。话音刚落，就见一群靓女闪亮登场。众腕们眼花缭乱，无不尽情赏阅，不知不觉中，细脖子和肥肚子早被玉臂牢牢锁住了。

老汪的"名片"发了出去，大获全胜。腕们自带的"名片"，被打得落花流水。从此，再没人敢和老汪比名片了。

217

领
导
随
意

戒烟办主任

我用的就是你管不住自己，正因为你管不住自己，才会去管别人！

老郭是个大烟囱，走到哪儿，冒到哪儿。顺着他丢的那些烟屁股去找，准保能揪住他的粗尾巴。

这么一个爱抽烟的老郭，却担任着"戒烟办"主任。单位的烟民太多，爱卫会每次来检查，都要亮黄牌。不但爱卫会来亮黄牌，文明委、环保局、消防队等，也来亮黄牌。一亮黄牌，就罚分。罚了分，就等于流失了一大笔钱。领导怪心疼钱，就成立了一个"戒烟办"，责成老郭把戒烟进行到底。

老郭很是认真，买了很多"请勿吸烟"的牌子，往门上钉钉，往墙上挂挂，大造声势。老郭还专门给财务科的桌子上，放了好几块牌子，让女会计们喜欢。老郭挨屋上牌子，嘴上叼着烟卷，看上去十分神仙。有人笑道："老郭，带头戒烟啊，严格自律！"

老郭眯缝着眼，笑笑。皮笑笑，肉却不笑，一副大黏糊神态。

会议室里，也被老郭摆上了牌子。开会的时候，大家围着圆桌，比赛着吹烟圈，对牌子熟视无睹。有人提

示老郭,该出面管一管嘛。

让人想不到的是,老郭不但不管,还给桌上加了几个烟灰缸。有人拿眼瞪他,他就笑笑。皮笑笑,肉却不笑,一副大黏糊神态。

戒烟室的牌子也挂上了,老郭买来沙发、茶几,还有塑料假花,又订上了两份报纸。老郭在一楼大厅里贴了通知,欢迎同志们到戒烟室吸烟。有的同志就动了念头,很想到戒烟室过把瘾,顺便打打牌。可是一找老郭,他却说找不到钥匙了。你和他急眼,他就笑笑。皮笑笑,肉却不笑,一副大黏糊神态。

大家都说,老郭这个人是不是睡不醒?

其实,老郭并不是睡不醒,一到星期五下午,他的眼球就开始发亮,领着几个人,挨屋捡烟头。捡一个烟头,往小本上划一道,累计成"正"字,报到劳资科去扣奖金。当然,只有星期五下午,老郭自己的嘴上才没有烟头,别人也捡不住他丢的烟头。

这可真是,一个大烟囱,整天随地乱丢烟头,却在检查别人丢烟头,这就让许多人想不通。想不通,就去找领导,大家一致揭发,地上的许多烟头,都是老郭丢的,他有什么资格检查别人?大家一致要求罢免老郭的"戒烟办"主任,因为他不能以身作则。

219

领导随意

领导笑笑说:"我看老郭同志还是很称职的嘛!"

大家都认为领导说的是胡话,有意替老郭护短。领导又笑了笑,指着墙上那几面锦旗说:"没有老郭同志的努力,这些锦旗,能这么快就到手吗?有了这些锦旗,再也没人来亮黄牌了!对吧?"

听领导这么一说,大家才若有所思。

老郭听说群众反映他,就主动找到领导,要求辞去"戒烟办"主任,因为自己实在是管不住自己,总想吸烟,总是乱丢烟头。

领导笑道:"我用的就是你管不住自己,正因为你管不住自己,才会去管别人!"

老郭笑了。这一回,老郭的皮在笑,肉也在笑。领导真是明察秋毫啊,看到老郭的心坎里去了。说实话,老郭每天都要瞅准地方,故意丢几个烟头。

微笑的马甲

> 谁来要马甲,新领导都给他。神仙们得了马甲,果然就不鼓噪了,单位里就显得风平浪静了。

单位不大,神仙不少。总有人爱瞎鼓捣,就把单位弄得风雨飘摇。

有一天,来了个新领导。

新领导笑眯眯的,穿一件马甲,很随和。新领导一来,众神仙就围到了跟前,这个嘘寒,那个问暖,要把新领导感动。新领导果真就很受感动:同志们,我是来和你们说话的,我的主要工作就是和你们说话,希望大家支持我的工作啊。

众神仙全都咧着嘴欢笑。

新领导就每天开故事会,给众神仙讲古说今。新领导讲故事的同时,乐呵呵地把工作给布置了。神仙们听故事的同时,笑嘻嘻地把任务领走了。

神仙们都不是省油的灯,都想在给公家点灯的同时,让自家的小灯更亮些。他们就显出很亲热的样子,和新领导说这说那,顺便把自己的小算盘给掏出来了,希望得到新领导的认可。新领导一边点头,一边微笑,十分爽快:行,行啊,我看行! 去办吧,好事办好!

不就是某某想坐到主席台上嘛。

不就是某某想要一张新桌子嘛。

不就是某某想用一次小车嘛。

不就是某某想调换个房间嘛。

不就是某某想弄个新电脑嘛。

……

好说，好说，全都好说。新领导几乎不打任何折扣，对谁都说OK。这就让众神仙挑大拇指了。他们当场就说：领导，瞧您穿个马甲，多像电视剧里的大清皇帝啊！

新领导脸拉着，嘴却笑着：瞎说，尽瞎说！什么大清皇帝？那是腐朽的陈尸！

有好心人就很担心，怕新领导听了甜言蜜语，脑子迷糊了，分不清香臭。这些好心人都看出来了，新领导是个好人，他们可不想看着好人掉进泥潭里。于是，他们就提醒新领导，要注意哪些人，要留心哪些事。

新领导很真诚地向好心人致谢。然后，新领导开始和好心人说自己的理由。新领导讲了一个故事，故事的大致意思是，有人要什么，就给他什么，让他找到当皇帝的感觉，他就平衡了，就不瞎鼓捣了。新领导还引用了一句西方谚语说："给他个皇帝做，又能怎么样！"

新领导说到这里，就把身上的马甲脱下来了。新领导说：谁要马甲，我都给他，给他个马甲穿，又能怎么样！

好心人被新领导说得开怀大笑。

从此，新领导在人们的眼里就成了个批发马甲的人。谁来要马甲，新领导都给他。神仙们得了马甲，果然就不鼓噪了，单位里就显得风平浪静了。

新领导对好心人说：不就是个马甲嘛，给他个马甲穿，又能怎么样？早晚，他要立地成佛的！

请小姐说话

猪八戒怎么啦？猪八戒也是历史名流！还是吃面条幸福嘛！

林三说好了要来，可八道菜都上齐了，他还没露面。林三给领导当秘书，也是身不由己。那就先把酒喝起来，等他来了，罚他三杯。

酒过三巡，林三还没来到。鱼头忍不住说，林三这小子，准是和刘总在一块。刘总是个酒迷瞪，不把林三灌醉不拉倒。

林三也真不容易，当个破秘书，八小时之外也没自由。鱼头一边说，一边掏出手机，要给林三打过去。手机通了，鱼头却把手机递给了立在身后的小姐：请你帮个忙，就说"快回家吃饭！"

小姐笑笑，对着手机，甜甜地说：老公啊，你快回家吃饭啊！

众人这才明白鱼头的把戏，一边笑，一边骂鱼头腐败。鱼头夸奖小姐表演得到位，甩给小姐10块钱小费。

大家继续喝酒，边喝边等林三。鱼头骂道：林三这小子，真不够意思，扔下一帮哥们，陪一个老酒鬼！

有人说，林三混到总经理身边，也不光是陪着喝

酒,还陪着到处考察呢,前不久,林三上了电视,跟着总经理去了幼儿园,一下一下地拍手,像个弱智儿童。也有人说,什么弱智,人家是大智若愚!没看见嘛,走到哪儿,都是宝马香车!

众人都鼓动鱼头,再给林三打手机催催。于是,鱼头又喊过来小姐,笑眯眯地说:请你再当一次林秘书的老婆,声音再嗲一些!

小姐笑笑,接过了手机。老公啊,你怎么还不回来呀,让人家好好急呀,真烦人哦!

小姐表演得惟妙惟肖,众人纷纷鼓掌喝彩,都说小姐学得像林秘书的老婆。鱼头又拔出 10 块钱来,给了小姐。

大家嘴上说再等等林三,可盘子早就被筷子叨得见了底。鱼头又加了几道菜,说今晚让林三结账,好好宰他一回!

林三终于赶过来了。

林三红光满面,一进来,就说自己陪着刘总喝了一瓶二锅头。说完,他要了一碗面条,轰轰隆隆地吃了起来。众人看着他的吃相,都觉得可笑,鱼头提醒他注意,吃面条不要乱吧唧嘴,容易让人想起来猪八戒的后代。

223

领导随意

林三抹着嘴说:猪八戒怎么啦?猪八戒也是历史名流!还是吃面条幸福嘛! 酒是孬孙,越喝越晕!

说话间,林三看见了立在身边的小姐,马上笑道:是你伪装的我老婆吧,装得真像! 要不然,刘总不会把我当个屁放掉!

小姐也笑了:林秘书,其实,我装你老婆,也不是第一次了!

林三大笑:对,对! 算这一次,是第 8 次了吧?

鱼头等人面面相觑,继而哄堂大笑。林三也笑,小姐也笑,仿佛他们俩是一家人了。众人的笑容刚刚散去,却见林三板着脸说:小姐,你说实话,除了伪装成我的老婆,你还伪装过谁的老婆?!

小姐刚才还美目兮兮,此刻却是杏眼圆睁:你以为你是谁呀?!

鱼头揪了揪林三的耳朵,说林三喝醉了。

林三硬说自己没醉,拉住小姐的手,哞哞地哭了起来。鱼头说他这样不好。鱼头又摸了摸兜,摸出 50 块钱来,塞给小姐,请她当面装一次林三的老婆,把林三哄好。不然的话,林三耍起酒疯来,那可就不是某个秘书的一般水平了。

城 市 新 闻

然后，市长搭乘了不同线路的公共汽车，像普通市民逛街一样，转悠了一天。

市长时不时有出格的举动，让人摸不住大小头。早上，市长打电话给司机，说不用开车接他了，他坐公共汽车上班。司机忙得早饭都没吃，直接找到办公室主任，做了紧急报告。

办公室主任也有些发蒙，掀开了手机盖，向有关部门发出了短信息。

市长已经从家里出来，步行到公共汽车站牌下等车。有人认出来市长，但又不便于打招呼。谁知道市长为什么要坐公共汽车？别是遇到了什么倒霉的事吧。就算是他微服私访，还不是想作秀嘛？市长要作秀，就更不要搭理他，让他尴尬，让他难受。

公共汽车开过来了，市长上了车。市长像个普通乘客一样，投了一枚硬币。没人给市长让座，市长抓住栏杆，随着车身摇摆起来。

第一站到了，有人下车，有人上车。交通局局长上了车。交通局局长快步移到市长面前，夸张地说："市长，早晨好！"市长微微一怔："局长，你也早晨好！"

交通局局长站稳了身子,对一个中年人说:"同志,请您把座位让出来好吗?让给市长。"

中年人看了看市长,很不情愿地拔起了身子。市长连忙按住他:"不用,不用,我站着挺好。"

交通局局长瞪着那位中年人,眼睛要瞪出血来。

第二站到了,有人下车,有人上车。公安局局长上了车。公安局局长快步移到了市长面前,夸张地说:"市长,早晨好!"市长微微一怔:"局长,你也早晨好!"

公安局局长站稳了身子,对一个青年人说:"小伙子,把座位让出来好吗?让给市长。"

青年人看看市长,有些不情愿,但还是拔起了身子。市长连忙按住他:"不用,不用,我站着挺好。"

公安局局长瞪着那个青年人,眼睛要瞪出血来。

第三站到了,有人下车,有人上车,城建局局长上了车。城建局局长快步移到市长面前……

第四站到了,有人下车,有人上车,宣传部部长上了车……

……

第五站到了,有人下车,有人上车……

……

领
导
随
意

第十站到了,到了市政府门前。

市长下了车。交通局局长、公安局局长、城建局局长、宣传部部长、人事局局长、民政局局长……全都下了车。九个局、部、委的头头身后,都贴着两个随从。市长一看就乐了。市长掰着手指,一个个清点人数。"好家伙,刚才那一车,老百姓都下去了,把咱们装了一车!"

局、部、委的头头们都堆出了笑容,都说是乘公共汽车上班,碰巧与市长同乘一辆车子,心里真高兴。

市长说道:"真是这样,同志们就太可爱了!"

办公室主任已经在市政府门前恭候多时了,是小车司机把他接过来的。办公室主任交给市长一个文件夹,告诉市长,今天的工作安排,都在夹子里。

市长说："谢谢你的安排。不过，今天，我想自己安排安排，在市区里转转！"

办公室主任做出低眉顺眼的样子，说车子老早就准备好了，去哪儿随时出发。

市长说："今天，就不用小车了，坐公共汽车，挺好！"市长说着，跳上了才开过来的一辆公共汽车。

各局、部、委的头头，也随在市长的身后，跳上了公共汽车。办公室主任也跳上来了。办公室主任一跳上车，就对司机发话："开车！"

市长看着司机，咧嘴乐了，竟是给他开小车的专职司机。

司机红着脸说："市长，我已经到公交公司工作了！今天，我开出的首班车，欢迎市长乘坐！"

市长哈哈笑道："好啊，办事效率真快呀！"

公共汽车向前驶去。

每到一站，市长就撵下去一个，一站撵下去一个。到第十站，连办公室主任和司机一块撵下去了。

市长自己开着车，开到了公交公司。

然后，市长搭乘了不同线路的公共汽车，像普通市民逛街一样，转悠了一天。

第二天，城市早报头版头条，刊登了记者采写的独家新闻：《市长乘坐公交，得民心之举》。报纸送到市长办公桌上，市长抓起笔来，在报头批了两个字："放屁！"

主任拿着报纸，到各局、部、委传达去了。

秦德龙官场小说

226

学 会 愤 怒

> 茫茫人海,芸芸众生,我们身边不光是鲜花和微笑,往往还有陷阱和欺诈。

老雷在机关混了好多年,还是没混到一定的位置上。眼看着许多幼苗长成参天大树了,自己还是个生木橛子。主要是因为老雷的脾气大,看见不顺眼的事,就爱发火。领导们当然不会把这样的火罐安放在重要的位置上了。

也有好心的人劝老雷改改脾气,不要动不动就冒烟儿。老雷把眼一瞪说:"我这挂鞭,一点就着!"

好心人意味深长地笑了笑,扬起手中的一张剪报说:"你好好研读研读吧。"

老雷接过剪报一看,是篇《愤怒指南》。老雷当场就笑了,边笑边读:"茫茫人海,芸芸众生,我们身边不光是鲜花和微笑,往往还有陷阱和欺诈,因此,我们最好要学会愤怒。表达愤怒是一种技巧,也是一种机智……"

老雷若有所思地点着头,不能不承认人家说的有道理。看看身边的人,一个比一个深沉,都闷声不吭地往前奋蹄,一步一个台阶爬上去了。可自己呢,至今仍在原地踏步,不就是脾气赖,经常自我爆炸嘛。且不说进步了,不定哪一天,身上鼓出来个癌细胞,那才叫大傻子呢。

《愤怒指南》真是好，老雷的脑子开了壳。"就事论事"原则、"即席表达"原则、"考虑后果"原则，一条比一条道理精辟，老雷当场就有了"学习使人进步"之感慨。老雷想，看起来，愤怒也是一门学问哩，过去，自己放瞎炮，浪费了多少宝贵的炮弹啊。

老雷就决定按照《愤怒指南》，来指导自己的愤怒了。

有一天，老雷看见一个同事往家里拿公家的拖把。要是在从前，老雷当场就会责问他，为什么损公肥私？还拿过公家哪些东西？不管那人说不说，老雷肯定会联想到他的种种劣迹。可现在老雷一想起"就事论事"原则，冒起来的火苗就渐渐平息下去了。他要回去后进行客观分析，再得出结论。有了结论，再发火也不迟嘛。奇怪的是，老雷后来竟把这件事给忘了。等以后再想起来时，耳畔又有"即席表达"的原则在警戒着。这样，老雷就感到实在没有发火的必要了。

当然了，"考虑后果"的原则，老雷也是逐渐领悟的。过去，老雷对许多事情看不惯，常常乱放横炮。可达到什么目的了呢？什么目的都没有达到，反而把自己气得肚子疼。人家照旧我行我素，并不因为老雷这样的群众发火了，就终止为所欲为。学习了《愤怒指南》，老雷开始睁一只眼闭一只眼了。因为他认识到，不考虑后果，即便自己"龙眼大怒"，又能怎么样？也许会受到更大的伤害。

老雷的心态渐渐平和了。让那些说了算的人去发火吧。说了不算的人就闭住臭嘴吧。

不想再发火的老雷，还是会碰见上火的事。许多事情是客观存在，并不以老雷的意志为转移。最近，老雷的单位出了一窝子贪官。你说让不让人心里上火？贪官们做了许多坏事、丑事，却在研究让群众下岗。人们都气愤得不得了，巴不得枪毙贪官。大家都希望老雷说说，听他向腐败分子开炮，那才叫过瘾。可是大家却发现，老雷在做"半仙"状，咧着嘴光笑，连个屁都不放。有人就问老雷："你怎么啦？哑巴啦？"

老雷说："我很生气，我一听说腐败分子，就很生气。可我真不知道该怎么表达自己的心情！真累呀，真累！我的心好累！"老雷边说边笑，一副没心没肺的样子。

有人就说老雷："这个雷大炮，啥时候变了！"

眼　　镜

老万没有再戴眼镜，每天用一双花眼看世界，亦真亦幻，感觉挺不错。

老万想去配副眼镜，老万既不眼花，又不近视，却想配副眼镜。因为在这个单位，大家都戴眼镜，老万不戴就显得不美，老万不想出类拔萃。

当然了，单位里那些戴眼镜的人，并不都是因为近视，更不都是因为眼花。比如，单位的"幺尖"，年富力强，从来就没有戴过眼镜，可是从由"小二"晋升为"幺尖"后，一夜之间就带上了眼镜，在这个单位，谁当上了最大的领导，大家就管谁叫"幺尖"，就是扑克牌里的"黑桃 A"。

还有几个风韵犹存的半老徐娘，也戴上了眼镜，她们脸上戴着太阳镜，显出了几分老谋深算。

就不说近视眼了，人家本来就该戴眼镜。

也别说几个老花眼了，人家戴眼镜天经地义。

大家都戴眼镜，就老万不戴，就显得不协调。

老万就决定配一副眼镜戴。老万就进了眼镜店，选了最便宜的那种，弄一副平光镜戴上了。

老万戴着眼镜上班了。

大家看见老万戴眼镜，都哗哗哗笑开了，好像看见了新人类，就把老万搞得很不好意思。老万心说：有什么好笑的，我戴的是"二饼"，你们戴的不也是"二饼"？

老万就每天戴着眼镜环视大家。

过了一段时间，老万发现单位里有人把眼镜摘了，最先摘眼镜的是几个妙龄女子。这几个小娘子，都是领导家的闺女媳妇。据说，省城来了俄罗斯眼科专家，只需要花几千块钱，就能把近视眼割好。果然，这几个女子做过手术后，变得更加娇媚。后来，又有人安装了"博士伦"，效果也不错，看上去比戴眼镜帅多了。

后来，连"幺尖"也把眼镜摘了。

"幺尖"摘掉了眼镜，可真不好看，眼窝深陷着，十分丑陋，像只大灰狼。老万想提醒"幺尖"，但忍了忍，没说。

没说，就对了。没过几天，"幺尖"又戴上了一副高级墨镜，显得深不可测。

有一天，"幺尖"很偶然地和老万谈起了眼镜问题。"幺尖"说：老万啊，外单位的人都问我，说怎么连把大门的老万都戴上了眼镜？哈，人家以为你是知识分子呢，批评我埋没人才呢。

"幺尖"说得不知真假，令老万费尽了思量。

终于有人提示老万，不该看见的事情，即便看见了，也要装作没看见。

老万总算明白了，于是把眼镜摘下来了。

摘眼镜没几天，老万感觉出了不习惯，看什么东西，眼都发花。

老万知道，这回，眼睛真的花了。

老万没有再戴眼镜，每天用一双花眼看世界，亦真亦幻，感觉挺不错。

说 新 闻

官场上,相互攻击的少了,相互
吹捧的多了。

一大早,就有人来说新闻。说新闻的是红鼻子老朱。老朱说,医院门口发现小字报啦,指名道姓说"桑塔娜"跟袁厂长有一腿。老朱还说,小字报号召广大干部,擦亮眼睛。

听了新闻,老郑十分亢奋。老郑的办公室,是个信息集散地,谁有了新闻,都喜欢上这儿来说说。老郑笑道:我早就擦亮眼睛了,早就知道那娘们是颗肉弹,总有一天会爆炸!

众人大笑。谁不知道"桑塔娜"呢,都看见过她跳舞。她会跳新疆舞,会左右移动脑袋,一会儿把脑袋移到左肩膀上,一会儿把脑袋移到右肩膀上,很是精怪。人们早就议论,这娘们不简单,将来准能攀上大官。果不其然,也就是三五年光景,"桑塔娜"端上副处级的饭碗了。

老郑屋里的人不断,又过来个歇顶老徐。老徐也是来说新闻,来说小字报。他不是在医院门口看见的,他是在办公楼门口看见的。内容和老朱说的一样,他说的

领
导
随
意

更具体些。老朱说,小字报点了袁厂长,还点了廖某某!说廖某某"立场坚定,不为色相诱惑!"老徐笑道:廖某某是谁?不说也知道!

众人心领神会,又笑了起来,都端着耳朵,听老郑批讲。老郑说:噢,小字报是表扬廖某某呢!等哪一天,我见到廖某某,要当面表扬表扬他!

有人骂道:都是些男盗女娼,一肚子花花垃圾!

老郑继续说:这份小字报,是在特定背景下产生的,因为又要调整干部了!"桑塔娜"想把副处变成正处,有人不想让她变哩!

老郑又说:小字报点了廖某某,是正告他不要为"桑塔娜"说话,群众的眼睛在盯着他!

老郑还说:小字报为什么贴到医院门口和办公楼门口?因为这两处是贴讣告的地方,最吸引眼球!

大家都知道这两处地方,谁去见上帝了,就在这儿把谁给贴出来。想到把"桑塔娜"贴到讣告的位置,众人又掀起了一阵笑浪。那么,贴小字报的,会是什么人呢?

红鼻子老朱抢着说:不会是"桑塔娜"她丈夫吧?男人戴了这么多年绿帽子,什么事都能干得出来!

老郑打断老朱的话说:你真是个猪脑子,鼻子头咋能不红呢!

歇顶老徐接着说:我看也不一定是"桑塔娜"的对手干的。时下,官场上,相互攻击的少了,相互吹捧的多了。再者说,相互拆台,一起下台;相互补台,好戏连台嘛!

老郑笑道:老徐,你的看法,有道理,但不一定客观!没听说过嘛,有的官员,还雇人杀对手呢!

众人唏嘘有声。

众人说得正热闹,又有人推门进来,原来是鹅头占祥。大家一看见占祥,就噤了声。占祥伸着鹅脑袋说:议论什么呢?是不是小字报?占祥边说边环视众人,就看见了红鼻子老朱。老朱,你是不是看见小字报啦?

老朱的鼻子憋得通红。什么小字报?没听说啊,谁的小字报?

占祥笑了笑,又对歇顶老徐说:老徐,你呢?你也没看见小字报?

老徐一个劲用梳子整理头顶那几根杂草,边整理边说:没有啊,哪儿贴小字报啦?谁贴谁的小字报啦?

秦德龙官场小说

232

占祥瞪着眼珠说:你们真不知道啊？我跟你们说说。占祥拉了张椅子,坐下屁股说,今天早晨,多处发现小字报。很多人围观。后来,有人打了110,巡警开警车过来了,把小字报给撕了。现在,厂保卫处正配合公安局破案呢。厂领导们,也开了专题会,研究如何稳定大局。鹅头占祥说得眉飞色舞,透露了一些鲜为人知的细节。

众人一脸恭听状,仿佛是头一回听说这件新闻。老郑一脸严肃地说:乱贴小字报,这不是犯法嘛!

鹅头占祥讪笑道:老郑,别跟我装政治了,行不行?全当我是领导,来密切联系群众了,行不行?

老郑正色说:你以为你脖子粗,你就是领导了?你以为你想联系群众了,群众就自动和你联系了?

鹅头占祥悻悻地说:那是,那是!谁想联系就联系,不想联系没关系!

老郑绷不住了,笑道:瞧你那水货样儿,还想当领导呢,小心贴你的小字报!话说回来,你要是真当上领导了,群众队伍可就更纯洁了!

领导随意

亚　健　康

公司总体上是健康发展的,稳中有降,但决不能用"亏损"这个概念。

也不知怎么回事,A 处的人,总是无精打采,提不起来精神。女小莉腿快,跑到医院去查了查,也没查出来什么毛病。其他人也跟着去查了,也没查出来。大家互相望着脸,一个个都是黑眼圈儿,看谁谁像妖怪。

A 处下设三个科,共八个人,挤在一间大屋子里办公。原先是俩俩对桌,有四张桌子临窗,另四张桌子靠墙。隔一段时间,互相换换位置,滋润滋润眼球。从今年起,曹处长提出改革,要求将八张桌子并到一块,说是"三合一"联合办公。

八张桌子合到一起了,大家感觉挺新鲜,很像一个战地参谋部。后来,新奇感消失了,有人就开始说怪话了。说是像个大排档,一圈儿人围在一起喝烩面,呼呼噜噜,十分壮观。

三个科合署办公,显得很紧张,显得很繁忙。工作也不分你我他了,拾到篮里就是菜。这样紧张了一阵子,大家就感觉不舒服了。就要求把桌子恢复到原来的位置上。曹处长不同意。曹处长说,要坚持工作的一贯

性和连续性,改革只能往前走,不能往后退。就把大家说得没了脾气,渐渐地,都变得心灰意懒了。懒得说话,懒得写字,懒得算账,连茶水都懒得在办公室喝了。

日子一天天混着过,过得马马虎虎。

年底到了,曹处长把三个科长叫到了他的小屋里,做了新的分工,要求两天之内,把经营分析报告做出来,提交经理办公会讨论。

一科科长男老黄、二科科长女小刘,手下各有两个兵,官兵齐上阵,很快就将分口把关的数字做出来了,转给了三科科长大老朱。大老朱手下只有一个女小莉,两人三下五除二,汇总好了一科、二科的报表,做完了统计分析。

曹处长一看报表,脸就绿了,就把三个科长喊了过去。曹处长劈头就问:怎么会是亏损呢? 每个月的账上,不都是赢利吗!

三个科长都不说话,不知道该如何给曹处长解释。曹处长又把女小莉喊了过来,问她大账搞没搞错? 女小莉张口就说:没搞错,以前都是潜亏! 你压着不让上报。你说过的,到年底再说,你忘啦?

曹处长的脸,更绿了,挥了挥手,叫女小莉回大屋去了。

领
导
随
意

曹处长用眼睛剜着三个科长,剜了一圈儿,才说话:我的意思嘛——公司总体上是健康发展的,稳中有降,但决不能用"亏损"这个概念,连"潜亏"这个词都不能用,一律改称"负增长"!

三个科长回到了大屋,各自放了个蔫屁,安慰了自己,谁都不开口说话。女小莉正在看报纸,看着看着,忽然朗声大笑。没等有人问,她乐呵呵地说:你们看这篇文章——《克服亚健康》,明明是不健康嘛,可人家不说不健康,也不说有病,人家说是"亚健康"! 人家可真会说!

众人听女小莉这么一说,全都爆笑如雷。

你不可以"有病"

大海的母亲,就是一条条小溪!没有小溪,就不会有汪洋大海!

大筐来当总务科的科长,还算风调雨顺。手下那些男女小厮,比较听话,没谁和他耍叉。尤其是那几个小娘子,你说上东,她不上西,你说打狗,她不撵鸡。一年到头,政通人和,大筐决定举办个答谢酒会。

大筐端着酒杯,挨个给小厮们敬酒。大筐说,人生难得有美女和美酒,有时候,有美酒,但没有美女;有时候,有美女,但没有美酒;今天是既有美酒,又有美女,请大家一醉方休!

男女小厮们哈哈大笑,开怀畅饮。那几个小娘子,因为被夸成了美女,所以在美酒的作用下,飘飘欲仙。大筐有意让小厮们多喝几杯,他要考察一下他们的酒量,顺便听他们说说心里话。

酒过三巡,小厮们都已经面红耳赤了,果然就开始说心里想的那些傻话。他们先是说过去的几位科长,说他们这也不是,那也不是,说了一堆坏话。比如,杨科长,专爱挑同志们的错别字,同志们不敢在他面前说话,一说话满口病句。比如,李科长,心眼细得像针鼻,

啥事都想知道个三六九,不让他知道,就给你一双小袜子穿。比如,郭科长,天天蹲在门口查迟到,谁来上班,都要先过过他的三角眼。这几届科长,都说不清哪儿有毛病,后来都干不下去了,都被同志们给撺蹿了!

小厮们说啊说啊,说得很热烈。当然了,也没忘记给大筐戴戴高帽。他们东扯葫芦西扯瓢,把大筐夸成了大海,说大筐有大海般的胸怀,大海般的力量,大海般的深度,大海般的魅力……

大筐没醉。大筐笑眯眯地说:什么大海?!大海的母亲是谁,你们知道吗?小厮们都愣了,没人知道大筐的谜底。

大筐说:我告诉你们吧,大海的母亲,就是一条条小溪!没有小溪,就不会有汪洋大海!

小厮们热烈鼓掌,大筐说得太精彩了。

大筐望着小厮们,话锋一转说:总务科是个脏水缸,谁都想埋汰咱。我是无为而治,你们呢,也好自为之!

听大筐这么说,小厮们纷纷举起酒杯,高声叫道:科长明察秋毫! 科长明镜高悬!

领
导
随
意

大筐笑了起来。大筐从来就没想过要明察秋毫,也没想过要明镜高悬。大筐知道,水至清则无鱼。大筐向来主张无为而治,不动声色才是管理的最高境界。

酒宴之后,小厮们要求跳舞,大筐欣然应允。小娘子们轮流和大筐舞蹈,跳三步、四步,跳伦巴、探戈。大筐没想到,有个温香软玉般的小娘子,会贴在他的耳边说这样的话:什么"好自为之"?你说这话是啥意思?你可不敢有病,你要是有病,照样把你撺蹿!

几乎每个小娘子都对大筐说了这句话。大筐想笑,却笑不起来了。

谁能忘记你的名字

老朱的鼻子"哼"了一声,摆出一副走着瞧的神态。

秦德龙官场小说

显然,把门老头是根老倔筋。老朱提着裤子,说了一堆好话,老头都不让他进。老头说:办公楼不是公共厕所,谁想进去屙,谁就进去屙?!

人上了年纪,毛病就多。吃罢晚饭,老朱出门溜圈儿,不知不觉有了尿意,憋得满街找厕所。情急之下,他来到一建公司的办公楼,想尿他个痛快,可把门老头冷着脸,不让他进。

过去,在职的时候,三天两头来一建公司调研、检查,有谁挡过老朱的驾?可现在,退下来不到半年,想方便一家伙,居然吃了闭门羹。

看来,有必要启发启发把门老头了。老朱清了清嗓子说:老同志,您没认出来我是谁吧?一建公司,我是经常来的,来开会,来调研,来检查工作……去年春节,我亲自带人送来一万斤大米。今年立夏那天,我又带人送来白糖和绿豆!哈哈哈……

老朱说到这里,将双手捂在肚子尖上,做出一副大肚子领导状。老头看看老朱说:你来送大米、白糖、绿豆,

我们都欢迎。但你今天来送尿，我们就不能欢迎！

老朱尴尬着笑脸说：老同志，你先把我放进去，让我解决一下个人问题。等我痛痛快快地出来了，就帮助你解决你的个人问题。你们一建公司的头头，都是我的朋友，也都是我的下级！

老头说：我有什么个人问题，需要你帮助解决？你要解决你的个人问题，请你明天上班时间再来。现在，领导们都不在办公楼里，天黑了，下班了！

老朱的尿意又冲上来了，急得直跺脚。老同志，不就是让我尿个尿嘛？你是真的不知道，还是假的不知道，我是谁？！

老头笑了起来：你都不知道你是谁，我怎么知道你是谁？

老朱黑下脸说：现在，我以一个领导同志的名义，要求你，把门打开，放我进去！

老头一脸正色，指着墙上的门卫制度说：制度都是领导同志制定的，领导同志要带头执行啊！

事情到了这个地步，老朱无话可说，那就只好启动应急预案了。退下来后，老朱将常用的电话号码输到了手机里，一有紧急情况，马上拨打手机，应急体系会立即做出反应的。

老朱掏出手机，很快就调出了一建公司经理的电话号码。老朱对着手机说：经理大人，请你马上过来救援！我就在你们公司楼下！你说什么事？我想尿个尿！

老朱打完手机，两眼恶恶地盯着老头。老头漫不经心地说：领导同志，你可别生气呀！"办公楼厕所不对外开放"的规矩，又不是我定下的。只要一建公司的领导过来，当面有个交代，我一定放你进去！

老朱的鼻子"哼"了一声，摆出一副走着瞧的神态。此时，尿尿仿佛不重要了，似乎已没有了尿意。

一辆宝马车开过来了。司机从车上跳了下来。司机对着老朱哈了哈腰，歪着嘴笑了笑。然后，司机对老头嚷道：你真是有眼无珠哇！这不是大公司工会的朱主席嘛？赶紧开门，让朱主席尿尿！

老头表现得很听话，马上就把门打开了。老头对老朱说：哦，是朱主席呀！我不认得你，你应该认得我呀！去年，我上大公司找你，说我的房子

漏雨,还没等我开口,你说你要先去尿个尿!你就出门尿尿去了,结果,就再也见不着你了!我还以为你掉到厕所里了呢!

老头说着说着,就笑起来了。老头又拉住老朱的手说:对不起呀!刚才让主席久等了!来来来,请请请,请主席亲自上一建公司男厕所!

老朱灰白着脸色,甩开老头的手,对司机说:走,上车!

司机问:不尿啦?

老朱说:哪里还有尿意?走,上你们经理家去!要尿,尿到他家卫生间里!老朱在心里骂一建公司的经理:你怎么不过来?派来个烂司机!

因为你专业

像你这么专业的人,谁敢和你说话?一说话,尽是错字、病句,还有发音不准。

老石是个很专业的人,大学中文系毕业,在办公室编发简报。老石每天像捉虱子一样,捉错别字,像消灭害虫一样,消灭病句。凭着专业感,他把一份简报编得清清爽爽,如同品牌店里的中山装。

老石常说,没有专业感,就没有品质感。有一次,下面报上来个材料,说某班组有二十个人,其中98%是青工。老石一看,就感觉不对,抓过计算器,啪啪啪一按,20乘以98%,等于19.6。老石就问写材料的人,19.6是什么概念?谁是那个0.6?搞得那人张口结舌,面红耳赤。

老石咬文嚼字,对事不对人,不管是谁写的稿子,只要从他手里过,都要拿尺子量一遍。上个月,领导带着人去了趟灾区,送去一万斤大米。领导亲自拟定了信息稿,标题是"万斤大米送灾区"。老石编稿的时候,就把"万斤大米"改成了"5000千克",气得领导眼睛发直,把老石叫过来训道:难道我不知道法定计量单位?"千斤重担万人挑",是不是也要改成"500千克重担万人挑"啊?

老石无话可说，但他心里并不服气。后来，领导写了首歪诗，希望发在简报上。老石一眼就看出来了毛病，什么叫"一座山脉？"山脉能论座吗？老石查了辞海，也没查出来根据。领导的诗不能乱改，改了，领导不高兴。老石就给退稿了。退稿的时候，老石建议领导，好好读读字典。

像老石这么专业的人，领导也拿他没办法，总不能因为人家专业了，就叫人家下岗吧？老石常说，"世界上怕就怕认真二字，为什么现在最不讲认真？"大家都知道，前半句，是引用了伟人名言，就更不敢和老石叫板了。老石啥时候给你纠正错别字，啥时候给你改病句，你都得听着，你不听，他就搬出来字典、辞海，和你理论，直到把你理论得一个脑袋变成两个脑袋，自动举手投降。

老石一直为自己的专业感而自珍、自豪。可他不明白，为什么每次提拔，都没有他的份？那些个被他纠正过错别字的人，被他改正过病句的人，一个个都跑到他前面去了，负责起了一个方面的工作。老石心里就不平衡。有个朋友点拨了他：像你这么专业的人，谁敢和你说话？一说话，尽是错字、病句，还有发音不准。

老石笑了：可不是嘛，有些人就是不会说普通话，真让人受不了，把"绿豆"说成"卢豆"，把"中国"说成"中乖"，我不批评他才怪呢！朋友说：是啊，就因为你太专业了！

局长爱吹口哨

最能打动人的，往往是悲剧。而悲剧，是将美丽撕碎了给人看！

局长爱吹口哨。但局长高兴的时候，并不吹口哨。局长只在不高兴的时候，吹口哨。只要局长心烦了，小口哨就吹起来了，吹得杂乱无章，吹得人心惶惶。

局里人不多，男女老少二十几人。也都不是省油的灯，总有些烂事说给局长听。局长不爱听了，小口哨就吹起来了。来说事的人，听见局长吹口哨了，就拔屁股走人。局长就是这样，从来不高腔大嗓地训斥人，只是朝对方吹口哨，表达着自己的声音。

也有人是来汇报工作的。刚开始，局长很耐心地听汇报，听着听着，就不爱听了，就把口哨吹起来了。来汇报的人，就感到没意思了，站也不是，坐也不是，尴尬得浑身起痱子。

也有人是来套近乎的，说这说那，察局长的言，观局长的色。局长瞧你顺眼了，就随着你海阔天空地神聊；不顺眼了，口哨就吹起来了。口哨一吹，就代表局长说话了，就把你搞得面红耳赤。

有人发现，局长在家里，也是吹口哨的。局长的老

领
导
随
意

婆,是个多嘴多舌的角色。不管家里来了什么样的客人,老婆都爱插嘴说话。局长不想叫老婆瞎掺和,就朝老婆吹口哨,吹那种乱七八糟的小调。老婆听见口哨,就很知趣地走开了。

细心的人,进一步发现,局长吹口哨,只对老百姓吹,只对老婆吹,从来不对比他官大的人吹。有时候,上边的检查团下来了,提出再多的批评意见,也听不见他吹口哨。他是不敢吹,一定为这吃过亏。许多人都这么说。

人们说的没错。依他的学历,依他的资历,早就该坐到更高级的椅子上了。可是,他没坐上,就因为他吹错了口哨。那还是十多年前,单位组织了一场迎新年晚会。他心血来潮,登台吹了一曲口哨。吹的是《白毛女》。他吹得如泣如诉,博得了热烈的掌声。可是,事后他才知道,这个口哨吹坏了。当时,组织上正在考察他。有人说,这么快乐的迎新年晚会,他却把人搅得心酸!是不是有阴暗心理?我们选拔跨世纪的接班人,应该挑选那些充满革命乐观主义的精英人才!

他就这么摔了一跤。一步错,步步错,比别人晚上了好几个台阶。原来,有几个不如他的,都蹿到他前面去了。跌倒了,爬起来,他奋起直追,终于上到了今天这个局长的位置。这个局,虽然是个没什么分量的局,可毕竟是个局。他珍惜局长的位置,用了很多心思。而他体会最深的,就是使用局长的否决权!当然,是巧妙地使用否决权,既表态,又含蓄。于是,他就开始吹口哨了。只要他想否决谁,一张嘴,口哨就吹出来了。

他这也是一种手段,别人都没有的手段。

说实话,他还是想往上再升一升的。如果有了机会,他是不会放过的。

机会真就来了。厅里的检查团要下来了,厅长亲自带队。说是来检查,实际上是来考察。谁都知道,厅里正缺个副厅长。而他,有可能是最合适的人选。

他做了精心的准备,要求全局"三过硬":文字材料过硬,环境卫生过硬,接待工作过硬。他还专门组织了一台文艺晚会。他知道厅长最喜欢文体活动,特意策划了一个节目,让一群美女抱着篮球跳现代舞,名曰《篮球宝贝》。

节目演得很精彩。尤其是《篮球宝贝》，演得活力四射，把厅长喜欢得发迷。就在厅长高兴的时候，他登场了，说要献给厅长一个节目。

他没要乐队，也没要伴舞。他说，他要来个口哨独奏。

他的口哨吹起来了，是那首著名的《小草》："没有花香，没有树高，我是一棵无人知道的小草……春风啊春风，将我吹拂，阳光啊阳光，把我照耀！"

他吹得声情并茂，吹得沉婉忧伤。礼堂里响起了热烈的掌声。一些会吹口哨的人，情不自禁地随着他齐声吹了起来。

他又吹了一曲俄罗斯民歌《三套车》。吹得人们唏嘘有声，泪水盈眶。

他站在舞台上，看见厅长摘下了眼镜，悄悄地用手帕揩泪。

演出结束后，厅长约他谈话。厅长说：你闹得我心里发酸，就不怕我摘了你的帽子？ 当年，你可是因为吹口哨，才摔了跟头的！

他笑笑说：最能打动人的，往往是悲剧。而悲剧，是将美丽撕碎了给人看！

厅长说：我知道，这些年，委屈你了！

他的眼睛一亮。

厅长话锋一转：梅花香自苦寒来。厅里已经研究过了，你还是继续留在基层。基层，更需要你这样的同志！

顷刻，他的泪水下来了，眼前模糊成一片。

领
导
随
意

爬　山

泰山已经在我心中了，上不上去，都无所谓了。想到这里，老董悠悠然，下山去了。

老董记得很清楚，那年去爬华山，到了"回心石"，小吴和小陈就掉鞋底了。这两个懒孩子，望着"回心石"，纷纷说不想爬了，再也不肯往上登了。老董气得真想踹他们的屁股，将他们踹回老家去。

小吴和小陈都是老董的崇拜者，跟着老董参加报社举办的"华山笔会"。他们在"回心石"半途而废，老董能不生气吗？小吴和小陈也看出来老董不高兴了，就编着词儿说，董老师，自古华山一条路，古人在这里竖个"回心石"，肯定是奉劝人们不要冒险，咱们在"回心石"留个影吧，也算到此一游了。

老董甩着黑脸，不搭理小吴和小陈。

老董和报社的几个人上了华山。晚上，从华山下来，老董看见小吴和小陈正在屋里喝"娃哈哈"呢。老董又好气又好笑，指着他们俩说："你们呀，真是长不大的孩子！"

从华山回来后，老董就不再联系小吴和小陈了。小吴和小陈，也不再联系老董。两个年轻孩子，经常在背

后说老董:说他是个草千里,他就以为自己啥都懂呢!

小吴写了一篇《华山挑夫》后,就不再用笔名"口天"发表作品了。小陈写了一篇《天险华山》后,也不再用笔名"耳东"发表文章了。他们都说,不能跟着老董瞎胡转了,跟在他屁股后面,连个香味都闻不着!

果然,小吴很快就进步了。三年副科、三年正科、三年副处,一路飙升,当上了宣传部副部长。小陈也是三年一个台阶,步步高升,当上副处级的工会主席了。两个人当上了领导,也会说到老董,说幸亏当年从"回心石"回来了,要是跟着老董混下去,只会混成一根烂木头,哪会有今天的位置?

老董还是喜欢爬山。

老董把爬格子比作爬山,乐此不疲。老董到处采风,写下了许多妙笔文章。为了激发创作灵感,老董又自费来到了五岳之首泰山。可他想不到,会在泰山脚下,遇见来开会的吴部长、陈主席。吴陈二人也很惊讶,他们拉着老董的手,又摇又晃,显出很亲切的样子。

吴部长说:老董,让我们一起上山吧。当年,没能一块上到华山顶峰,真是遗憾!

陈主席说:老董,现在条件好啦,咱们坐缆车上泰山,车票、门票,我给你报销!

老董微笑着,执意不肯。老董坚持要一步一个脚印,爬上山去,坚决不坐缆车。

吴、陈二人怎么劝说都没用,老董头也不回地往上攀登去了。吴、陈两人只好买了两张缆车票,一路飘摇,到达了岱顶。两个人在南天门转了一圈,觉得意思不大,就睨视着山道,猜测那些熙熙攘攘的人群中,哪个是老董? 老董啥时候能爬上山来?

他们哪里知道,老董到了中天门,就没再往上边来。

到了中天门,老董想:泰山已经在我心中了,上不上去,都无所谓了。想到这里,老董悠悠然,下山去了。

雅　趣

鸟事如世事,望远镜里,展现着百鸟神态,历历在目,又怎一个叹字了得!

老耿退休后,很是爱玩,天天背个望远镜,到公园里滋润眼球。公园里有的是风景,看人人漂亮,看物物新鲜,尤其是林子里的鸟儿,让老耿看呀么看不够。

林子里鸟多,人也多。退休的老同志,都喜欢往这聚堆儿。鸟儿在枝头上啾唱,十分撩人,人就跟着鸟儿咿咿呀呀。老耿架着望远镜,在枝繁叶茂间扫描,许多美丽的鸟儿他不稀罕瞅,专找猫头鹰,那专注的神态,给个神仙都不换。

老穆就说老耿,你这根老别筋,吃亏就吃亏在你的眼睛上,一副眼镜还不够,又弄个望远镜,瞎瞅什么,当心啄木鸟啄你!

老耿笑道:你个老木(穆),是不是身上长虫了,让啄木鸟啄啄?

老穆又说:就算你变成啄木鸟了,你有本事,回去把唐老鸭啄啄,把他叨到反贪局去!

老穆几句话,就把老耿逗得眼珠发直了。

最早以前,老耿在唐老鸭手下当会计。老耿压根就

没想到,唐老鸭这么一个貌似忠厚、八杠子打不出来一个屁的家伙,会闹腐败。有一天,唐老鸭叫老耿报账,看看账上还有多少钱?老耿是个铁算盘,没看账本,上下牙齿一磕,就把几万几千几百几十几元几角几分报得一清二楚。唐老鸭的背上,当场就冒了冷汗:你怎么记得这么清楚?会不会有错?

老耿说:一分不错,咱公司的家底,都在我肚子里。

老耿为了证明自己心中有数,把大账、小账、账外账各报了一遍,仍然细化到元角分,一口清。三本账,分厘不差,这可让唐老鸭大跌眼镜。

唐老鸭很快就把老耿拿了,让老耿去看大门。可唐老鸭万万没想到,老耿看大门,并不温习郑板桥的"难得糊涂",依旧心明眼亮。转眼又是一年,老耿给唐老鸭列了个清单,全年出去的货物,包括几颗螺丝帽,明明白白。要命的是,老耿还在数量的后面,标明了价值量。也就是说,从公司大门流出去多少钱,一目了然。

你说,老耿这样的啄木鸟,唐老鸭能容他吗?唐老鸭可以有 100 个理由,放老耿的长假,让他就地休息。

老耿二话没说,就把自己办了,展翅退休了。

提前退休的老耿,添了个雅趣,这就是到树林里看鸟。鸟事如世事,望远镜里,展现着百鸟神态,历历在目,又怎一个叹字了得!

每天到林子里看鸟,老耿通体舒泰。尤其是看到啄木鸟"咚咚咚"吃虫子,那真叫一个痛快。老耿在林子里痛快着,还嫌不过瘾,有一天,买了个啄木鸟的标本,带回了家,挂到了墙上。不出门的时候,他就举着望远镜,观赏标本,距离拉得很近。

老伴说老耿:你考古啊,一个木乃伊!

老穆听说了,大笑不止:人家老耿,真是个雅趣!

失 聪 者

为什么有红绿灯闪着,还会发生车祸呢?他想不明白,实在是想不明白。

　　大林好像真的失聪了。每天,他都要跑到路口,望着红绿灯,指挥交通。他学着警察的样子,频频地打着手势,打得一丝不苟,打得挺像回事。

　　人们都说:哎,好好一个人,就这么毁了!

　　一年多前,就在这个路口,大林骑着摩托,与卡车零距离相撞了。脑袋开花了,残阳如血了。大林在医院里躺了半年,成了植物人。又躺了半年,才恢复了知觉。后来,爬起来下地了,颤颤巍巍地来上班了,见到人就哭,呜呜地哭。大家都理解他,都劝他不要哭,能捡条命就不错了,还来上什么班呢?

　　大林嘴里呜噜着说:同志们……我是领导啊……

　　大家就不好再说什么了。尽管大家都看出来了,大林的眼神发直,舌头发硬,出现了语言障碍,出现了失聪现象,但毕竟人家还有乌纱帽的。

　　其实,大家已经习惯了没有大林的日子。大林出车祸不久,处里的工作,就由另一个处的处长代管了。人家也是似管似不管的,又不多拿一分钱,多一事不如少

一事嘛。现在,大林回来了,同志们好像还处在那种群龙无首的状态里,不吭不哈地把该做的事情都做好了,根本就用不着大林操心。当然,大家也都在心里嘀咕着,大林的脑袋开过瓢,咱可不能让他累心!

大家就把大林当成一尊佛,恭敬着,特别地恭敬着。

大林就很寂寞。就经常下楼去溜达,往路口溜达。路口就是他出事的那个路口。出事那天的细节,他脑子里没有任何印象。有人告诉他,你就是在这个路口挂的彩。大林就站在路口发呆,长久地发呆。为什么有红绿灯闪着,还会发生车祸呢?他想不明白,实在是想不明白。这时候,他看见路口的车辆和行人多了起来,就跑到马路中间去了,学着交警的样子,煞有介事地指挥起交通来了。

这件事,居然让他上瘾了。每天,他都要来路口做两次,上午一次,下午一次,乐此不疲。除此之外,还能有什么乐趣呢?虽然,他的职务还保留着,可没人找他请示汇报了,似乎他可有可无了。他心里委屈着,却说不出来。不管怎么说,薪水一分钱没少,这也是组织上在照顾着呀!

他心里悄悄地涌动着一股潜流,也是一股热流。这股热流,将他的血管鼓动得突突发抖。难道总是去路口当业余交警吗? 为什么不在本单位做些力所能及的工作呢?

领导随意

想到这里,大林的精神头就来了。大林就开始站在办公楼前,检查劳动纪律了。过去,劳动纪律一直是他管着的,可他从来就没有查过谁,人们散漫得很,好像不是来上班的,好像是来逛超市的。现在,大林突然认真起来了,拿个小本子,说把谁记上就把谁记上了。这让大家很恐慌,怕被他记上了名字扣奖金。于是,大家都不迟到、不早退、不溜号了,再也没有乱放羊的现象了。当然,有人就对大林有意见了,可一想到大林脑袋受过伤,想说的难听话,又咽回肚里了。

单位有辆通勤车,下班的时候,大家都想往上挤。大林就拿上小红旗,指挥大家排队上车。刚开始,有人不听招呼,不买大林的账,大林就用旗杆敲他的脑袋,敲了几次,就把秩序理顺了。个别人对大林做着鬼脸,可当面也不敢说啥。有啥好说的呢,对一个失聪的人,说啥也是白说,自讨没趣干什么!

大林还主动担任了绩效考核领导小组的副组长。副组长有好几个,

别人都是挂个名。只有他这个副组长认真，比组长都认真，不讲情面，不讲客观，不讲下不为例，只拿硬指标说话，搞得大家很没脾气。大家无话可说。大林脑子受过伤，变成二杆子了，变成二百五了，还说他干什么！不过，总经理倒是很赏识大林，在干部大会上，总经理说："大林同志敢于硬碰硬，敢于当黑脸包公，这在当下，是尤其可贵的！"

于是，失聪后的大林，虚职又成了实职，又可以签字批条子了。一些临时性的专项工作，领导都指派他担任常务副组长。因为，只有他敢动真格的，敢扮黑脸说话。

大家也都没了闲话。不过，心里都明白，对一个失聪者，对一个脑子里少根筋的人，最好是让着他，免得栽了面子，彼此都不好看。

当然，大林早就不往路口跑了。他现在的感觉好极了，在这个状态下工作，真是快乐，前所未有的快乐。

某 总 猪 蹄

猪是最幸福的动物,整天傻吃闷睡,不会思考,所以它的肉香!

某总猪蹄,就是某总喜欢吃的猪蹄。也许是大饭店吃多了,吃腻了,某总偏偏喜欢到地摊上啃猪蹄。一啃就是两只,再弄上二两小酒,搞得嘴上美滋儿滋儿。

卖猪蹄的小范,是个人精。某总是个公众人物,公众人物就是个特殊的资源。小范干脆就嚷嚷起来了:"猪蹄,猪蹄,某总最爱吃的猪蹄!"

人们就都知道了某总猪蹄。

"吃某总猪蹄!""某总猪蹄味道好极了!"人们口耳相传,也都喜欢上了某总猪蹄。每天,某总猪蹄都很畅销,不到黄昏,一车猪蹄都卖完了。

某总已经听说了卖猪蹄的拿他当招牌。某总手下的小厮,问某总要不要掀翻小范的猪蹄车?某总淡然一笑:"都不容易,人家也要吃饭嘛!只要我的名字能让穷人填饱肚子,我不也是个社会慈善家嘛!"

某总还是常常上街啃猪蹄。要两只猪蹄,弄二两小酒,搞得嘴上美滋儿滋儿。临走,拔 10 块钱给卖猪蹄的小范。

小范哪里肯收某总的银子？小范说："某总，因为您爱吃我的猪蹄，我的生意才做得起来！您的名字，就是我的财神！"

某总微微一笑："说哪去了，你在群众中为我扬名，提高了我在社会上的美誉度，我还要感谢你呢！"

某总和小范就这么交上了朋友。小范总是给某总留出烀得最香最烂的猪蹄，等着某总来啃。有时候，某总忙，一时过不来，小范就打的给某总送猪蹄。某总也不白吃小范的猪蹄，顺便扔给小范两包香烟吸。

当然，某总也会和小范侃上几句"猪蹄文化"。某总从猪的祖师爷猪八戒说开去，一直说到猪的每一只蹄子，把猪说得浑身都是宝。某总还会拿出这样的问题来考小范："猪蹄子天天踩烂泥，为什么吃起来特别香？"小范答不上来，就请某总赐教。某总说："猪是最幸福的动物，整天傻吃闷睡，不会思考，所以它的肉香！"

秦德龙官场小说

254

小范的脸一红，心想：某总不是骂我吧？又一想，某总是喜欢我，才骂我的。某总骂我是爱我，不爱我就不会骂我！

小范知道，某总这样的公众人物，一定有许多烦心事。有了烦心事，就总是要骂人的。骂人泄火，要是能让某总大骂一顿就好了，只要他高兴。小范的心里，突然产生了这样的奢望，很迫切的奢望。

说实在的，小范是有野心的，他要把猪蹄事业做大做强，做成一个猪蹄集团，也就是说，他烀的猪蹄，要打入各大酒楼饭店。菜名都想好了，就叫"八戒招手"。小范需要某总的支持，只要某总支持一下，"八戒招手"就能到达理想的彼岸。这也是小范前一个阶段喊出"某总猪蹄"的初衷。总而言之，小范要打某总这张牌！

一不做，二不休，小范连夜开始了筹划。第二天，他就把全市乃至郊区各县卖猪蹄的全都联合起来了，成立了八戒连锁集团。他自任董事长兼总经理，要求各摊、点、户，统一打出"某总猪蹄"的招牌，抢滩登陆。

当晚，大街小巷，到处都是"某总猪蹄"的金色幌子。

这一招，真是厉害。某总领着一帮人过来了，指着小范的鼻子，大发雷霆。要的就是这个效果。某总把小范骂了个狗血喷头，活人都听见了。

某总与小范打了一场官司，告小范侵犯名誉权。

某总胜了官司，却没要求小范做任何经济赔偿。某总说：我一个堂堂

的官员,怎么能和老百姓较真呢?

某总因为爱民亲民而名声大振,不久就提拔当大官去了。

"某总猪蹄"正式更名为"八戒招手",生意更火了,很快就打进了各大饭店酒楼超市。

小范时常亲手炉制猪蹄,给某总送去。用的是"特快专递",专人专车。

外地同行纷纷效仿,拓展创意,雨后春笋般冒出来一些名堂:"X总菜单"、"X总专席"、"X总忌口"……不一而足。

问　候

真是鸟之将死,其鸣也哀,人之将死,其言也善啊!

老袁上医院看病,迎面碰见了老邱。老袁脸一阴,不想搭理老邱。

老邱却开口说:"老袁,你也来看病?"

老袁鼻子里哼了一声,但很不过瘾。老袁就说:"你是忙的,我是闲的,忙也生病,闲也生病!"

老邱听了老袁的话,脸色一阵苍白,拔腿先走了。

老袁恨不得照着老邱的影子跺三脚。

老邱没有老袁的岁数大,却是老袁的顶头上司。老邱是大经理,老袁是小经理,大经理管着小经理,就好比大道理管着小道理,没说的。半年前,老邱一纸令下,把老袁免了,让一个年轻孩子接了班。老袁气得和老邱拍桌子:"你凭什么免我?"老邱皮笑肉不笑地说:"你岁数大了,把位子让给年轻人嘛。"老袁说:"你岁数比我还大呢,你怎么不让给我呢?"

老袁站在走廊里,卖着老邱的阴暗面:"邱总经理,不就是我没给你报销那几千块钱吗?你说你有几件事能拿到台面上说?你不要以为没人举报你,你也不要以

为中纪委不查你！"

脾气耿直的老袁，气火难耐，把老邱的许多破事抖落到阳光下面了。老邱则是一副死猪不怕开水烫的样子，你爱怎么说就怎么说，反正我把你老袁的椅子给搬了。

老袁就这么下来了，眼看着自己亲手打下的江山丢了。那年轻孩子也真不是正干的料，又是买车，又是泡小妮，很快就把江山玩垮了，职工连工资都发不全了。老袁找老邱要全额工资，老邱冷着脸说："你找我要钱？我正等着中纪委查我呢！"

老袁气得脸发白，一跺脚就走了。一气之下，老袁真的给中纪委写了封检举信，写完，就扔到邮筒里了。

领导随意

三天后，老袁没脾气了。邮递员把老袁写的信送回来了。老袁忘贴邮票了。老袁咧嘴一笑，当场就把信撕了。此时的老袁已非彼时的老袁了。他笑自己真幼稚，中纪委那么多大案要查，哪能查到老邱这一级破经理？

老袁索性不生气了，因为老袁听说，反贪局最近要说事了！

老袁每天到医院去做理疗。过去在职的时候，整天腰酸腿疼，没工夫上医院。现在好了，退下来了，理疗理疗还真不错哩。

就这样，老袁在医院门口碰上了老邱，甩给老邱两句难听话，老袁心里十分痛快。快乐的感觉爬上了心头，老袁居然哼上了小曲。

谁知道，当天晚上，老袁就听说老邱死了，心脏病发作，死到医院里了！

老袁不信，上午还在医院见到老邱了呢，怎么说死就死了！不过，回想老邱当时那种神态，真是鸟之将死，其鸣也哀，人之将死，其言也善啊！

老邱的遗体告别仪式如期举行。

老袁也来参加了。老袁很想看看老邱死后什么样。老袁冲着老邱的遗体点了点头，嘴里念念有词："你还腐败不腐败啦？腐败死你！你的良心啊，大大地坏啦！"

老邱火化后没几天，反贪局的人来找老袁，要他检举老邱的问题。老袁笑道："人都死了，我看算了吧！"

罢　宴

李局长挨桌敬酒的时候，看见了这把空椅子，他眉头一皱，记住了椅子上贴的那个名字。

　　李局长要结婚了。李局长娶了个新老婆，很想请大家乐和乐和。可他来本局上任时间不长，对下属单位和个体企业不太熟悉。这个小问题，当然难不倒经验丰富的李局长。李局长找来下属单位的干部花名册和个体老板的名单，叫理事人按人头发请帖。理事人是个舔屁精，伸着拇指奉承说："高，高，实在是高，一卦全收了！"

　　接到请帖的人，哪个敢谢绝李局长的盛情厚意呢？小城不大，李局长的权力不小，此时不巴结，何时巴结呢？人家已经亮出来了热屁股，赶紧伸手拍吧，感受感受领导的体温，机会难得啊。

　　婚宴如期举行。各单位的干部和个体企业的老板们，蚂蚁结帮似的来了。大家一个个和李局长握手，祝贺他新婚大喜。当然了，握手里边有内容，红包就在手心中。不露声色地给李局长上贡，多么得体啊。李局长笑逐颜开了。李局长不断地把手伸进西装兜里，将一个又一个红包存入"银行"。

　　大家各就各位，坐到了圆桌旁，等着婚宴开始。每

个来贺喜的人，都能找到自己的位置，因为椅子上贴着应邀者的名字。

奇怪的是，有一张椅子一直空着，一直没人来坐。有人看了看上面贴的名字，歪嘴笑了笑，就把它挪到另一桌去了。另一桌的人，看了看这把椅子，挺不高兴，也把它移开了。这把椅子无论换到哪桌，都不受欢迎，马上就有人把它挪走了。大家纷纷开除这把椅子，谁都不和它同桌。

李局长并不知道这个小插曲，他正专心致志地做新郎呢。在主持人的导演下，新郎拥着新娘，一会儿表演"纤夫的爱"，一会儿表演"猪八戒背媳妇"，不断地把大家搞笑。李局长的表演很卖力，力图表明自己没有白收大家的红包。他望着餐厅里密密麻麻的人群，根本就没看见那把椅子没人坐，更不知道它被排挤到一边去了。

后来，李局长还是发现这个问题了。李局长挨桌敬酒的时候，看见了这把空椅子，他眉头一皱，记住了椅子上贴的那个名字。李局长打算婚宴之后，找该同志谈谈，征求一下他对本局工作的意见，当然主要是指对本局座的个人意见。

婚宴结束，客人散去。李局长叫过来理事人说："查查那把空椅子，是谁给脸不要，他有什么背景，敢罢我的婚宴！"

理事人脸色苍白地说："报告局长，刚才有人揭发了，那个给脸不要的人，两年前就死了。花名册上没消号，咱也不知道。"

李局长气坏了，"啪"一拍桌子，脸色变得铁绿。

领
导
随
意

另一种结局

> 老桑哭丧着脸，站在人群里，向死者默哀，心里酸楚得要命。

老桑是个会议虫子，吃开会这碗饭，吃了好多年。这次，又吃到殡仪馆来了，因为聂大头死了，老桑要代表单位，向聂大头的遗体告别。

说心里话，老桑很不愿意开这种破会，可不来又不行。老桑捏着鼻子，走进了吊唁厅，却发现死者的遗像不是聂大头。老桑正想闪身撤退，走过来个年轻人，一把握住他的手说："多谢领导光临！多谢领导光临！"

年轻人自我介绍说，他是死者的女婿，领导们来的不少，一时接待不周，请多包涵。到了这个份儿上，老桑想走，已经不明智了。老桑只好接过年轻人递过来的小白花，别到了胸前。老桑哭丧着脸，站在人群里，向死者默哀，心里酸楚得要命。搞错了，真是搞错了！这场追悼会的死者不是聂大头！可又是谁呢？连死者是谁，都不知道，真是活冤枉！

不过，老桑很快就平衡了。因为有很多人过来和他握手，感谢他日理万机，亲自出席一个普通群众的丧礼。老桑心里热乎乎地想：我们的群众多好啊，多朴实啊！

老桑正在感叹，有个熟人过来请他，说聂大头的亲

属都来了，要不要到小会客厅见一见？老桑摆摆手说："不见啦，不见啦，会议准时开始吧！"

这边正说着，聂大头的亲属们，已经哭哭啼啼地过来了。他们拉着老桑的手，连摇带晃，弄出一片悲腔。老桑一听就烦了，但还是强作和蔼状，语重心长地说："节哀，节哀嘛！"

吊唁厅已经重新布置好了，换上了聂大头的横幅和遗像。老桑健步走到了前排，一脸肃穆。

向死者默哀、鞠躬。

一切按照固定程序进行。老桑扮演着既定角色，一丝不苟。其实，老桑心里烦透了。因为聂大头生前是老桑的死对头，多次给老桑垫黑砖。老桑一直想找茬把他报销了，可总也没机会。现在好了，聂大头自动消亡了，多省心哪！

想到这里，老桑心情愉快起来了。老桑主动伸出手来，和聂大头的亲属们握手。被他握了手的人，都有些受宠若惊了，激动得露出白牙，灿烂地笑了起来。

老桑神采奕奕地离开了吊唁厅，正想闪身上车，却看见一行人披麻带孝，哭着过来了。老桑一惊：怎么会是郭恩师！

领导随意

这一拨为首的人，怀里搂着死者的黑框遗像。老桑的喉咙一热，泪水就下来了。老桑没想到，扶持他成长的郭恩师，作古了。老桑拉着郭恩师的长子问："恩师驾鹤，怎么不通知我？"

郭长子哭道："您忙，您太忙！没敢惊动您！"

老桑哭成了泪人。

老桑望着郭恩师的遗像，哭得天昏地暗。

……

老桑平静下来的时候，吊唁的人已经走光了。老桑执意不肯离开殡仪馆，望着路边的松树发呆。

看门的老头对老桑说："你这个人，心真善，一上午，参加了三场追悼会。你可真有意思。不知你想过没有，将来，谁会来参加你的追悼会？"

老桑没有回答。

老桑回去后，就办理了"内退"手续，整天掂个鸟笼，不再开会。鸟是啄木鸟，笼子上面蒙了块蓝布。

惊 魂

笑到最后的人,才是最会笑的人!

他躺在了殡仪馆的水晶棺里。四周摆满了花圈和挽联。老婆把他打扮得像个土财主,给他穿着便服棉袄,头上戴着瓜皮小帽,脚上是灯心绒布鞋,手里还攥着两个元宝。这让他着实可笑,却也无可奈何。谁让他跨上了奈何桥?真是壮志未酬啊!

他的灵魂飞出了躯壳,在殡仪馆里四处游荡。他要亲眼看一看,自己的追悼会是如何被操办的。他先把那些花圈、挽联浏览了一遍。人事局、财政局、土地局、环卫局、建设局、工商局……全都送了;大企业、行政事业单位,也都全送了。他感到满意。人活到这个份儿上,收到这么多花圈,也该知足了。通过浏览花圈,他还有了意外的收获,这就是他看见了书法家协会送来的花圈。这让他眼眶发热。十几年前,他就和书协的人认识了。那时,他就是局长了,因为常批文件签条子,字也就练出来了,也就写得龙飞凤舞了,也就加入书法家协会了。现在,书协送来这么大个花圈,书协主席还写了遒劲的挽联,真是感人至深啊!

吊唁大厅里站满了人。他的追悼大会很快就要开始了。人们很自觉地站成了行，排成了列。人们望着他的遗体默不作声。他也望着人们的表情，审视着那一颗颗仍然活跃在阳世里的心灵。一张张脸庞，是那样的熟悉。老领导、老部下、老朋友、老同事，该来的都来了，能来的也都来了。突然，他看见了一张面孔，一张很狰狞的面孔。他对这张面孔，真是太熟悉了。就是这张面孔，时不时地晃出来和他作对，作对了几十年！现在，这家伙居然出现在吊唁厅里，是来幸灾乐祸的吗？他感到了悲哀！悲哀就悲哀在自己寿短，没有熬过政敌，反让政敌看了笑话！也罢，笑到最后的人，才是最会笑的人！我在地狱里等着，准备好武器等着这家伙！

他一排一排地审视着人们的面孔。又看见了另一个敌人。不用说，这是他的情敌了。这让他感到愤怒。这个情敌，年轻时，曾经拥抱过他的老婆。也许，他早就被情敌戴过绿帽子了。他妈的，他来干什么？是来吊唁我，还是来看望我老婆？苍天啊，我死不瞑目，死不瞑目啊！

他听见了主持人要大家"肃静"，要大家关闭手机或把手机打到"振动"上。他知道，追悼会就要开始了。这个时候，其他的就先别说了，全神贯注开好大会吧。还行，主持人的职务比自己高半格。可惜的是，已经想不起来主持人的名字了，没法高叫他的名字，当面说一声"谢谢"了！

主持人宣布了追悼会开始。会议的第一项议程是向遗体默哀。哀乐响起来了，人们都低着头，做沉痛状。这让他感到了满足，有这么多人，职务高的，职务低的，都向他低下了高贵的头！人生，别无所求！

会议的第二项议程是介绍逝者生平。他看见了主管他这个局的副市长走上了前台。当然，追悼会是没有主席台的，走上前台，也就是走近麦克风。说实话，副市长能亲自给他致悼词，也够档次了。不过，话说回来，前年，有个老家伙去见上帝，还是市委书记致的悼词呢！哎，人比人得死，货比货得扔，人和人不能比啊。副市长的鼻音很重，已经开始嗡嗡嗡地讲话了。他对这个讲话不感兴趣，无非是"某某同志生于……出身于……历任……被评为……他的逝世……一大损失……让我们化悲痛为力量……"无非是这一套，程序化的东西，对谁都一样，没什么新意。说实话，过去他也为下面的同志念过这样的悼词，没意思透了！

他的灵魂又开始在殡仪馆里四处蹿了。他注意到，只有五分之一的

领
导
随
意

人，关掉了手机。而五分之三的人，手机打到了"振动"上，不时地查看、收发短信息。剩下那五分之一的人，则开着手机，表现出旁若无人的样子。他看见有个人已经溜到门口去了，贼头贼脑地拨打手机呢。这让他生气，真的很生气。这么重要的会议，就是有人不重视。人的生命有几次？只有一次嘛！不管怎么说，我这个逝者也是正局级啊！

他听到了亲属们哭声一片。于是，灵魂就又飞到了亲属这一边。他看见了，哭得最伤心的是几个女人。那个老女人，是她的老婆。而另外几个女人，虽然不是他的亲属，却混在亲属里，陪着他的老婆哭哭啼啼。这几个女人，依年龄不同，呈等差数列，一个比一个年轻漂亮。不说了，这个时候，什么都不说了！俺走了，对不起你们，你们好自为之，各自保重啊！

三声炮响，葬礼的抚灵炮响了三声。

他惊醒了。

他大汗淋漓，心口狂跳不止。喂了自己一粒药片，他穿好了衣裳。

今天，还有个会要开呢，还要讲话呢。

吃过早点，他要了车子，去了殡仪馆。

最后的题词

办案人员会心地一笑。他们可以找他了,通过笔谈的方式,让他交代巨额贪污受贿的罪行。

领导随意

那天,办案人员一出现在他的面前,他就瘫成了一堆烂泥。他曾经是个怎样风光的人物啊,到处讲话、挥手、题词。现在,也只能坐在轮椅上抱守残年了。他已经不能说话了。一见到熟人,就呜哩呜噜地哭个不停。办案人员只好先搁下他,去寻找别的线索了。

老王来到了他的床前。老王是他的莫逆之交。当年,他们常在一块儿练书法,写大字。后来,机关从基层挑人,他和老王都被挑上了,可老王执意留在基层不上来。他只身一人进了机关,到了机关,如鱼得水,很快就平步青云。三年一个台阶,五年一个飞跃,从科员一路升至公司的副总。他这个副总,是个有实权的副总,每天签字批条子,身边总是莺歌燕舞。

当然,他没丢掉自己写书法的爱好。他倡导了本公司首届书法大赛,并以遒劲浑厚的作品,荣获了一等奖。他说,练书法,也是练气功,可以排除杂念,修身养性,获得大境界。

老王屈居第二,啥话都不说,只是微笑。

后来,公司举办的几届书法大赛,他都因为忙,没有拿作品参加。不过,他都划拨了专款,给大赛以财力上的支持。然而,后几届大赛的一等奖,总是空缺。有人说,一等奖非他莫属,他不参赛,谁也别想拿走金牌。有人去找老王考证,老王只是笑笑,啥都不说。

其实,他再忙,写一幅字参赛,也不是绝对没有时间。是他不想参赛,是他找不到参赛的感觉。他总是对求字的人说:心太乱啊,心太乱! 浮躁得很哪,怎么能写出上乘之作? 宁缺毋滥,宁缺毋滥嘛!

他也认同一等奖非他莫属的说法,觉得没人能超过他。他也不是没想过,把一等奖让给老王。但他又否决了这种想法。老王毕竟是个工人,可不能把老王抬得太高了!

有人就跑到老王面前说闲话。老王不让说。老王说:没有领导的支持,别说书法大赛了,什么事都办不成!

来说闲话的人,觉得没意思,悻悻地走了。

他听说了老王对一等奖的态度,知道老王在维护他。这很让他感动。说实话,老王拿一等奖,是当之无愧的。但是老王从来就不争,每次都拿二等奖。这就是老王,从前在一块吃盒饭的好朋友老王。

他就经常摸到老王那里去,看看老王,和老王说说话。多年来,他们是无话不谈的朋友。可是,最近的一次,他们却话不投机了,红了脸了。

老王说他:你可要注意了,有人说,你们这些当官的,挨着枪毙有冤枉的,肯定没有你! 隔着枪毙有漏网的,肯定有你!

他变了脸色:真是这么说的? 我有这么腐败嘛?

老王说:你腐败不腐败,你自己知道。不过,你放心,哪一天,你当犯罪嫌疑人了,住进去了,我会去监狱看你!

他红着脸说:我的政绩是有目共睹的,就算是我犯了罪,也可以将功折罪嘛! 不管怎么说,作为第一拨吃螃蟹的人,应该有豁免权!

老王说:在群众眼里,你可不仅仅是第一拨吃螃蟹,你是天天吃大闸蟹,已经横行霸道了,知道吧?

……

他和老王就这么不欢而散。这以后,他再也没去找过老王。

老王那样糟贬他,他宁可忘掉老王。

可是,老王并没有忘记他。现在,老王听说他瘫痪了,就来医院看望他了。依他眼下这种特殊的身份,许多人都避之不及,只有老王这样的老朋友,才会坦坦荡荡地到特护病房来看他。

一认出老王,他就哭了起来。他号啕大哭,哭成了泪人,却一句话也说不出来。

以后,老王每天都来医院看他,来给他做按摩,鼓励他重新站起来。老王一边给他按摩,一边同他说话,说从前的往事。他听着听着,情不自禁地流泪。渐渐地,他的身体功能开始恢复了,啊啊呀呀地能吐出一两个简单的字了。

后来,他能坐轮椅了,老王推着他去享受户外的阳光。

后来,他能在纸上和老王简单地笔谈了。他能写自己的名字了,能写"同意"二字了,能表达简单的意愿了。有一天,老王告诉他:我已经"内退"了,有时间天天来陪你。

他高兴地笑了,歪歪扭扭地在纸上写了一句话:"一定要把老干部工作做好!"

老王笑道:你忘了,我不是干部,我是工人!

听了老王的话,他流出了辛酸的眼泪。也许,他为老王后悔了,怎么一直没给老王转成干部?!转一个干部,对他来说,那是易如反掌啊!

老王却开始像哄小孩似的哄他了:你的题词真好啊,我拿给老干部处,让他们挂上!

他笑了,灿烂地笑了。自己又可以题词了。

他哪里知道,在他监视居住期间,许多下属单位,都在铲除他从前写的那些所谓的题词,铲得干干净净,十分彻底。

老王把他写的那幅题词,交给了办案人员。办案人员会心地一笑。他们可以找他了,通过笔谈的方式,让他交代巨额贪污受贿的罪行。

然而,办案人员看到的却是一具僵尸。他已经气绝身亡。

妇产科住进来个男胖子

我为啥要进妇产科？因为这里秘密，一般人想不到！免得这个那个的来探望。

快董和慢董在妇产科干了三十多年，还没见过这样的稀罕事：妇产科住进来个男胖子，轰轰隆隆地把9号房间给占了。

快董好生纳闷，问慢董：这算怎么回事？不伦不类呀！

慢董慢吞吞地说：我也怀疑呢，男人恐怕真的要生孩子了！

快董和慢董，大眼瞪小眼，猜不透马虾从哪头放屁。俩人一个性子快，一个性子慢，是妇产科的两把刷子。三十多年来，经她们接生的孩子，没有上万，也有八千了。而且，当年出生的孩子，陆陆续续结了婚，又跑到医院生孩子来了。说起这些，快董不由得感慨：也不知道，咱接生了那么多孩子，有几个当了官？

慢董说：你还想这个哩？人家做了官，会专门来告诉你？

快董笑道：你别说，兴许9号那个大胖子，就是咱俩接的光屁股孩儿。唉，看他那个熊样，年岁不大，吃了怎大个肚子，会不会是个贪官？

慢董说:他贪他的,又不是贪你的,有检察院说他的事。

快董说:他要真是个贪官,他娘生他的时候,就该把他掐死,省着祸国殃民!

慢董哈哈笑了两声,赶紧把门关严了,怕走廊里有耳朵。快董说:我去看看,这个大胖子,究竟是个啥货色,为什么要住妇产科?

快董身段利索,出去转了一圈,回来说:那个大胖子,果真是个领导,听说,他来住妇产科,是为了减肥。你说怪不怪?干脆,割开他的肚皮,往外刮他的板油!

慢董笑道:那不成了剖腹产啦?

快董和慢董正在说笑,科长进来了。科长是个男的。男科长说:9号交给你俩了,你俩是老同志,有护理经验。记住,9号是来减肥的,不是来生孩子的。男人生孩子,咱医院尚未开展这方面的试验。不要让他感冒,也不要让他发烧。没事的时候,可以陪他多说说话。

快董心直口快,忍不住说:减肥怎么不去健身俱乐部?住进妇产科,看见孕妇的肚子一个个变小,他还不是干气?

男科长半阴不阳地笑笑,没作任何解释,甩着手走了。

快董和慢董服从了领导的安排,来到了9号房间。9号也就是30多岁,人还和气,没表现出一点儿官架子。快董和慢董,消除了距离感,分坐在9号的左右,你一言,我一语,和他拉呱了起来。

9号十分健谈。他居然说,他就是在这个医院出生的。而且,他十分肯定地说,当年的接生员,就是快董。因为,他长大后,母亲曾经领着他,来过医院,亲口告诉他,是快董阿姨把他引到了这个世界上。说到这里,9号激动地喊了一声:快董阿姨!我又来了!

快董没想到,9号真是她当年收割的一颗果子。说实话,她也记不清了,经常有大人带着孩子来,让孩子记住接生员。快董打量着9号,忍不住慈祥起来了:孩儿呀,我也不管你叫领导了。听说,你是住进来减肥的?你可真有意思,怎么要住妇产科!

9号说:快董阿姨,不瞒您说,自从走上了领导岗位,吃喝应酬太多,我都快变成猪八戒他二姨父了。我为啥要进妇产科?因为这里秘密,一般人想不到!免得这个那个的来探望。他们一来,就送一大堆营养品,看着

就想吃,还减个屁肥!

　　闻听此言,快董和慢董哈哈大笑起来。她们相信9号说的是实话。干部病房那边,每天来探望的人很多,都是大包小包的,一扔就是一大堆,住一回院,能开个小卖铺。

　　为了帮助9号尽快减肥,快董和慢董想出来一个绝妙的主意,这就是不给他吃任何减肥药,每天,抱过来几个新生的婴儿给他看,让他品味婴儿的哭声,领悟婴儿的笑容。

　　果然,效果十分明显。9号在妇产科住了一个月,肚子就瘪下去了。而且,他的笑脸变得特别灿烂,像个天真的婴儿。